打入
日本宪兵队

夏继诚★著

中共党史出版社

图书在版编目(CIP)数据

打入日本宪兵队/夏继诚著．—北京：中共党史出版社，2012.7
ISBN 978-7-5098-1603-5

Ⅰ.①打… Ⅱ.①夏… Ⅲ.①纪实文学—作品集—中国—当代
Ⅳ.①I25

中国版本图书馆 CIP 数据核字(2011)第 276177 号

责任编辑：贾京玉
出版发行：中共党史出版社
社　　址：北京市海淀区芙蓉里南街6号院1号楼
邮　　编：100080
网　　址：www.dscbs.com
经　　销：新华书店
印　　刷：北京汇林印务有限公司
开　　本：170mm×240mm　1/16
字　　数：265 千字
印　　张：19
印　　数：1—4000 册
版　　次：2012 年 7 月第 1 版
印　　次：2012 年 7 月第 1 次印刷

ISBN 978-7-5098-1603-5
定　　价：35.00 元

目录

CONTENTS

第一章

谭启龙对年轻的女共产党员乐群说：现在有一个非常紧迫、非常重要、又非常艰险的特殊任务需要人去完成。区党委经过反复考虑后，感到派你去最为合适。

1944年金秋的一天。

在四明山北麓梁弄镇一幢二层楼房里，中共浙东区委书记、新四军浙东游击纵队政委谭启龙全神贯注地反复阅读和思考着一份电报。这是新四军军部转发的中央军委主席毛泽东于8月21日致新四军领导人的一份特急密电。毛泽东在电报中说：

> 美军准备在中国登陆，要求和我军配合作战……美军在中国登陆时间，据有些美国人估计已不在很远。因此，请你们认真布置吴淞、宁波、杭州、南京间，特别是吴淞至宁波沿海及沪杭甬铁路沿线地区的工作，广泛地发展游击战争及准备大城市的武装起义……

接到毛泽东这一重要指示后，谭启龙几次召开区党委会作了深入研究，并就贯彻落实问题作出了具体部署。除了政治、军事上的部署外，还对敌占区特别是宁波市内的秘密工作进行了多次研究。

谭启龙生于1914年1月，这一年他刚届“而立”之年。由于他年纪轻，个子又不高，所以在红军和新四军中人们都昵称他为“小谭政委”，而把比他大12岁的另一位重要领导人谭震林称之为“大谭政委”。

谭启龙（前排左五）和夫人严永洁（前排左六）与宁波市新四军研究会老同志合影（1997.11）。前排左四为沈宏康会长

浙东区党委书记、新四军浙东游击纵队政委谭启龙（左一），于1997年11月回四明山抗日根据地访问，在宁波市新四军研究会会长、原宁波地委副书记兼专员沈宏康（左二）陪同下，亲切看望老同志

谭启龙是江西省永新县北乡黄塘村人，家境贫寒，三岁丧父，靠母亲含辛茹苦抚养长大。十岁那年又死了慈母，孤苦伶仃的他衣食无着，只得去给地主家放牛。14岁那年，他参加了共青团，从此走上了职业革命家的道路。

有道是：自古英雄出少年。特别是苦难的童年以及血与火的战争岁月，使年纪轻轻的谭启龙得到了极大的历练，政治上思想上很快成熟起来了，1933年19岁那年就成了共产党员。主力红军长征后，他留在南方坚持游击战争，20岁就担任了湘鄂赣省委常委、少共省委书记，后来又担任了湘鄂赣省军区政治部主任、赣东北特委书记、苏皖特委（后改为苏皖区党委）书记、苏南区委书记、皖南特委书记等一系列重要职务。

皖南事变后，中共中央鉴于当时抗日战争和反对国民党顽固派斗争的新形势，由毛泽东亲自起草一份电报发给华中局书记、新四军政委刘少奇

浙东区党委书记、新四军浙东游击纵队政委谭启龙

新四军浙东游击纵队司令员何克希

和新四军代军长陈毅，指示说，关于浙东方面，即沪杭甬三角地区，我们的力量素来薄弱，应增辟这一战略基地，在该区域创立游击根据地。

日本侵略者对浙东这块战略要地一直虎视眈眈，于1941年4月发动了宁绍战役，很快侵占了宁波、绍兴、镇海、余姚、慈溪等地，接着又发动了浙赣战役，国民党30万大军一触即溃，日军很快侵占了萧山、诸暨、义乌、金华、东阳、武义、建德、桐庐、新昌、嵊县等地，使浙江大半河山沦于敌人铁蹄之下。

在这样严峻而危急的形势下，28岁的谭启龙临危受命，出任浙东区党委书记，挑起了领导整个浙东地区军民抗击日本侵略者的重担，可谓天降大任于斯人也！

浙东，紧靠上海、杭州、宁波三个大城市，北依钱塘江与东海的连接处杭州湾，东临波涛万顷的东海和太平洋，西控浙赣铁路，南接温州丽水等浙南山区，全境共18个县，是祖国东南沿海的重要屏障，战略地位十分重要。

1944年秋，世界反法西斯战争到了一个新的转折点，中共中央和毛泽东又一次把关注重点放到了浙东，强调要求："必须将沦陷区的工作提到和解放区的工作同等重要的地位"、"在敌占城市组织地下军，准备武装起义，一俟时机成熟，配合进攻部队，里应外合，消灭侵略者"。谭启龙接电后，深感责任的重大和时机的紧迫。

11月的一天，谭启龙命人通知女干部乐群，要她来区党委谈话。

其时，梁弄镇是浙东抗日根据地的政治、军事、经济和文化中心。浙东区党委的办公地点就设在梁弄镇南面三四里一个叫横坎头的小山村里。这是一幢二层小楼，粉墙黛瓦，原是地主黄育明的家宅。黄育明拥护共产党，积极参加抗战，是当地一位著名的开明士绅，他主动把房子让了出来。楼下几间房子是办公用房，楼上是谭启龙等几位区党委领导人的宿舍。20世纪90年代，这里已建成为"浙东革命根据地纪念馆"，是浙江省

浙东区党委旧址（四明山梁弄镇横坎头村）

新四军浙东游击纵队臂章(正面)

的重点文物保护单位和省级爱国主义教育基地之一。

乐群奉命后立即赶了二三十里山路，来到横坎头晋见了谭启龙。

横坎头有上百户人家。浙东区党委和新四军浙东游击纵队司令部进驻梁弄镇和横坎头以后，上海、杭州、宁波、温州、绍兴等大中城市成百上千名爱国青年慕名来到这方抗战热土，小小梁弄镇增添了众多抗日志士，被人称誉为浙东“小延安”。

乐群1918年5月生于上海一个富豪家庭，时年26岁，风华正茂，中等身材，体态丰盈，性格文静，椭圆形的脸上总是漾着甜润的笑容，使人一见了就感到她亲切随和，爽直大方，是个庄重、典雅、温文尔雅的姑娘。

谭启龙多次接见过乐群，对她的家庭、学业、简历，特别是到新四军后的工作表现及作出的特殊贡献，均了然于胸。近年来，乐群又成了他直接掌握的专门履行重大秘密任务的干部，接触的机会更多了。他和乐群亲切握手并简要询问了她近日的工作、学习、生活情况后，就开门见山，严肃地说："乐群同志，最近党中央和毛主席有重要指示。为此，我们有一项重要的特殊任务需要人去完成。这是一项非常紧迫、非常重要，又非常艰险的任务，区党委在众多的人选中经过反复权衡比较，感到还是派你去完成这项任务最为合适！"

乐群立即站起身来，毫不犹豫地回答："谭政委，只要是组织上交代的任务，不管是上刀山下火海，我一定坚决完成！即使粉身碎骨，也在所不辞！政委，你就下命令吧！"

谭启龙脸上漾起了笑容，满意地点点头，接着向乐群简要地交代了任务。

乐群1943年在宁波做地下工作时

原来，半年多以前，日本驻宁波宪兵队将被捕的我南山财经委主任周迪道予以假释，意欲利用他刺探我党我军的情报，并企图以他来诱捕我方人员。周迪道却暗中写信给谭启龙和司令员何克希，主动提出仿效孙猴子钻进铁扇公主肚子里的办法，乘机打入敌人内部，为我党我军开展工作。并说组织上如不同意，他就与敌人拼个鱼死网破。谭启龙与何司令就找敌工委的粟后同志一起研究，感到我们早就想在日本人方面打开缺口，但日军是异民族入侵，派人打入其内部比打入伪军伪组织内部要困难得多，现在既然有了这样一个难得的机会，应该将计就计，要周迪道和另外几名被捕同志乘机留在敌人内部，为我党我军开展秘密的反间谍斗争。于是以周迪道为组长，成立了一个“反间谍工作小组”。他们在敌人心脏里已经工作了半年时间，取得了一定的成效。但是，按照党中央和毛主席来电的精神，我们感到在当时的国际和国内形势下，为了配合美军在东南沿海登陆，加速日本法西斯的灭亡，必须大力加强对日军的情报工作，因此有必要在这个小组基础上，增派得力的领导骨干，加大工作力度，使其在对敌斗争的各方面均取得更大的成效。派谁去领导这个小组呢？谭启龙用手指了指乐群，说：“这个人非你莫属！”

接着谭启龙对乐群说：在与日伪的残酷战斗中，除周迪道外，还有周斯明、冯禾青、王福林等，他们都是共产党员，虽然先后落入了敌人的魔掌，但经过周迪道与他们取得了联系，经我们反复研究，也安排他们在敌人内部为党做谍报工作，已在宁波日本宪兵队内部秘密建立了反间谍工作小组。原先我们派了一个交通员与他们联系，他政治水平和文化水平已不能适应新的斗争形势，现在决定派你去领导他们。

浙东区党委和谭启龙本人为什么如此器重和信任乐群？这得从她参加新四军后曾经出色地完成过多次特殊任务说起……

第二章

身穿旗袍，脚蹬高跟鞋，巧扮阔小姐，乐群利用富商家庭众多社会关系作掩护，面对日寇、汉奸、国民党顽固派的凶残狡诈，沉着机敏，多次化险为夷。

1940年初冬，皖南大地战云密布，国民党顽固派调集7个师8万大军，对新四军皖南军部机关和部队形成了包围之势，随时准备举起罪恶的屠刀。

一天，军部教导总队政治处主任余立金派通讯员把女生队指导员乐群叫到跟前，当面嘱咐说：“乐群同志，李部长叫你马上到他那里去一下。”

李部长即军政治部组织部部长李子芳。

李子芳1910年5月出生于福建石狮永宁镇子英村，很小去菲律宾，是1927年从菲律宾归国的华侨，是参加过长征的年轻的老红军。1938年初，新四军军部刚刚组建，正、副主任尚未到职，刚从延安风餐露宿到达南昌的李子芳，主动挑起了筹建政治部机关和处理大量繁重事务的重担。这对才28岁的李子芳来说似乎是一副过重的担子。他个子不高，身体瘦弱，一副文质彬彬的书生模样，但他浑身充满着青春活力，总有使不完的劲，而且作风深入，工作细微，待人诚恳，很快赢得了同志们的敬重。

刚刚到南昌参加了新四军战地服务团的乐群，对这位“李部长”也是常闻大名，并在公开场合见过几次面，对他崇敬有加。

1938年4月，乐群随军政治部战地服务团到了皖南，住在泾县中村。6

月的一天，乐群等三名新党员到军政治部参加新党员入党宣誓仪式。在庄严的镰刀斧头红色党旗下，李子芳高高地举起右手宣读："我志愿加入中国共产党……"他每念一句，虔诚的新党员乐群就跟着朗声重复一句。宣誓仪式结束后，李子芳又对乐群等三名新党员进行了党的性质、宗旨、理想、信念和党风党纪的教育。这使乐群永远铭记在心。同时，李子芳高雅的气质，潇洒的风度，渊博的知识，也悄悄地打动了姑娘的芳心。

入党三个月后，李子芳又单独找乐群谈话，通知她提前由候补党员转为正式党员，并说组织上决定她去女生队当副队长。

新四军浙东游击纵队司令部旧址（四明山梁弄镇）

乐群说："我入伍才半年，入党才三个月，怎么能当副队长呀？我才20岁，女生队里不少人是我的老大姐，她们是老红军，有的还参加过两万五千里长征，革命历史长，斗争阅历丰富，我怎么去领导她们呀？不行，绝对不行！"

李子芳挺喜欢乐群豪爽、活泼、快人快语的性格，他用浓重的福

乐群（前排右二）和李志光（前排右一）、李又兰（前排右三）、李锦（前排右四）、林晖（前排右五）等1938年1月摄于浙江丽水。3月18日他们到达南昌参加了新四军　　（林晖提供）

建口音鼓励说："不要怕嘛！大胆去工作，边干边学嘛！"

不久后，乐群又肩负起女生队政治指导员的重任。经过短短几个月实际工作的锻炼，她政治上、思想上很快成熟起来了，工作干得很出色。该队副指导员王仪，是政治部秘书长李一氓的爱人，乐群对她很尊重，工作配合默契。在多次接触中，丘比特之箭射中了李子芳和乐群，他俩互相敬重，互相爱慕，双双坠入了爱河。当时在皖南军部，这已是公开的秘密。但是，李子芳这次找乐群谈话，却严肃地告诉她：当前形势非常严峻，为了应对国民党顽固派随时可能发动的突然袭击，组织上决定要她立即离开皖南去上海，先去那里建立一个秘密联络点，把军部一些年龄大、体弱、有病的同志通过上海转到苏北刘少奇、陈毅领导的新四军八路军华中指挥部去。任务很紧迫，必须明天就走。乐群焦急地问："你走不走？"

李子芳说："你先走一步，以后我再走。"

"不行！你的阑尾炎常发作，体质那么虚弱，你应该跟我一起走。我父母都在上海，你到上海后好好把病治一治，把身体养一养。你不是常说身体是革命的本钱吗？"

李子芳坚决地摇摇头，说："组织上已经这样决定了。我这个组织部长更应模范地带头执行上级的命令。你到上海后代我先向你父母请个安，问个好。"

乐群还是希望能有转圜的余地，说：“我去向项（英）副军长、袁（国平）主任如实反映一下你的身体情况行不行？”

李子芳又坚决地摇摇头，说：“不必了。军人以服从命令为天职，你就服从命令，马上回去准备一下吧！”他们谁也没有想到，这次分别竟成永诀！

乐群很快被送到繁昌县三支队的驻地。前面就是日军的占领区。她脱下新四军灰布军装，穿上旗袍，怀揣三支队政治部罗克同志替她搞来的“良民证”，勇敢地走向敌人严密盘查的哨卡……一路上总算有惊无险，乐群经芜湖到南京，转乘宁沪铁路火车，安全地回到了上海家中。乐群的父亲、伯父都是做生意的富商，住的是洋房，出入有汽车，家道殷实。前几年，乐群离开上海回到老家宁波镇海小港。日本侵略军在中华大地的残暴行径激起了她的无比义愤。她在家乡参加了抗日救亡宣传队，在街头演出活报剧《放下你的鞭子》中扮演香姑娘一角，极大地鼓舞了群众的抗日斗志。然而父亲得知后特地从上海乘自备小轿车经杭州赶到宁波乡下老家，责怪她“大家闺秀不应抛头露面”，并动员女儿回上海去过安逸生活，但被她坚决拒绝了。

现在，父亲、伯父看到乐群突然回来，而且要在上海建立秘密联络点，不仅不同意，而且深为她的安全担心。乐群耐心地向父亲和伯父宣传新四军抗日救国的英勇业绩，宣传中国共产党救国家于倒悬、救人民于水火的伟大目标，宣传国共合作抗日、共赴国难的意义，并揭露了国民党顽固派制造一系列摩擦事件的罪恶阴谋，说明目前皖南新四军处境的危险。乐群列举的种种事例富有说服力，使她父亲、伯父这样的商业资本家也为之动容。1941年1月7日蒋介石一手制造了皖南事变，上海各报迅即以大量篇幅进行了报道。乐群从报上得到消息后，愤怒异常，忧心如焚。她焦急地惦念着她的恋人李子芳的安危，同时也担心着与自己情同姐妹的女生队同志们的命运。

不久后，从皖南突围出来秘密进入上海的同志，先后有数十人到乐群家里隐蔽。她一一予以精心安排，从衣、食、住、行到安全，考虑得无微不至，十分周到体贴，做到了万无一失。

只要有可能，乐群就打听李子芳的下落。后来，终于了解到李子芳随部队行动时，由于患急性阑尾炎刚动过手术，体质极度虚弱，但他仍躺在担架上，从容镇定地指挥政治机关干部与国民党顽固派进行浴血苦战，后来终因行动不便，在翻过飞云尖最高山峰后的大坑王战斗中，不幸落入国民党顽固派的魔掌，被关押在上饶集中营。

乐群万分悲痛，但她以坚强的意志强忍住了悲痛，在沦陷区上海，在日军、汪伪特务横行的险恶环境中，以高度的机智掩护了几十位同志，使他们先后安全地经上海去苏北，重新回到了抗日根据地。这是她初次涉足党的地下工作，斗争实践不仅考验了她对共产主义事业的忠诚，锻炼了她在特殊战线上的才干，而且为她以后从事这方面的工作打下了很好的基础。

乐群从上海撤回苏北根据地后，被分配到新四军军部后方政治部任宣教干事。

一天，领导上交给乐群一项任务，让她回上海去给囚禁中的叶挺军长办一件事。

原来，皖南事变前约一个月，叶挺军长、项英副军长和袁国平主任、周子昆副参谋长等军部领导人，大都将眷属和非战斗人员及伤病员等共约2000人撤离了皖南，经马头镇、孙家埠、郎溪、南渡镇前往苏南敌后抗日根据地，惟有叶挺军长的夫人李秀文南下去了澳门。

叶挺是广东惠阳人，与李秀文相识、相知、相爱于广州。作为南昌起义和广州起义的领导人之一，起义失败后叶挺长期居住在澳门，岳父李少村特地把提督街2号的一幢两层小楼让给他和李秀文，澳门几乎成了他和李秀文的避难所和庇护所。叶挺在皖南事变中被蒋介石扣押后，李秀文带着孩子一直居住在澳门，在此期间一度去新加坡。

以刘少奇、陈毅为首的新四军新军部对叶挺的安危和他家属子女的生活一直非常关注。派乐群去上海，是让她带一笔钱，到上海后请她的父母换成外汇，再寄往新加坡，以资助李秀文和几个孩子的生活。乐群受命后，又急忙换上了便衣，通过一道道关卡，化装潜入了上海。父亲听她说明来意后，不但慨然应允，还补上了几百元钱，凑成一笔整数，将钱汇出。后来父亲告知了女儿，乐群说："你凑的钱，我回军部后报告领导，一定归还给你。"

父亲摇摇头，说："不必了，你在那边也需要钱用。这笔钱就给你作零用吧！"

乐群真诚地说："爸爸，我们天天打游击，从军长政委到战士，大家生活都很艰苦，我要零用钱干啥？这笔钱，就算咱们家对叶挺军长他们全家的一份心意吧！"回到军部后，乐群对这笔钱只字未提。

被国民党反动派囚禁在上饶集中营的李子芳，在狱中顽强不屈，英勇斗争，还组建了狱中秘密党支部，并任支部书记，多次领导难友抗工、绝食和越狱。1942年4月23日，残暴的敌人用毒药将李子芳秘密杀害，时年32岁。后来，乐群终于得知这一噩耗，她痛不欲生，晕倒在地……

失去亲人的巨大悲痛并没有击倒乐群。她擦干眼泪，以更高昂的斗志投入工作，决心以更顽强的战斗来实践李子芳的未竟之志，向反动派讨还血债，把万恶的日本侵略者赶出中国去。

后来，乐群又调到苏中四分区（四地委）当机要秘书，与陈同生、洪泽、钟民、梁灵光等相熟，在粉碎日军残酷"清乡"中做了大量工作，并在隐蔽斗争中积累了宝贵的经验。

1943年，新四军军部和一师为了加强浙东地区的工作，先后抽调100多名干部分批南下，乐群也在其中。她满怀喜悦地又回到了她熟悉的故乡故土，成了浙东区党委和新四军浙东游击纵队中一名出色的女战士。

一天，谭启龙派人将乐群叫来，交给她一份电报，说："乐群同志，你先看看电报吧！"

乐群接过电报一看，见是新四军第三师副师长张爱萍发给谭启龙的，内容是询问他的妻子李幼兰何时能启程回苏北？

李幼兰后来改名为李又兰。她的家乡也在浙江镇海小港镇，和乐群是同乡好友。两人一同于1937年七七事变后参加了家乡的抗日救亡宣传队，又一同离开镇海到丽水进入国民党浙江省战时青年训练团学习，又一同冒着被通缉的危险逃到武汉。特别使她俩永生难忘的是，他们十名热血青年在武汉荣幸地受到了周恩来的接见。

张爱萍和李又兰（1944年在淮北）

那天，乐群和李幼兰被领到八路军办事处——大石洋行二楼的一间房子里，周恩来和他们促膝而坐，娓娓谈心，询问了她们的姓名、年龄、籍贯，到武汉的经过以及要求去延安的想法后，周恩来亲切地说：现在潼关吃紧，去延安的路不好走，而且延安的人口已经太多，粮食也很紧张。你们又都是南方人，到那里吃小米也不习惯，你们是不是愿意到新四军去？

“新四军？”十位年轻人第一次听到这三个字，瞪大了眼睛不约而同地问道。

当时新四军正在武汉筹建。周恩来说：新四军也是共产党领导的抗日队伍，原先是南方八省的红军游击队，新任军长是北伐名将叶挺同志，副军长是工人领袖出身的项英同志。你们都是南方人，到新四军去参加抗战，可以更好地发挥你们的作用。

就这样，乐群和李幼兰一起到了新四军。她俩在南昌、在岩寺、在云岭、在战地服务团朝夕相处，既是志同道合的战友，又是情长谊深的姐妹。

皖南事变前，乐群先回到上海建立秘密联络点，李幼兰随后也离开皖南，到了苏北。1942年初秋，她和新四军第三师副师长张爱萍喜结连理。为了粉碎日伪对盐阜区的大“扫荡”，为了使丈夫能集中精力指挥部队，怀有身孕的李幼兰主动要求离开前线，秘密回到了浙江镇海乡下生孩子。为了安全，母亲特地把家迁到只有几户人家的僻远小村沙夏。

镇海是新四军浙东游击纵队的活动区域。谭启龙得到李幼兰的讯息后，特地派人送来了给孩子的补助粮。组织的关怀，战友的情谊，使李幼兰激动不已。

斗转星移，很快一年多过去了。张爱萍已于1944年9月调升为新四军第四师师长，从苏北到了淮北。戎马倥偬中，张爱萍和李幼兰常有鱼雁往来。待到淮北形势稳定后，张爱萍急切地希望李幼兰带着孩子回到他的身边。

谭启龙见乐群看完了电报，就说："区党委决定让你护送李幼兰即日起程返回部队。担子很重啊！你考虑一下该怎么走，安全第一。"

9岁的丁公量和91岁、曾任北京大学校长的马相伯

这时谭启龙和浙东纵队司令部驻扎在"三北"地区（镇海、慈溪、余姚三县的北部，曹娥江以东，姚江、甬江以北，抗日战争时期习惯称为"三北"）。乐群说："我先把她从镇海带到'三北'，尔后再乘船从海路去苏北，不经上海，这样比较安全，但船老大要绝对可靠。"

乐群先设法为李幼兰搞了一张可以通过宁波敌占区的"良民证"，再从宁波坐船经姚江到"三北"。不料事出意外，在经过叶家埠时突然与下乡"扫荡"的日军不期而遇，撞个正着。

乐群多次遇到过日军的盘查，她镇定自若，神色不变，悄声对李幼兰说：“不要紧张，现在只有向前走，你跟好我，一切听我的。”

日本兵端着明晃晃的刺刀直逼她俩，用生硬的中国话厉声喝道：“站住！你们的哪里去？”

乐群沉着地用手指了指前面的一座大楼房，镇定地回答：“走亲戚去，我们的姨妈就在那座房子里。”

日本兵尾随她俩来到了大楼房。一进门，房子里已坐着好多日本兵。原来，这座楼房的主人名叫叶志康，是当地一位有名的大商人、大士绅，也是一位同情支持抗日的爱国进步人士。他既和日本人、伪军、国民党有往来，暗中又与共产党新四军有联系，可谓神通广大，各方面都兜得转，乐群曾跟他打过交道，送情报时也曾借宿过叶家。

叶志康的妻子闻声而出，紧紧拉住乐群和李幼兰的手，在日军面前扮演了一出“姨母和外甥女”亲密相见的“戏”。

不用说，“戏”演得很像，日本人傻了眼。就这样，日本兵住在楼下，乐群和李幼兰住在楼上，整日里提心吊胆的，随时准备应付不测。她俩在叶家住了一个多星期后，下乡“扫荡”的日本兵才全部撤走。

乐群带着李幼兰晋见了谭启龙。谭启龙听了她俩叙述脱险经过后，高兴地祝贺李幼兰绝处逢生，夸奖乐群处事果断灵活，善于随机应变。

多次出色完成特殊任务，使乐群在谭启龙脑海中留下了很深的印象。

谭启龙从记忆中回到了现实。他清了清嗓子，对乐群强调说：“根据目前的形势，党中央和毛主席要求大力加强大城市和沪杭甬铁路沿线交通要道的工作，任务很紧急，很艰巨。区党委经过慎重反复的研究，决定派你去领导周迪道这个小组的工作，相信你一定能圆满完成组织上交给你的任务。具体任务，由丁公量同志向你交代。区党委已决定将敌伪军工作委员会改为城市工作委员会，丁公量过去是敌工委副书记，现在是城工委委员、副书记。他会向你介绍有关情况的。”

第三章

23岁的浙东区党委城工委副书记丁公量对乐群说：组织上决定你担任城工委与周迪道小组之间的政治交通，并有临机处置之权。你的代号是400。过去这个反间谍小组叫401小组，今后就叫400小组。

乐群是个工作狂。她从谭启龙处告辞出来，又翻山越岭，赶了十几里山路，来到了城工委驻地西岙村（对外公开名称叫“大陆商场”），晋见了副书记丁公量。

作为浙东区党委和新四军浙东游击纵队主管敌伪军工作的丁公量，身兼两职，既是区党委敌伪军工作委员会（刚改为杭甬沿线敌占城市工作委员会）的副书记，又是纵队政治部敌军工作科科长。他常用的化名为粟后，代号为506。

城工委的前身是敌工委（全称是浙东区党委敌伪军工作委员会），第一任书记是金子明，第二任书记是朱人俊，丁公量（粟后）从1943年3月起任副书记，并任新四军浙东纵队政治部敌工科科长。1944年秋区党委城工委成立，王文祥任书记。但因王身患肺结核，常咯血，对敌伪方面的日常工作由副书记兼地下军工作部部长丁公量（粟后）主持。城工委组织部长为王起，主管秘密党的工作；宣传部长为王槐秋。因而大家称城工委为“三王一粟”。

丁公量握了握乐群的手，笑道：“四年多前我们在皖南军部教导队共

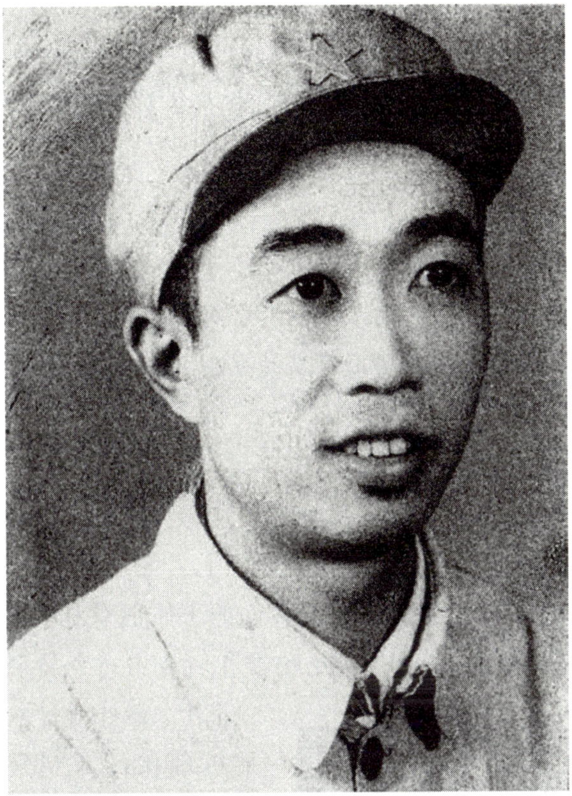

丁公量（粟后） 摄于解放战争时期

同战斗，现在我们又可以在一起战斗，太好了！谭政委事先征询过我们的意见，在你的工作问题上，我还与王文祥书记和主管秘密党工作的王起同志作过研究。我们非常高兴地欢迎你。按照秘密工作的纪律，过去你对周迪道他们这一块的工作不了解，下面我就将这方面的来龙去脉和当前情况向你作一详细的介绍。”

乐群也笑道：“我原先不知道粟后是谁，今天才知道是你的化名；还有400小组的事，过去我也一无所知，都是你粟后同志保密工作做得好，滴水不漏呀！”

用今天的干部年龄标准来衡量，担负一个战略区的敌军工作重任，少说也该是个40岁左右的人物，但战争年代真是锻炼人，丁公量生于1921年，这一年只有23岁，比乐群还小三岁，他17岁（1938年）参加了新四军，入伍后四个月加入了中国共产党，曾任军部教导总队锄奸（保卫）干事、第一支队政治部特派员、教导总队特派员。后在皖南事变中不幸落入国民党顽固派魔掌，被关押在上饶集中营。他英勇不屈，顽强斗争，担任秘密党支部成员，积极策划和组织暴动，终于回到了新四军。21岁那年，他就受命挑起了眼下这副重担，而且工作得卓有成效。他麾下人才济济，强手如林，先后打入杭州、宁波、绍兴、余姚日伪军内部的“特工”多达近百人，先后派出担任政治交通和跑交通的也有一二十人。乐群就是其中的一位得力骨干。

丁公量生性稳重，说话不紧不慢，处理问题有条不紊，他从柜子里取出一张被搓揉得皱皱巴巴的柔软纸条交给乐群，说：“你先看看这个。”

乐群接过一看，这显然是一张便于秘密藏带的纸条，见上面写着：

何司令、谭政委：

我现在被软禁，敌人暗中监视我的行动。他们想争取我投降。我认为可以仿效孙悟空化成小虫子钻进铁扇公主肚子里的办法，乘机打入敌内部，不知组织上认为可以否？如认为不妥，我即与敌人一拼。

周迪道

乐群问：“我听说周迪道被日本人抓去后，叛变投降了。”

丁公量微微一笑，说：“外界的这种传说，对我们的工作很有利。其实，人们只知其一，不知其二。他呀，就是谭启龙政委和何克希司令员亲自批准，将计就计，乘机埋伏日本宪兵队内部的。他是我们反间谍工作小组的组长。”

17岁时的丁公量

接着，丁公量向乐群介绍了事情的来龙去脉。他说，周迪道是去年底在陆埠筹款时，被下乡“扫荡”的日本人抓走的。他被押到宁波日本宪兵队后，惨遭酷刑，在有旁人指征的情况下，敌人要他

丁公量2000年9月接受本书作者采访　　夏继诚　摄

承认是共产党员，他向敌人诓称自己是预备党员。后来日本人将他假释了，想利用他，并在有布置的监视下，要他为宪兵队收集我党我军的情报，他脑子一转，随机应变地答应了。在事先未经组织同意，就自作主张表示愿为敌人工作，这当然是错误的，组织上在给他的回信中，严肃地批评了他的错误。但是，军政治部组织部一位领导来浙东调查指导工作时，在一次报告中曾提到，刘少奇同志说，十年内战时期，我们的党员和干部被敌人逮捕后，不是用灵活的方式方法去跟敌人斗争，许多人牺牲了，这很可惜！如果他们活着，可以起很大的作用。现在，我们总结了十年内战的经验，应该对敌人采取灵活的斗争策略，以击破敌人的“自首”政策。在不出卖党的机密、不损害党的利益的前提下，在有人指认时，可以承认自己是共产党员。抗战爆发后，关押在北平、苏州等许多监狱中的共产党员，不就是这样出狱了吗？所以，承认是党员没有什么，只要不出卖党的秘密，不损害党和人民的利益，是可以的。周迪道被捕前听过这个报告，也知道这个精神。

所以谭、何首长看了周迪道的信后，认为他事后能向党报告，并愿意在日本人内部为党工作，这是应该允许的。周迪道当过南山财经委主任，以他署名的布告到处张贴，敌人还能不知道他的职务和共产党员身份吗？！

在丁公量心目中，周迪道提出的建议很有吸引力，而且周的活动能力很强，富有社会经验，善于应付各种关系，工作很有办法，肯定能够完成这一特殊任务。他对乐群说："我看了周迪道的信后，即向谭、何两位首长提出，如果组织上不同意他埋伏在敌人内部，他就要跟日本人拼个鱼死网破，现在看来可以利用敌人，可以将计就计，为什么要去作无谓的牺牲。再说，日本人是异民族入侵，生活习惯和语言跟我们完全不一样。我们可以派人打入汪伪去搞情报，但对日本人却因不同民族、不同语言、不同风俗习惯、不同社会关系等等原因，不得其门而入。现在，好不容易有了这么一个机会，如不紧紧抓住，随意放弃，太可惜了。所以我极力建议区党委将计就计，就让周迪道在日本宪兵队里潜伏下来。谭、何首长从战略的高度，指出：宁波是浙江省的名城，是浙东地区政治、军事、经济中心。日本侵略者在宁波驻有重兵。将来美军在中国大陆登陆，宁波必定将是主要登陆点之一。因此，宁波的战略地位十分重要。尽管我们在宁波城里、在驻宁波伪军、伪政权中，有了一定的工作基础，但在日本人内部却是一片空白，一直找不到打进去的缺口和机会。周迪道既然提供了这么一个机会，真可谓是机不可失、时不再来呀！"

"就这样，经区党委和谭、何首长批准，在敌工委领导下，我们在宁波日本宪兵队内部建立了一个反间谍工作小组。首长规定这是绝对保密的，在敌工委内部也只有主要领导人知道。"丁公量作了一个小结。

乐群问道："周迪道这个小组其他人员情况如何？"

丁公量说："目前小组已有五个人，四个男同志，一个女同志。他们都是大半年中先后被日本人和伪军抓去的，除周迪道是敌人主动释放，让他来刺探我方情报外，其他四个同志都是敌工委指令周迪道以不同方式营救出来的，经征得他们本人同意，就埋伏在敌人心脏里为党工作。现在他们之中有三个人的公开身份是周迪道手下的联络员，只有周个人是日本宪兵队的密探，这也是为了适应日本人的一套。宁波城里的老百姓几乎家喻户晓，日本宪兵队里有‘四大金刚’、‘八大密探’。所谓‘四大金刚’，都是宪佐或翻译，他们的地位在密探之上。所谓‘八大密探’，则都是投降日寇、为虎作伥的汉奸，都是日本人的二等走狗。每个密探手下又都有七八个、十几个联络员，是三流汉奸、三等走狗。他们都对领导自己的密探负责，自成一家，各为其主。另有一个女同志公开身份是周迪道的‘家属’。”

乐群边听边默记，心想自己即将去领导的这个小组，人数还真不少呢！

丁公量继续介绍说：“为了隐蔽和工作方便，他们几个人每人都有化名和代号。周迪道化名朱人达，代号401。周斯明化名周列平，代号402。冯禾青化名马鹤九，代号403。王福林化名王福舟，代号404。莫奇化名徐国芬，代号406。在敌人面前，在宁波各种公开场合，他们都用化名。在我们内部

丁公量（前排右三）、乐群（前排右一）、顾德欢（前排右二）、周斯明（前排左一）、王福林（后排右一）等重逢叙旧（20世纪80年代于杭州）

周迪道1954年在中国人民解放军第二十军

则用代号。过去在敌工委领导时期他们这个小组叫401小组。当时我曾和负责宁波市秘密党的王起同志研究，从秘密党系统物色了一个交通员，他叫张炎，是特别党员，在宁波城里开了面店和木柴店作掩护。他只负责传递信息。”

乐群问道：“为什么代号没有405，是特意留给我的吗？”

丁公量说：“那倒不是。你的代号是400，你是区党委城工委跟他们之间的政治交通，上情下达、下情上达、代表组织进行单线联系，传达指示，递送情报，考察他们的思想、工作、生活、处境，具体指导他们工作。除此之外，组织上还特地赋予你紧急情况下遇到重大问题，来不及请示汇报时，有临机处置之权。这是其他政治交通所没有的。原交通员张炎同志年近半百，文化低，政治理论水平也不很高，只能起传递情况的作用，更不能在新的形势下对400小组起领导作用。不妨说周迪道是组长，你是区党委城工委派去的小组政委。你去了后，这个小组就叫400小组。你的责任很重啊！”

丁公量呷了一口茶，继续交代说：“你去了后，要尊重他们，团结他们一道工作。周迪道是1927年在杭州加入地下党的老同志，后来在白色恐怖下虽然较长时间失去了组织关系，但抗战爆发后即和党取得了联系，还担任过嵊县中心县委的组织部长，被捕前是南山财经委主任。周斯明是《时事简讯》的编辑股长、印刷厂厂长兼南山办事处主任，也是个很早就参加了革命工作的老同志。冯禾青被捕前是陆埠区分区委书记。王福林是慈溪县委敌工部长，曾于9月份回到四明山根据地汇报工作，我还在姚江边上的车厩向他交代了许多原则性问题。莫奇是鄞西古林区秘密交通站负责人。他们都是共产党员，是党的干部，在执行任务时因各种不同的情况被日本人和伪军抓去，但都经受住了考验。”

说到这里，丁公量站起身来，又从文件包中找出一张小纸条，交给乐群过目，并说：“谭政委、何司令接到周迪道的信后，让我以何司令的名义给他写了一封回信，这就是回信的底稿。”

乐群看到回信是这样写的：

迪道同志：

你主动向党汇报被捕情况，请示对今后工作的设想，很好。组织上相信你，同意你的意见。我们没有必要去作可以避免的无谓牺牲。希望你尽心尽力，多动脑筋，埋伏在敌人的心脏，完成革命的反间谍的伟大任务。但在作出重大决定前，要向组织上请示报告。

何　静

看完信，乐群抬起头来，向丁公量提问说：“关于他们几个人被捕后的表现，我感到组织上应该有一个明确的政治结论，既使我心里有数，也便于我对他们做思想工作。”

丁公量立即表态说：“你应该明确告诉周迪道他们，组织上是相信他们的。否则，怎么会要他们担任这个任务呢？当然，每个共产党员都要经受党的不间断的各种考验。现在他们是在新的特殊环境，进行新的特殊工作，从事新的特殊斗争，而且斗争更尖锐，更复杂，更残酷，任务很重，你要鼓励他们在斗争中经受考验，为党作出新的特殊贡献。记得鲁迅曾经说过：有缺点的战士终究是战士，没有缺点的苍蝇毕竟是苍蝇。世界上的人如果要求没有一点缺点或错误，那可活着的人也就不多了。背了思想包袱怎能跟凶恶的日本鬼子作斗争呀！至于每个人的政治结论，应当在实际斗争中，取得胜利完成任务后，各自的表现和贡献，就是各自的政治结论。这一点，上次王福林来时，我已与他谈过。”

乐群频频颔首，说：“我一定尊重他们，团结他们，把他们的积极性最大限度地调动起来，我们全组拧成一股劲，坚决完成组织上交给的反间谍任务。”

丁公量又说：敌工委明确指示小组的工作方针是“迷惑敌人，站稳脚跟，广交朋友，积蓄力量”。近半年来他们按照这十六字方针开展工作，不仅基本上站稳了脚跟，而且在营救被捕同志和搜集敌人情报方面，做了不少工作，取得了初步战绩。这为你们下一步的工作奠定了一个很好的基础。

最后，丁公量指示乐群先看看有关资料，特别是日本宪兵队的资料，同时抓紧时间做些必要的准备工作，争取二三天内就动身去宁波。

第四章

驻宁波日本宪兵队是一座人间魔窟，谁见了都躲之惟恐不及。但乐群明知山有虎，偏向虎山行，她分析了敌情我情，决心做到知己知彼，百战不殆。

几天后的一个早晨，乐群离开四明山抗日根据地，只身前往敌占城市宁波。当时交通不便，她要走几十里山路，先到陆家埠（陆埠），通过日伪军严密盘查的关卡丈亭，再乘小火轮沿姚江东下去宁波。

莽莽苍苍的四明山，从天台山脉逶迤东来，雄踞于浙江东部的鄞县、余姚、奉北、慈溪、上虞、嵊县六县之间，俯视着滔滔东海，是我国东南沿海的重要屏障。

为什么叫它为四明山呢，这有一个美丽的传说。据说四明山脉有280座山峰，中峰最高，上有四穴，好像开了四扇窗户，以通日月之光，故称之为四明山。山顶还有一方大石，高十丈，其石突兀，上面刻着“四明山心”四个大字。

乐群对四明山有一种特殊的感情。这不仅因为浙东是她的故乡故土，还因为她从小在上海长大、习惯了大城市的繁华和喧嚣，到了风光秀丽的四明山根据地后，置身于茂林修竹、溪谷纵横之中，远离市尘，仿佛到了洞天福地，大有超尘脱俗之感。时值深秋，但四明山依然是一片绿色的海洋。据说仅梁弄一带，就有几万亩毛竹，秋风吹来，翠竹微微摆动，漫山遍野，一望无际。偶而可见竹海中有红枫点缀其间，红绿相映，赏心悦目。

四明山抗日根据地中心梁弄镇

乐群今天心情特别振奋，面对到村口送行的丁公量，她丝毫没有“风萧萧兮易水寒，壮士一去兮不复返”的悲壮情怀，相反，她显得十分高兴而激动。她说：“我们浙东历来是一方反抗外国侵略者的热土，明代抗倭名将戚继光曾使倭寇闻风丧胆。另一位民族志士谢志望曾以四明山北麓梁弄为依托，与入侵之倭寇进行过生死决战。清末绍兴府女侠秋瑾有一次从日本归来，曾写诗说：河山触目尽生哀，长歌慷慨莫徘徊。她决心以身许国，万死不辞。请粟后同志放心，我此去一定不辜负组织上的期望，跟日本侵略者坚决斗争，团结同志一道工作，圆满完成任务。”

丁公量是浙江定海人，从小对东南沿海人民抗击倭寇的斗争历史耳濡目染，知之甚详，他对秋瑾烈士的爱国精神也十分敬佩。他对乐群说：“你刚才提到了秋瑾女侠，我也引她的几句诗作为对你的临行赠言。秋瑾在《对酒》一诗中说：不惜千金买宝刀，貂裘换酒也堪豪。一腔热血勤珍重，洒去犹能化碧涛。希望你多加珍重，多动脑筋，多与敌人斗智斗谋，绝不轻言牺牲。将来抗日战争胜利了，组织上给你们摆庆功宴。”

一路上，乐群边走边想，着重思考着三个问题。

一是当前宁波城内的敌情。她想，中国古代大军事家孙子有句名言：

知己知彼，百战不殆。今后我们400小组要在敌人心脏里跟他们作斗争，不了解敌人的情况怎么行啊！乐群的记忆力特好，她默默地诵记着刚从浙东纵队司令部敌情通报上看到的日伪军情况：日军常驻宁波地区部队约1000人，附近的镇海驻有日军约160余人，另有海军陆战队100余人，鄞县的鄞江桥驻有日军30余人，栎社机场有日军20余人，奉化城内驻有日军约500人，蒋介石的老家溪口驻有日军约400人，余姚城内驻有日军约160余人，此外在周巷、庵东、樟树庙、浒山等重要据点亦均驻有日军。伪军方面，主要是谢文达的伪十师下辖的三十七、三十八、三十九三个团分别驻在宁波及附近的鄞西、奉化、余姚、慈溪、镇海等县境内。哪里有日军，那里就驻有伪军为虎作伥。日本人下乡“扫荡”，都是依靠伪军为其开路、打头阵，在遭到新四军袭击时作替死鬼。日、伪紧密勾结，沆瀣一气，他们是自己最最凶恶的对手。

乐群反复思考的第二个问题是：在当前新的国际国内形势下，日本人下一步将会有何动作？

当时，全世界反法西斯战争的形势已进入一个新的转折点。在欧洲战场，意大利法西斯已于一年前宣告覆亡，苏联红军正步步推进，解放了波罗的海沿岸和东欧大片国土，锋芒直逼德国本土；英美等盟国已成功地开辟了第二战场，不可一世的德国法西斯很快就要完蛋了。在太平洋战场，美军频频发动攻势，日军伤亡惨重，节节败退，美国飞机还轰炸了日本本

日本侵略军大举入侵浙东

土，日本国内人心浮动，军队士气也日趋低落。在这种新的形势下，日本人是垂死挣扎、更加疯狂呢，还是在战略上、策略上、手法上作某些调整呢？譬如对四明山根据地，是更加频繁地进行“扫荡”呢，还是调整一下以便集中力量对付美军登陆呢？

乐群反复思考的第三个问题是，400小组目前的内外环境和下一步的工作。从丁公量介绍的情况中，乐群感到日本侵略军从今年春开始，对共产党被俘人员已不再像过去那样一味实行残暴的“大棒”政策，抓到就杀；而是逐渐改用“胡罗卜”政策，想通过“怀柔”手段加以感化、分化、利诱，再争取其为他们所用。这从宁波宪兵队对周迪道、周斯明、冯禾青、莫奇、王福林等五个人被捕后的处置中，可以明显地感觉到日本人这种新的政策、策略上的变化。无疑，敌人这一手更阴险，更毒辣。

乐群还强烈地意识到，周迪道他们五个人，目前或多或少都背着一个思想包袱，即组织上是否信任他们。不妨说，几个月来他们是在忍辱负重，为党工作。但是，一个背着思想包袱的战士是很难轻装上阵与敌决斗的。乐群感到自己有责任把党组织的信任转达给他们，使他们更加振奋精神，全力以赴与敌人进行斗争。

乐群还从城工委的敌情资料上了解到，日本宪兵队是在1941年4月20日宁波沦陷后就窜入宁波的。开始时只有十几个宪兵，后来几经增减、调整。原任宪兵队长叫仓木胜，后来调走了，现在队长叫大场敬次。宪兵队内设三个课：警务课、特高课、思想课。人们常说的特高课，是专门对付国民党及其特务组织的，现任课长叫木场重雄。外界不大知道的思想课，是专门对付共产党、新四军及抗日根据地的，并负责侦破和抓捕我党我军派入宁波的地下组织和地下工作人员。现任课长叫铃木政一。思想课和特高课的宪兵，都受过专门训练，是一伙凶恶的职业特务，在对付我党我军方面很有一套反革命的手段，是万万不可轻视的。

乐群知道宪兵队就住在宁波闹市区开明街原永耀电力公司内。这是一幢坚固的三层洋楼，紧靠中山路大街，地处宁波市中心，是交通枢纽。大门口有一座颇为雄浑气派的门楼。附近原先是繁华的街市，1940年日本飞机在这里撒下了大量鼠疫疫苗，使这里的100多名居民暴死，后来几百家

新四军浙东游击纵队政委谭启龙（中）、参谋长刘亨云（右）、政治部主任张文碧（左）

住房被焚毁，顿成一片废墟。但宪兵队的头头们看中了这里的视野较广，射界开阔，住在楼上可以居高临下监视周围各方面的动态，遇有情况，即可随时出动。宪兵队内外岗哨密布，戒备森严。宪兵队还设有牢房，备有老虎凳、火刑、电刑等各种刑具。日军不仅在这里关押了众多犯人，还残酷用刑，拷打之声远近可闻；加之又豢养了一群凶恶的大狼狗，动辄放出狼狗疯狂地撕咬犯人，附近居民听了毛骨悚然，都说日本宪兵队是宁波城里一座可怕的人间活地狱。谁见了它都躲得远远的，避之惟恐不及。

乐群还听说，日本宪兵队曾在宁波沦陷一周年（1942年4月19日）那一天，在全城围捕抗日军民，共逮捕了100余人，有不少人被关押在宪兵队，有的被狼狗咬后两腿溃烂不能行走，有的被残忍砍头，有的坐老虎凳、灌辣椒水、火烫、上电刑，有的被打成终身残废。还听说有个地方游击队的情报人员，竟被宪兵放出狼狗活活咬死，惨绝人寰。

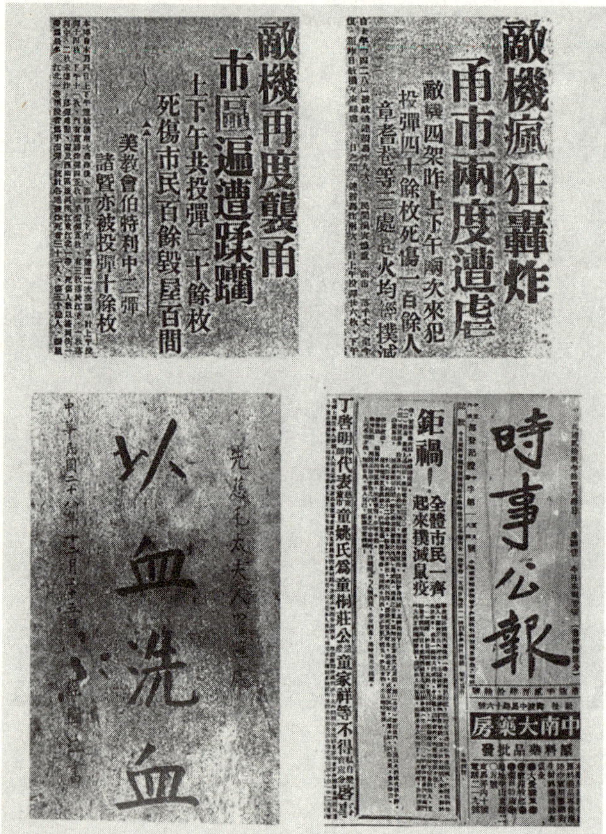

敵機再度襲甬
市區遍遭蹂躪
上下午共投彈二十餘枚
死傷市民百餘毀屋百間
美教會伯特利中二彈
諸暨亦被投彈十餘枚

敵機瘋狂轟炸
甬市兩度遭虐
敵機四架昨上下午兩次來犯
投彈四十餘枚死傷一百餘人
章耆巷等三處起火均經撲滅

以血洗血

時事公報
鉅禍！
全體市民一齊起來撲滅鼠疫
中南大藥房

乐群心想，在日本宪兵队这样的虎穴狼窝里要长期埋伏，并进行卓有成效的战斗，必须要有比常人更高的政治觉悟和思想素质，需要更加发扬共产党人是特殊材料制成的这样一种韧性和坚定性，需要采用不同于常规的更加特殊的斗争方式和斗争策略……

想到这里，乐群愈来愈深切地感到，自己今后的担子实在太重了！回想自己入党和参加新四军以后，六七年来虽然也做过地下工作，多次出入敌占区，和日本人、伪军、国民党顽固派都打过交道，但还没有领导过一路人马跟日本人进行过面对面的短兵相接的斗争。这样特殊、繁重、艰险的任务，能够胜任吗？

再说，乐群想到自己将要去领导的周迪道等几个同志，有的人党龄比自己长，原先的职务比自己高，斗争经验和生活阅历都比自己丰富，自己能领导得了他们吗？

想到这里，乐群心里不由得浮起一丝慌乱、一丝胆怯……

走了几十里山路，乐群早已饥肠辘辘，口渴难忍了。时间已近晌午，看看附近，前不靠村，后不靠店，只有潺潺的溪水在山谷间淙淙流淌。她就近找到一处溪水，俯下身子，用双手捧起溪水贪婪地饮了几口。仰起头，秋日的晴空一碧如洗，万里无云。远远近近的山峰，一个连着一个，层峦叠嶂，千岩竞秀，万壑溪水，令人心旷神怡。乐群不禁心头一阵激动，放声唱起了当地流行的抗日歌曲：

自从来了东洋兵，嗨，房屋财产化灰尘。
奸淫掳掠像野兽，嗨，杀人放火说不尽。
大家快快拿起枪，嗨，参加抗日自卫军。
一夜翻过五座山，嗨，好比关公过五关。
革命不怕苦和累，嗨，不怕风雪烈日晒。
四明山上出英雄，嗨，打败鬼子享太平。

歌声回荡在千山万壑之间，乐群越唱越感到激情澎湃，心头曾经浮起的一丝阴霾顿时烟消云散。她想起了入党时的誓言：为了共产主义的壮丽事业，自己甘愿献出一切，甚至赴汤蹈火，牺牲自己最宝贵的生命，也万死不辞！“明知山有虎，偏向虎山行。”乐群决心深入虎穴，去跟日本人作一番生死较量。

第五章

王福林住处突然来了一位“二表姐”。他们假装成一对“情侣”，秘密研究了三天。乐群临离开时，日本宪兵队思想课长铃木忽然出人意料地闯了进来……

乐群单身一人来到了丈亭姚江渡口。她已化了装，穿一件当时流行的淡蓝色漂亮旗袍，脚穿白色麂皮高跟皮鞋，梳一头披肩长发，白净的脸上薄施粉黛，明眸皓齿，落落大方，一副有钱人家的大小姐打扮。

从丈亭沿姚江开往宁波的小轮船已升火待发。乐群怀揣各种必要的“身份证件”，并且故意选择开船前不久登船。这时乘客们前挤后拥，熙熙攘攘。哨卡上负责盘查的敌哨兵面对拥挤的乘客忙不过来。如果他们要刁难，只要塞上几张钞票“意思意思”，他们也就放行了。所以每次乐群都平安无事，顺利通过哨卡。

坐在小轮船的一个角落里，乐群默默地注视着滚滚东流的姚江水，心里也像这江水一样浪花阵阵，翻腾不已。经过反复考虑，为安全起见，她决定先到一个秘密住处落脚，那里是她一年多以前亲手建立的联络点。

1943年春乐群从苏北来到浙东工作后，谭启龙等领导同志经过研究，决定利用她的社会关系，要她在宁波城里建立一个秘密交通站，任务是完成区党委和谭启龙交办的特殊事项，并搜集和传递日、伪方面的情报，接应和护送通过宁波前往上海或由苏北来四明山根据地工作的重要干部，以及购买转运一些紧缺军用物资等等。谭启龙还特别关照，要乐群回单位汇报请示工作时，也尽量少在公众场合露面。

王福林（左）和中国人民志愿军二十军副军长合影（抗美援朝时）

乐群老家在镇海县小港镇，距离宁波市区不太远。乐群的父亲除了在上海开有南北干货店、杂粮店等商店，并兼营药材批发业务外，又在宁波开了一家南北土产商店。乐群作为颇有财产的“乐老板”的爱女，在宁波自然也受到上层社会的刮目相看。有了这个条件做掩护，乐群把交通站设在宁波江北岸的三宝桥的一幢楼房里。楼上住的是日伪盐务管理局局长的一位姨太太。宁波所属的余姚、慈溪、镇海三县北部有大片盐田，盐的产量很高，质量也好，是日、伪搜括的重点，伪盐务管理局也是一个肥得流油的单位，伪局长收入丰厚，手头阔绰，在日伪上层兜得转，讨了几房姨太太。乐群就常常和住在楼上的这位姨太太一起应酬，打麻将，摆酒宴。日伪军警看在眼里，也认为乐群是姨太太们的亲朋好友。

到了秘密联络点住下后，乐群按照约定的时间、地点去见代号为404的王福林。

为什么不先见组长周迪道而要先见王福林？原来，乐群早在城工委驻地鲁家岙时，就知道了王福林其人其事。

城工委甫告成立，丁公量指示周迪道派王福林回根据地汇报工作并领受新的任务。因王福林有敌伪军工作经验，负责小组的内勤工作，平时向上级的工作报告均出自他之手。

其时，乐群刚刚受命担任城工委与周迪道小组之间的政治交通，组织上就向她介绍了王福林的情况，交代了在宁波的联系方法，确定了联络暗号，但由于时间关系，许多问题还来不及细谈。

王福林是浙江温岭人，生于1923年，这一年21岁，比乐群小5岁。别看他还是个年轻小伙子，但他早在中学读书时，即于1938年参加了中国共产党。还当过温岭地下党的特派员。后来又到杭州做过地下工作。

1943年3月，浙东区党委决定大力加强敌伪军工作，从各条战线上抽调精兵强将充实各级领导机构，正在台州的王福林，奉命出任“三北”地委敌工分委（又称“三北”敌工总站）下属的慈姚站站长，8个月后升任慈姚县委敌工部长。当时该县境内驻有伪十师三十九团团部及地方伪军一个保安团、一个保安大队，还有伪中央盐务税警总队等。年轻的敌工部长运筹帷幄，出谋划策，指派得力人员大力开展对伪中警的秘密策反，终于争取伪中央税警团第八连60多人打死反动连长后反正，将部队安全拉入根据地。这次策反的成功，不仅沉重地打击了“三北”地区的日伪军，又扩大了我党我军的政治影响，增加了我军的实力，王福林也因此受到了上级表彰。

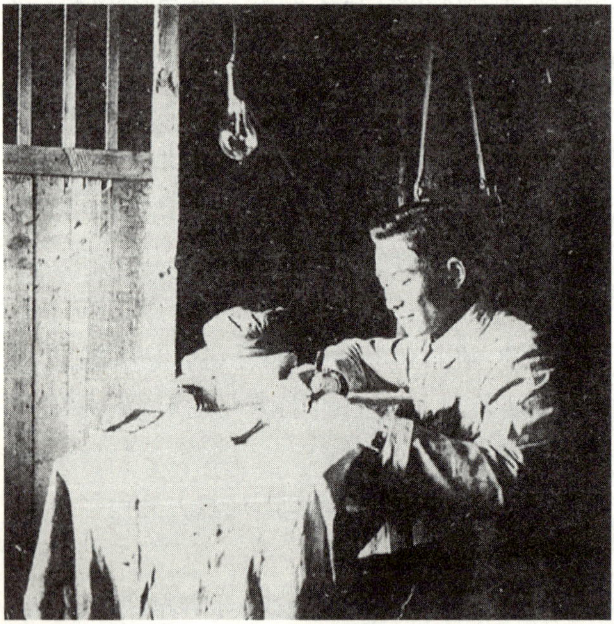

王福林1951年在中国人民志愿军第二十军某部坑道内

可是，最精明的猎人也有失手之时，一次，王福林在做伪军工作时，途中遭遇敌人，他穿的虽然是便衣，但敌人从他身上搜出了一张条子，上面写着浙东行署主任、副主任的名字，这些在《新浙东报》上公布过。敌人看了，认定他是新四军，就把他押解到宁波宪兵队。当时日本人抓到共产党新四军，并不要求你承认错误，也不要求写什么悔过书，只要求你承认真实身份。王福林的身份已无法隐瞒，敌工委指示周迪道想尽一切办法营救。周迪道利用与思想课长铃木的关系，向铃木保证王福林一定能参加“和平”，并说服铃木让王福林当自己麾下的联络员。就这样，王福林出狱后，经敌工委决定，表面上成了日本宪兵队密探的联络员，暗地里成了反间谍工作小组的战斗员。

深秋时节，天黑得早，乐群在暮色苍茫中来到苍基街2号，敲响了大门。她敲门时用的是与王福林事先约定的暗号。

王福林已知道这几天乐群要来找他，所以一听到敲门声，就立即跑来开门迎接。

“啊，二表姐，你来了！快请进，请进！”王福林故意高声地说着，表现得格外热情和亲切。

房主人陈瑞华闻声前来，经王福林介绍，他也口口声声地称呼乐群为“二表姐”。

这个陈瑞华，当年25岁。他原先曾在新四军浙东纵队修械所当工人，因眷恋宁波家中的妻儿老小，竟不顾革命纪律而擅自跑回了家。周迪道获此信息后，经了解他没有其他不法行为，经过反间谍工作小组研究并报敌工委批准，为了不使他公开投降日伪，遂将他吸收为联络员，以免他失足并为敌所用，同时又特地派王福林住到他家中，一方面对他进行教育开导，一方面也暗中起监视作用。同时王福林把宪兵队发给自己的生活费每月一石大米补贴给了陈瑞华做家用。这也稳住了陈瑞华。

陈瑞华毕竟受过党的教育和革命队伍的熏陶，又身为炎黄子孙，并不愿甘心附敌，所以名义上当了日本宪兵队密探周迪道手下的联络员，暗地里却成了反间谍工作小组的一个外围成员。

乐群早已从王福林处得知了陈瑞华的上述情况，她亲切地握着陈瑞华的手，说："陈先生，我这个表弟在你家里，给你添了不少麻烦，太谢谢你了！今后，还希望你像对自己的弟弟一样，多多关照他呀！"边说，边递上了随身带来的两包糕点，说："一点小意思，不成敬意，还望陈先生笑纳！"

陈瑞华是个聪明人，一看她的气质庄重正派，很可能是"山里"派来的人，但他也深知这方面的"规矩"和"纪律"，所以也没有多问，就客气地招待乐群住了下来。

吃过晚饭后，陈瑞华一家人有意地早早休息了，王福林将乐群请到自己的住室里，关起门来密谈。

其时浙东一带老百姓中流行一句俗话："表兄妹，老婆配。"还美其名曰"亲上加亲"。王福林在人前一口一声亲热地称呼乐群"二表姐"，故意使人认为"二表姐"上门是来"相亲"的。白天，他们两人假装成"谈恋爱"，放低声音，轻声细语，娓娓而谈，以防敌人一旦闯入；晚上也一直谈到深夜，然后王福林将床铺让给乐群，自己到另一间屋睡地铺。

王福林回四明山根据地向城工委汇报工作时，丁公量有时也要乐群一起听汇报，但也不是每次都听。加之周迪道等五个人被捕时间有先后，每人在敌人狱中的表现不一样，出狱后的工作表现也不一样。这么多的人和事一起涌到乐群面前，使她一时感到目不暇接，很多情况若明若暗，需要有一个过程来慢慢了解，才能完全弄清其来龙去脉。因此，乐群在苍基街2号一连住了三天，向王福林来了个刨根问底……短短三天时间，乐群以她和蔼可亲、热诚待人的性格魅力，赢得了陈瑞华全家人的敬重。临别那天，陈瑞华特地炒了几个菜，备了绍兴黄酒，热情地为乐群饯行。

夜幕降临，深秋凉意袭人，陈瑞华的父亲、妻子和乐群、王福林一起围坐一桌，饭菜热气腾腾，充满亲切的家庭气氛。

陈瑞华端起酒杯，站起身来向乐群敬酒，说："这次二表姐来寒舍，虽属初来乍到，但一回生，二回熟，今后二表姐和我们就是一家人了，欢迎您常来。我们家条件差，您都看到了，招待不周，请二表姐海涵。"

乐群内心很激动，她在陈瑞华家住的时间虽短，但经过交谈，看到这位"开小差"离开革命队伍的年轻人已经悔悟，并正在为我党我军从事着秘密工作，这可是会掉脑袋的事啊，然而他义无反顾，想到这里，乐群高兴地跟陈瑞华碰了杯，说：“陈先生，这次来您家，给您们全家添了不少麻烦，深感歉意！今晚又承蒙您破费，设宴为我饯行，太感谢了！您年轻有为，前途无量啊！来，为我们的相识，为我们的友谊，干杯！”

宁波日本宪兵队驻地原永耀电力公司大门

觥筹交错，欢声笑语，席间气氛活跃，亲切融洽，乐群和王福林更为陈瑞华的进一步向党靠拢而欣慰。

突然，一阵“嘭、嘭”的敲门声惊动了大家。

陈瑞华跑去开门，一看，不禁大吃一惊：门口站着的竟是日本宪兵队思想课长铃木政一。

铃木不请自进，径直朝屋内走来，带钉的皮鞋沉重地敲打着地面，吓得陈瑞华的父母妻子身子微微发抖……事发仓促，乐群要暂避一下根本不可能了。

王福林心里十分紧张，他估摸不透铃木为什么不早不晚偏偏这时闯了进来？他是偶然闯入还是闻到了什么味道有备而来？

一连串的问题闪过王福林的脑际，需要他在仅仅只有几秒钟的时间内作出准确的判断并及时做好应对措施。

乐群虽然多次出入敌占区，经历过日本哨兵的多次盘查，但和日本宪兵队的一个头目、一个凶恶狡诈的日本特务面对面地狭路相逢，今天还是破天荒第一遭。但她也不得不和大家一样，站起身来迎接铃木的到来。

乐群用党的地下工作者的目光，审视着站在眼面前的这个日本宪兵队头目。

铃木这一年29岁，身高一米六几，肩上挂着曹长的军衔，瘦长身材，戴一副玳瑁框眼镜，长方脸，嘴角挂着一丝似笑非笑的笑容，用中国老百姓的话来说是一副“奸相”，给人一种高深莫测的感觉。

铃木曾几次来陈瑞华家中找过王福林，平时只见到过陈瑞华的妻子。在上过大学，有着高等教育学历的铃木眼中，陈妻是个地地道道的“土包子”，根本不屑一顾。今天，铃木突然见到乐群，不禁眼睛一亮。

王福林连忙凑上前来，向铃木介绍说：“铃木先生，这是我的二表姐，她家住在上海，宁波还有她父亲开的商店，她是特地来看望我的。”

在一旁的陈瑞华心里有数，也插上来对铃木说：“太君，二表姐来看望王先生，是来‘相亲’的呀！他俩正在谈恋爱，难舍难分。她是王先生的未婚妻，太君，你看他们两人是多般配的一对呀！表兄妹，老婆配嘛！”说毕，故意哈哈地笑了起来。

乐群此时表现得处变不惊，沉着镇定，神色自若。她微微一笑。落落大方地向铃木点点头，算是打了招呼，并说：“铃木先生还没有吃晚饭吧！如不见笑，请入座，和我们一起喝一杯。”

铃木初见乐群时，凭他的职业特务的敏感，心里曾掠过一丝疑窦；作为一个男人，他脑子里对乐群的美貌也闪过垂涎之意。但是，经王福林和陈瑞华这么一介绍，再看看乐群毫无反常之态，心中曾有的怀疑也就烟消云散；对乐群的垂涎也收敛了。在他城府很深的脸上露出了淡淡一笑，说：“原来这位小姐是王先生的未婚妻，失敬，失敬！”

铃木边说边站着端起一杯酒，向乐群和王福林两人举了举杯，说：“王先生和这位小姐什么时候结婚呀？到那时可不要忘了请我们喝喜酒呀！好，今天我先敬两位一杯，祝你们早成连理。”

解放战争时期的王福林

乐群不卑不亢，落落大方地和王福林一起跟铃木碰了杯。

铃木并未就坐，说："我已吃过晚饭了。今天是来看看王先生。王先生既然有客人，那就以后再说吧！告辞了。"说毕，铃木向大家挥了挥手，转过身扬长而去。

这餐丰盛的饯行家宴，被铃木这个不速之客一搅和，弄得草草收场。

回到房间，王福林不禁伸了伸舌头，说："好险哪！"

乐群也说："鬼子进屋后，我也惊出一身冷汗，但眼见已无法躲避，只得硬着头皮应付他了。没想到他并未看出破绽，让我们顺利闯过了这一关。"

王福林说："那全凭你乐群同志沉着冷静，机智灵活，应对得法，使铃木没有识破我们演的这出'戏'！"

"不过，"王福林正色说道："铃木这个鬼子，为人非常阴险，他是我们的主要对手，今后，您和我们400小组的所有同志，都要对他多加提防。"

乐群问道："依你之见，铃木这个鬼子有哪些特点"？

王福林沉吟了一下，说："我跟他很少直接打交道，他的情况周迪道同志比较了解。我的看法，铃木这个人具有一般日本职业特务的共同特点，就是阴险狡诈，喜怒不形于色，使人摸不着他在想什么。他反复无常，说变就变，刚刚脸带笑容，马上又翻过脸来对你拳打脚踢。还有，他从来不交底，让你弄不清他的真实意图。”

听到这里，乐群插话说：“跟这样的敌人作斗争，我们可要特别小心，多长几个心眼。稍有不慎，就要吃大亏了。”

王福林继续说：“铃木虽然很阴险，但在生活作风上还不放纵。他不太喜近女色，不像宪兵队的另几个日本人西原、土屋、岩永等大色狼，一看到女人就像苍蝇见了血，就沾着不走了。今天你如果碰到这几个人，麻烦就更大了。”

乐群说：“这件事警示我们身处虎穴狼窝，必须时时提防，处处小心。今天铃木的突然出现，也算是对我们上了一课，今后我们可要千百倍地提高警惕，小心谨慎，一点一滴都要考虑周密，不能有一时一刻的松懈，一丝一毫的疏忽。”

第六章

周斯明被周迪道设计营救出狱，住到大密探成建家里。他成天挂着个脸，对密探夫妇横眉冷对，嗤之以鼻。成建向鬼子告密，说周斯明是“最没有大东亚思想的人”，将他第二次逮捕入狱。

第二天，王福林通知代号402的周斯明说：“城工委新派来的政治交通乐群要跟你见面，单独和你谈谈。地点请你选一个既方便、又隐蔽、又安全的处所。见面时间听候她的通知。”

王福林还跟周斯明附耳低言：“这件事请你先不要告诉周迪道。乐群同志想先听听你对周迪道的看法。他是反间谍小组的组长，乐群先不找他而先找你、我，他知道了会有想法的。”

周斯明心想：这是区党委派人考察我们来了，当然考察的重点人物是周迪道。这是意料之中、情理之中的事，因为外界对周迪道有所议论，看法也不完全一致。

周斯明又想，自己也正想有个机会向组织上汇报汇报自己的思想，向党说说心里话。今天区党委派人来找自己了，这使他喜出望外。

周斯明物色了一个可靠人的家中和乐群见了面。这位熟人待他俩见面后，就主动回避，剩下他俩单独交谈。这样，万一被人发现，就说他俩是经人介绍见面“谈对象”的。

周斯明和乐群同岁，都生于1918年，这一年他俩都是二十六岁。

乐群从有关领导的介绍中，已经知道周斯明是浙江嵊县人，早在1935

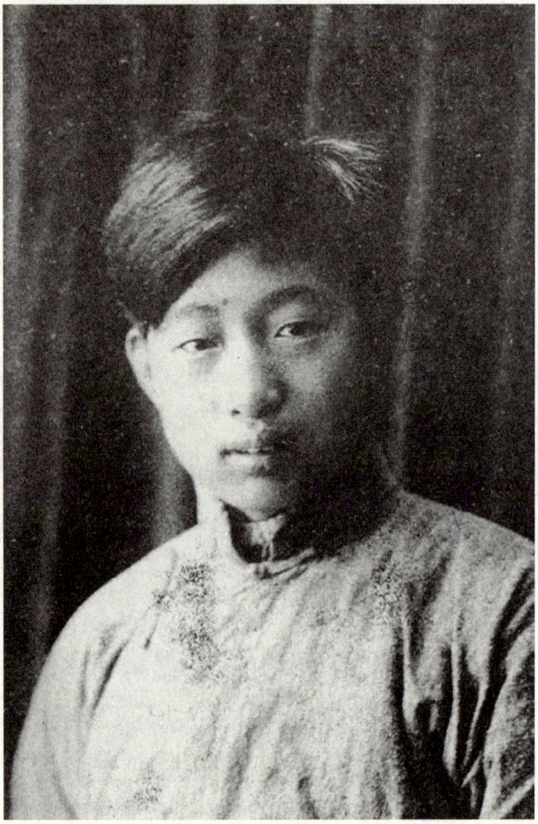

青少年时代的周斯明

年就参加了当地的革命工作，1937年10月19岁时秘密参加中国共产党，年纪轻轻就担任了区委书记的重要职务。1942年他调到浙东区党委工作，担任过区党委机关报《时事简讯》的编辑股长、印刷厂厂长、报社南山办事处主任。1944年2月，他在日本侵略军下乡“扫荡”时不幸被捕。

乐群仔细打量了周斯明，见他身材颀长，一米七六的个子，有一种英武的气概，但讲起话来慢声细气，咬文嚼字，又是一副书生模样。她握了握周斯明的手，先作了简要的自我介绍，然后，开门见山，说：“今天找你谈谈，是想谈三个问题：一是请你介绍一下被捕和出狱的经过；二是想听听你对周迪道同志的看法；三是谈谈你们小组近半年来的工作和斗争情况。”

按照乐群的要求，周斯明先汇报了自己被捕和出狱经过：

今年初，国民党顽固派大举向我四明山根据地进犯。我军不得不奋起自卫反击，主力要渡过姚江撤到“三北”去。我于1943年7月被任命为区党委机关报《时事简讯》印刷厂厂长，后又任南山办事处主任。你知道，印刷厂的机器来之不易，是地下党的同志冒着生命危险一部分一部分地从敌占区偷偷运出来的，然后再到根据地组装起来，担负报纸、文件和学习材料的印刷任务。这些机器对我党我军来说，是非常宝贵的，一旦失去了，要再搞到就很困难了。我奉命把印刷机器埋到山沟里，报纸改为油印。一天傍晚，我外出工作，在赶路途中，突然遇到国民党顽固派军队。他们有几百人，我赶紧躲到一个小山沟里，凭借繁茂的树木作掩护，未被国民党顽军发现。国民党顽军走后，我随即将看到的敌情急匆匆写成一份情报，进到一个叫俞鲍陈的村庄，找到一个情报员，叫他速送司令部。很快，第二批敌人又来了。我绕了个山头，来到了一处山路上，谁知又和一大堆敌人不期而遇，而且，在黑沉沉的夜色中，听到他们叽哩哇啦在说话，一听，糟了，这回遇到的不是国民党顽固派军队，而是日、伪军。我随身带着一支手枪，还有区党委宣传部长顾德欢给四明地委书记刘清扬的一封介绍信，要是被敌人发现了，那就麻烦了。于是我急忙把手枪和信掩埋在地里。好在我穿的不是新四军的灰布军装，而是便衣。我心想如被日本人发现了，就说是小学教师，准备回老家去结婚的。

山路很狭窄，我和日伪军狭路相逢，撞了个面对面，已无路可逃，无处可躲，就这样，我被抓到了驻宁波日本警备队。后来，又将我押解到宪兵队关押。当时，我已经做好了牺牲的准备，决心捍卫共产党员的荣誉，绝不做软骨头。

过了几天，日本人带着翻译对我进行了审讯，我一口咬定自己是小学教师，名叫周列平，是准备回家结婚的，只见那个日本宪兵不住地摇头，表示不相信。

后来我才知道，和我关押在相邻牢房里的徐渔樵，他认识我，知道我是南山办事处主任，他可耻地叛变了，向日军讲明了我的情况。一天，一个鬼子——后来知道他叫铃木，是宪兵队的思想课长，是专门对付我们共产党和新四军的，他阴着脸，先瞪了我一会儿，然后，说：“周先生，你的，很年轻的，大大的有前途。”我没有答理他。他又对我说：“你的，认识新四军何静（何克希）司令、谭启龙政委，我们想请你写一封信，劝说他们跟我们皇军合作。我们欢迎他们参加和平。你的，大大的立功。”我一听，心想日本人是要我背叛革命，向他们投降，并为他们去破坏党，破坏革命，于是我坚决地声明：“我不认识什么何司令、谭政委，我更不能写这样的信。”见我拒绝了，他又动员我说：“你不认识他们没有关系，只要你写了，来不来是他们的事。你写了就行。”我说：“我这个人有个脾气，凡是做不到的事就不做。”铃木无法，只得悻悻地走了。

过了几天，铃木又对我进行审问。他问我：“《时事简讯》的印刷机器埋到哪里去了？”我想：徐渔樵是在四明山里认识我的，后来我调任印刷厂厂长兼南山办事处主任，他已被捕了，我估摸他并不知道我负责掩埋印刷机器的内情，何况我们的掩埋工作搞得十分秘密。那么敌人又怎么会知道此事的呢？我看铃木的表情，他明显表露出是在诈我。因为《时事简讯》原先是铅印，撤到“三北”后，改为油印，敌人一分析就知道印刷机器没有带到“三北”去，那就肯定在南山一带掩埋了。这样一想，我心里有了底，我斩钉截铁地对铃木说：“此事我一无所知！我只管报纸的发行，根本不知道印刷厂的情况。”铃木又生气得不得了，对我说：“周先生，你是最没有大东亚思想的人！”他先后打过我几次耳光，用皮鞋凶狠地踢过我几次。一次，他又用右手做了个刀劈的手势，说要对我：“死拉死拉的！”

周斯明1945年夏在400小组时 摄于宁波中山公园

一次，铃木将我单独带到宪兵队二楼的一个审讯室里，室内放着上电刑的手摇电机，写着“杀人电器”四个醒目大字。铃木坐在椅子上，两眼直瞪着我，一句话也不说，什么问题也不问。就这样，一直让我站了近半个小时。我当时就意识到日本人是在对我进行心理战，考验我的意志坚强不坚强。在那种恐怖的气氛中，没有坚强的革命意志，是很难顶得住的。当时我横下一条心，你铃木用两眼瞪我，我也用两眼瞪你，毫不示弱。僵持了一段时间后，铃木突然站起身来，走到我跟前，一把抓住我，将我拉到墙壁前，把我的头靠在墙上，让人给我照了相，又一言不发，把我带回牢房。

我想，这一下鬼子要杀我了。死就死，共产党员为革命而牺牲，对得起党，对得起人民，死得其所，非常光荣。

过了几天，铃木又来到牢房，还是单独将我带到宪兵队二楼的一个房间里。他站在门外，让我一个人在室内看。这一看让我大吃一惊！原来，室内陈列着《时事简讯》、《新浙东报》、《战斗报》等我党我军出的报纸以及整风文件等等。更使我震惊的是，还有一份谭启龙第一次反顽自卫战的总结报告，是发给团以上干部的党内机密文件。我当时想：难道敌人在我党我军内部已派入了奸细？或者我们出了叛徒？我又想：铃木这样做，显然是在策动我叛变投敌。但这一天他还是一句话也没对我说，意图是继续造成对我的心理压力。

后来，有一天，我突然看到周迪道走进了关押我的牢房。1938年秋他任中共嵊县中心县委组织部长时，我是嵊县西区区委书记，就跟他相识。县委书记还说他水平高，活动能力很强。今天，见他大大咧咧的那副模样，门口还站着一个日本宪兵，显然是和他一起来的。我心想这个家伙怎么叛变了，当了汉奸，成了日军的走狗……正想着，见他正在悄悄地对我使眼色。他走到我面前，说："你不就是周列平吗？走，跟我出去。"我关押时什么东西也没有，我站起身来，跟他走出了牢房。门口站的那个日本宪兵，后来知道他叫土屋。

周迪道将我从牢里带到宪兵队二楼的一个房间。这时室内只有我们两个人。他提高声音对我说："周列平，我是来劝你参加'和平'的！"他边说又边对我使眼色。我白了他一眼，表示出对他不屑一顾的蔑视神情。这时，周迪道边瞅着门外边压低声音对我说："你这样僵着也不是个办法。我劝你投降日本人，参加他们所谓的'和平'，当然这是表面上的。实际上，我劝你出去后跟日本人斗。你看了他们的陈列室了吗？其中有一份谭启龙政委的绝密报告，是发给团以上干部的，过去你没有看到过吧？"

我点点头，说："我是营级干部，哪能看到这份文件？"

周迪道接着小声说："这件事说明，日本人已经派人打入了我们内部，或我们内部出了叛徒。我动员你投降日本人，就是让你出去后，设法返回根据地，将此事报告组织。你看到那份文件上盖了一个收件人的印章。至少可以通过此人，顺藤摸瓜，查出敌人的奸细或我党我军的叛徒。"

我清楚地记得文件上盖章人的名字。听了周迪道一席话，想想也有道理。但是，处事谨慎的我心想：我凭什么就相信你周迪道所言是真？所以还是一句话也没有说。

最后周迪道急了，说："这是我的意图，究竟怎么办，你自己决定吧！"

我被周迪道保释出狱后，土屋将我带到一个名叫成建的大密探家里，要我住下来。

成建这个人很坏。他是四川人，听说原先在国民党部队给一个团长当勤务兵。此人比较年轻，一表人材，眉清目秀，又十分机灵，生性很风流，喜欢拈花惹草。团长年纪大了，又是三妻四妾，他和团长的一个小老婆一来二去就勾搭上了。世上没有不透风的墙。团长得知成建的奸情后大发雷霆，用马鞭将成建抽打了一顿，还扬言要杀了成建以解心头之恨。成建表面装老实，内心十分奸诈。一天，他来了个先下手为强，把团长打死了。他辗转逃到宁波，投降了日本人。我住到他家后，实在看不惯他为虎作伥的丑恶行径，言语和行动上时常顶撞他。成建有个老婆，并不是那个团长的小老婆，是成建后来娶的。这个女人也是狐假虎威，仗着成建这个大密探的威风，对我不屑一顾，冷言冷语。我哪里受得了这份气！于是我就整天挂着个脸，面带愠色，一句话也不说，不仅从来不称呼她一声"成师母"，还常常对他们夫妇横眉冷对，嗤之以鼻，给他们脸色看。每天成建从外面回到家，我见了也从不叫他一声"成先生"，对他不理不睬。听说成建向土屋告了我的状。说我是"最没有大东亚思想的人"，迟早总有一天要逃走。就这样，几天后我又被关进了宪兵队的监牢。

周斯明一口气说到这里，稍为停顿了一下，呷了一口茶。

乐群聚精会神专注地听着。她插话问道："那么，你第二次又是怎样出狱的呢？"

第七章

乐群热情地伸出手来，对周斯明说：你们在特殊环境下，用特殊的方式方法为党工作，不愧是用特殊材料制成的共产党员！

周斯明继续向乐群汇报说：周迪道得知我第二次入狱，就动脑筋想办法如何再次营救我。他利用日本人跟密探之间的矛盾，几天后特地请宪兵土屋吃饭。他频频向土屋劝酒，给土屋戴高帽子。几杯酒下肚，土屋高兴地拍拍周迪道的肩膀，说：朱先生（周迪道化名朱人达），你的，大大的够朋友！周迪道见时机成熟，就对土屋说：你把周列平长期关下去，我看也非长久之计。依我之见，他在成建家里的生活过不惯。再说，他对成建敲诈勒索、吃喝嫖赌的那套生活作风，也看不下去。还有，成建那个老婆，狗仗人势，欺压周列平，他是个男子汉、大丈夫，哪里咽得下这口气呀！所以，周列平并不是没有“大东亚思想”，也不是想逃跑，只是在成建家里过不惯。

乐群插话问道：“日本人难道也会对成建的那套作风看不惯？”

周斯明解释说：“日本人侵华前期，烧杀抢掠无所不为，无恶不作。后来，特别是德国人快要完蛋，美国军队开始在太平洋战场转入进攻后，铃木到南京开了一次会。回来后可以明显地看出，日本人为了笼络人心，原先的做法有所改变，表面上也要求密探们对老百姓不要敲诈勒索。周迪道正是利用了敌人这一点。”

周斯明继续说：土屋听了周迪道所言，点点头，对成建骂了声“八格亚奴”，意思是成建浑蛋、混账。周迪道乘机说：土屋先生，我看是否给周列平换个环境，我再给他开导开导，劝他参加“和平”。土屋喝了周迪道的酒，不好意思拒绝，就说了声“亚西”，表示同意。

乐群不解地问周斯明：“难道土屋有那么大的权力，可以决定一个人的生杀予夺？”

周斯明解释说：我们这个小组平常只有周迪道一个人直接跟日本鬼子打交道。偶尔情况下鬼子也找我和王福林、冯禾青，但很少，所以我对宪兵队内部的情况也不太了解，大都是听周迪道说的。我第二次被保释出狱的经过，后来听周迪道说他还找过铃木。因为土屋只是个军曹，军阶比铃木低，铃木又是思想课的课长，释放我还得由他说了算。那时周迪道刚替敌人“做事”不久，在铃木面前说话分量还不够，这个情况周迪道心知肚明，所以他又找了翻译程明从中疏通。

乐群饶有兴趣地问：程明这个人怎么样？是朝鲜人还是中国人？

周斯明说：翻译中确有几个朝鲜人，但程明不是，他是中国人，听说老家在温州。他小时候就跟父亲到日本做生意，会说一口流利的日语。长大后他回到中国，在温州、台州一带做生意。为了在生意场上站住脚，他拜在台州一个青帮大头子金廷荪门下当徒弟。还听说他和国民党第三战区司令长官顾祝同手下的人一起做生意，是个“路路通”的人物。不过，此人还有点江湖义气。周迪道被捕后，他见周这个人生性豪爽，口若悬河，在日本人面前说得天花乱坠，但又不丧失中国人的骨气，更不像某些叛徒那样卑躬屈膝，出卖国格，丧尽天良，相反，颇有古侠义风，所以他暗中将周迪道引为“江湖知己”，在日本人面前替周迪道说了不少好话，最后还由他个人担保，将周迪道保释出狱。为了释放我，周迪道又特地找到了他，请他出面向铃木疏通。果然，他应周迪道之请对铃木说：周列平得罪了成建，而成建这个人的所作所为，太君你也是看不惯的。周列平这个人，只要他思想真正通了，他能参加“和平”，其作用远比成建这样的人要大得多。

乐群心想，世界上的事情也真有点怪。就拿日本人来说，他们疯狂侵略中国，是一群极其凶恶的魔鬼。但从公开报道和某些内部情报资料上看，他们对真正有骨气的中国人，内心还是敬佩的，如著名抗日将领张自忠，1940年5月与日军血战后壮烈殉国，许多日军官兵在他的遗体前都脱帽致敬。相反，对于叛变投敌的国民党军队，日本人却从心里瞧不起，在一份内部文件中说："曾经统治苏北的重庆党军，其训练、素质恶劣，军纪松弛，民心叛离。"对于众多的伪军，日本人也认为"和平军依仗皇军的恩宠，以皇军为后台，无恶不作，军纪不良，横征暴敛，不仅使民心叛离，且遭民怨，成为众矢之的"，"新四军针对此种情况，展开猛烈的政治工作及民众工作，大致取得成功"。看来，日本人从侵华中也逐步认识到，依靠"无恶不作"的汉奸必然使自己成为"众矢之的"，所以他们逐渐改变了策略，对他们所认为的"比较正直"的中国人，频频伸出了"橄榄枝"。看来，这大概也是宪兵队铃木加紧利用周迪道等人的缘由。

周斯明见乐群陷入了沉思，也停止了汇报，静候她的指示。乐群见周斯明没有说话，就提问说：听说你第二次被保释出狱后，并不想留在宁波做地下工作，是吗?

周斯明说：的确是这样。你看我这个人，哪里是干这方面工作的料啊！所以，当周迪道告诉我，说敌工委和粟后同志（丁公量）要我留下来，参加他们的反间谍工作小组，我听了很不情愿。开头几天，我总是愁眉苦脸，茶饭无味，夜不安枕。我还给我的顶头上司——区党委宣传部长顾德欢（化名张瑞昌）同志写了一封信，托交通员张炎同志带回四明山根据地，强调我的个性不适合做敌伪军工作，要求回根据地。过了几天，张炎从根据地返回，给我顾德欢同志的一封亲笔信，他指示我安心地留在宁波做敌伪军工作，我看了信，还是不愿意，对张炎说，我还可以保留意见，希望组织上再作考虑。几天后张炎从根据地返回，又传达了顾德欢同志的指示，一定要我服从大局，并说已将我的组织关系从宣传部转到了敌工委。我想我是一名共产党员，一切都应该听从组织安排，不管愿意不愿意，都应该服从组织的决定。张炎还转达了顾德欢和粟后同志的口头指示，他说在正常情况下，要派人打入日本宪兵队内部几乎是不可能的。现在日本宪兵队千方百计想了解我党我军在浙东的活动情况，苦无得力人员，所以竭力想争取我方人员能为其所用。他们既然想把你们留在他们内部，你们就应该利用这个机会，将计就计，在敌人心脏里为党从事地下斗争。敌人通常只注意我

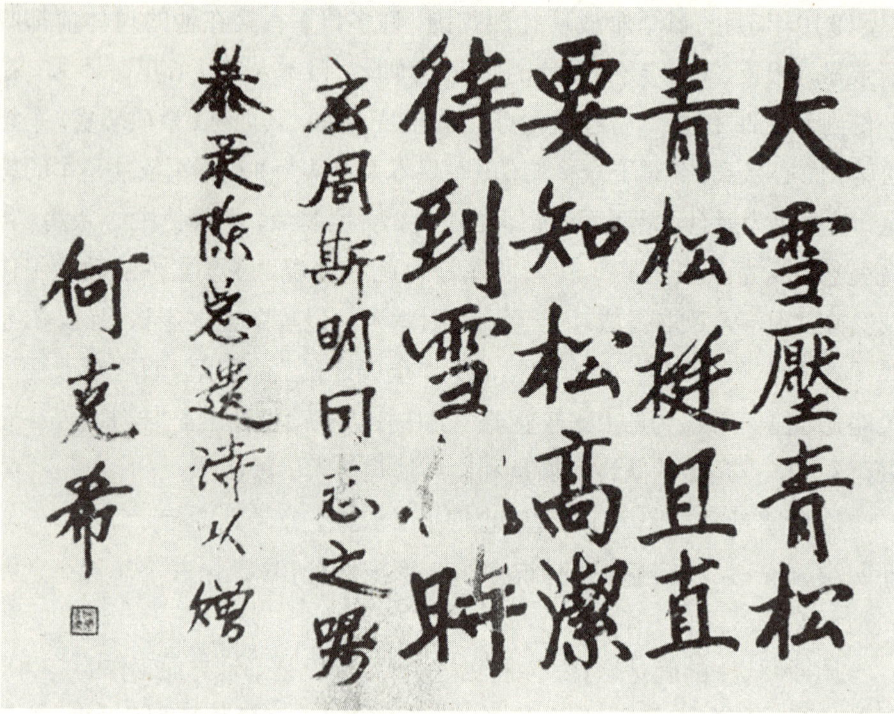

新四军浙东游击纵队老司令员何克希书赠周斯明

党我军同志坚决、顽强、坚持原则斗争的一面，而不易察知我们还有策略性、灵活性和暗中斗智的一面，相信你们一定能够完成反间谍斗争的光荣任务。从此，我开始认识到工作的重要性，投入了新的战斗。

乐群满意地点点头，接着对周斯明说：我想请你谈谈对周迪道同志的看法，有什么说什么，随便谈谈嘛！

周斯明心想：这是党组织派人来进一步了解周迪道了。看来，组织上对他被捕及在狱中的表现还不是很放心。不过，作为一个共产党员，随时随地都应该接受党的考察，何况被敌人逮捕、监禁这样的大事，岂能不向党说个明白？于是，周斯明直率地对乐群说：

我对周迪道被捕的经过和他在狱中的表现并不完全了解，只听他本人说过一些。但是，从他出狱后的表现来看，我凭一个共产党员的直觉来判断，我感到他并没有叛党，更没有出卖党的机密，从而造成党的事业的损失。组织上可以了解一下，他原先任南山财经委主任，经他一手操办的税收、财政以及管辖的人员等等，有没有遭受损失？他在宁波也接触过党的地下组织、认识一些地下工作人员，其中有无遭到破坏和损失？敌人放他出狱，是要他为日本人工作，那么，他有无带着日军抓捕我党我军的人员？……所有这些，都是很容易搞清楚的问题。依我看，他是跟日军玩起了“老鼠哄猫”的游戏。本来，日本人是强大的猫，要怎么玩老鼠都可以，还

周斯明1951年在朝鲜中国人民志愿军第二十军

可以一口把弱小的老鼠吃掉。但是，面对强敌，周迪道用他的智慧、他的计谋、他的灵巧的斗争策略，哄骗了猫，甚至可以说让日本人这只强大的“猫”跟着他团团转。他为什么要这样做？我认为他是在特定的条件、特定的环境下，用一种特殊的方式为党工作。应该说，这是非常难能可贵的，凭的是他对党的赤胆忠心，凭的是他对共产主义事业的坚定信念。乐群同志，你不妨想想，如果周迪道真的叛变了，投靠了日本人，死心踏地为敌人工作，他何必要像现在这样做呢？他完全可以像别的汉奸一样，吃喝嫖赌，享受享受的呀！

周斯明一口气谈完了对周迪道的看法，两眼紧盯着乐群，静候她的表态。

乐群微微一笑，说：周斯明同志，你应该相信，组织上对你，对周迪道同志，对你们反间谍工作小组的其他同志，都是信任的。这一点，何司令、谭政委和城工委的粟后（丁公量）同志，都对我说了，并要我转达组织上对你们的问候。当然，作为一个共产党员，在重大的关键问题上，自觉接受党组织的审查和考察，也是题中应有之义，希望你和其他同志不要多心。你说是吗？

周斯明连连点头，说：那当然，那当然。其实，我和其他同志也都愿意接受党组织的审查和考察。我还衷心希望党组织在今后的斗争中，进一步审查和考察我和周迪道及其他同志。我相信我们一定会“以国家之务为己任”，像鉴湖女侠秋瑾所说的那样：“拚得十万头颅血，须把乾坤力挽回”。誓跟日本侵略者血战到底！以出色的贡献，向党组织交一份圆满的答卷。

乐群满意地笑了，她热情地伸出手来，紧紧握着周斯明的手，说：你们在特殊的环境下，用特殊的方式方法，为配合正面的公开战线上的战斗，在隐蔽战线上进行着特殊的战斗，不愧是用特殊材料制成的共产党员，值得我学习。今后，就让我们一起工作，团结战斗，共同向党组织交一份满意的答卷吧！

太阳已经西下，暮霭升起，夜色开始弥漫开来。乐群看了看手表，说：本来还想请你介绍一下你们几个人半年来的工作情况，但天色已晚，再不

周斯明（右三、时任上海新四军研究会《大江南北》杂志社副社长）于1989年4月受到全国人大常委会副委员长、原华野第一纵队司令员叶飞（右四）的接见。右六为《大江南北》杂志社社长郭云

走日本人就要戒严了。好吧，今天就谈到这里。明天上午我想跟冯禾青同志见见面，单独谈一谈。请你通知王福林转告他，明天下午在天封塔跟他见面。

第八章

在宁波市一座唐朝建造的古塔里面，冯禾青告诉乐群现在住的房子主人是宪兵铃木的干妈。乐群警惕地问：她可靠吗?

第二天中午过后，冯禾青根据王福林的通知，准时来到天封塔和乐群见面。

天封塔建于唐朝，是宁波市内的一处著名风景点，也是现存年代最久远的一座唐塔，开光那年，皇帝亲笔赐封，所以叫“天封”。冯禾青按照乐群约定的时间，从天封塔的西面慢慢往东徜徉。这是一个星期天，虽然是在战乱时期，但到古塔来看看的人还是比平常多了好几倍。塔周围的空地本来就不大，人多了，就显得熙熙攘攘。冯禾青心中暗暗佩服乐群挑了这么一个“黄道吉日”作为掩护。

天气很好，深秋的长空湛蓝湛蓝的。没有风，太阳晒得人身上暖洋洋的。冯禾青的心情也特别好，心里也暖洋洋的。是啊，被捕大半年，成天跟魔鬼打交道，心里多憋得慌呀！虽与张炎见过几次面，但张炎来也匆匆，去也匆匆，没有机会与他深谈，冯禾青是多么想跟“娘家”派来的人，诉一诉衷肠啊！冯禾青天天盼夜夜盼，今天终于盼到了区党委直接派来的代表，他心里那股高兴劲儿，实非笔墨所能形容。

突然，冯禾青看到王福林陪伴着一个年轻姑娘，两人手挽着手，宛似一对热恋的情人，从东边慢慢地向天封塔走来。看她的身材，看她身上穿的旗袍，再看她和王福林假装的“情人”模样，冯禾青立即断定她就是组织上派来的乐群。

正想着，王福林和乐群走到了冯禾青面前。

冯禾青满心欢喜，立即迎上前去，跟王福林点了点头，低声问乐群：“你就是二表姐吗？”

乐群看到，眼面前这个小伙子，约莫20岁左右，个子矮小，只有一米六几，身材瘦削，瘦长脸，戴一顶鸭舌帽，两眼中透露出精明和机灵，还带有几分狡黠。她向冯禾青点了点头，说：“小冯同志，您好啊！久等了吧？”

冯禾青答道：“没有久等。我也是按照王福林同志和您的吩咐，吃过中饭才来的。”

乐群热情地向冯禾青伸出了手，两个战斗在敌占城市的地下党员，就这样接上了关系，两双手紧紧地握在了一起。

王福林打量了一下周围，低声说：“这里人太多，不是谈话之处，你们两人是不是到附近找个旅馆，开个房间，再慢慢谈，不易被人发觉。”

冯禾青一听，立即涨红了脸，22岁的他，不仅未结过婚，也未谈过恋爱，眼下听说要他和一个素未谋面的姑娘去“开房间”，立即本能地连连摇头，坚决表示反对。

王福林问冯禾青：“那么，你看怎么办？”

冯禾青说：“天封塔高七层，进塔里去玩的人不多。我就带二表姐爬到塔的顶层，坐下来再慢慢谈，好吗？”

乐群表示同意，王福林也说这样好，随即离去。

冯禾青和乐群爬上了天封塔的最高层，两人开始低声细语交谈起来。

冯禾青向乐群简明扼要地汇报了自己被捕和出狱经过：

我是1922年出生的，鄞县西乡人。1941年7月在西乡加入了共产党，并在鄞县做地下工作。11月间我党领导的浦东游击队到了浙东，我就参加了部队。因为我是本乡本土人，开始分配在司令部政工队、四明总办事处民运工作队。后来调到南山总办事处民运工作队，党内我担任了“鄞慈余县”县委慈南区委陆埠分区委书记。后来，我又到余龙贵、蔡群帆领导的金萧支队当过三个月的民运工作组组长。1943年冬，国民党大举向我四明山根据地进攻，我党我军开始了第二次反顽战役。1944年2月的一天，我见到了何克希司令员。他用浓厚的四川口音对我说：部队要撤到“三北”去，你就留下来坚持。你是本地人，地形熟，民情熟，社情熟，相信你一定能带领干部和群众胜利坚持住，等候我们打回来。

说到这里，冯禾青长吁一声，说：遗憾的是我辜负了何司令的期望，不仅没能带领群众坚持住，自己反而被坏蛋出卖，当了日本人的俘虏。这都怪我轻敌麻痹，警惕性不够高。

事情的经过是这样的：主力部队北撤后，我们分区委研究，决定镇压几个坏蛋，以斩断日伪军和国民党顽固派伸向我抗日根据地的魔爪。有个中统特务名叫林茂生，是国民党陆埠区分部的负责人，此人暗中勾结日伪军，是个狡诈凶恶的暗藏的汉奸。他有个外甥名叫宋启南，在日军余姚丈亭警备队当谍报员。一天深夜12点多钟，很可能他们已经侦知了我的落脚点，所以宋启南这个坏蛋就带着40多名日伪军，以突然奔袭的手段将我抓住了。第二天，我被押到宁波日本警备队。不用说，敌人知道了我的身份，按照他们的分工，凡抓到的共产党新四军，一律押交宪兵队，所以二三天后我被押解到开明街日本宪兵队。日本鬼子对我不打，不用刑，表面上还客客气气，反反复复问我是不是共产党员？我坚决否认，一口咬定我是跑单帮的，名叫马鹤九。鬼子只是冷笑，问完话就走了。

过了一些日子，一天，日军铃木带着一个人突然来到我们的牢房，我一看，他不就是周迪道吗？他怎么来了？心中正在犯疑，他已走近我身旁，只见他不住地向我使眼色，我意识到他是不让我跟他打招呼，以免日本人知道我们原先就相识。

周迪声高声问我：“你叫什么名字？哪里人？”

我回答说：我叫马鹤九，鄞西人。那天晚上黑咕隆咚的，东洋人弄错了人，硬说我叫冯禾青，就把我抓来了。

周迪道问我：你愿意跟我出去替日本人做事吗？他边说边向我使眼色，意思是叫我答应他。

我心里嘀咕着，弄不清周迪道葫芦里卖的什么药。但是当时不允许我多想，我只得点头表示同意。

冯禾青1944年秋在宁波400小组

就这样，周迪道将我保释出狱。

至于周迪道为什么有这个能量？他告诉我，说他表面上已答应铃木，愿意为日本人工作。他说这当然是为了哄骗敌人。留得青山在，不愁没柴烧。白白地被日本人杀了，不够本。他问我愿不愿意跟他一起干？我说，我是个共产党员，一切听从组织决定，我得向组织上汇报请示。好在我认识宁波地下党的不少人。一天，我在路上碰到了林秀英，她在四明山时和我一起做过民运工作，后来潜入宁波市内做地下工作。我说我有封信想请她尽快带给四明地委宣传部长谢飞同志。谢飞是位经过两万五千里长征的女同志，原先跟刘少奇同志结过婚，从苏北来到了浙东，人很能干，当过县委书记，跟我也很熟。林秀英对我是很了解的，她毫不怀疑我，叫我快把信写好，然后约定时间、地点交给她。她一定负责转送。

但信送出后，如石沉大海，杳无音信。

周迪道也通过各种关系想跟组织上恢复联系，但在沦陷后的宁波，要找一个可靠的人把信直接送给谭启龙政委、何克希司令员和敌工委，简直比登天还难呀！

等了20多天，终于有一个人找上门来了。他是区党委敌工委派来的交通员，名叫张炎。他是我出狱后第一次见到的组织上派来的代表。张炎问了我被捕和出狱经过，然后告诉我说：你给谢飞部长的信，她已经收到了。你的关系已转到敌工委。敌工委副书记粟后同志的意见是要你留在宁波，在敌人内部做反间谍工作，不知你是否愿意？

粟后同志我比较熟悉。张炎交给周迪道的信，我认得出来是粟后同志亲笔所写。我当时的想法是：作为一个共产党员、一个分区委书记，在斗争环境复杂的游击区陆埠镇，未能掩护好自己，被敌人逮捕，这本身就是一次莫大的过失，是很丢面子的事情，我回去委实无脸见人。现在敌工委信任我，要我埋伏在日本宪兵心脏里战斗，这是件非常光荣的任务，也是我将功补过的一次绝好的机会。我暗暗下定决心，一定要做出一番成绩来给同志们看看，将来回到根据地，也好向组织上有个交代。所以我高兴地通过张炎向敌工委表了态，安心在宁波工作了。

乐群对冯禾青的历史情况、被捕经过及出狱后的表现，已从丁公量、王福林的介绍中，有了概貌性的了解，今天听他本人一说，感到在情在理，也就没有再问什么。她转换了话题，问冯禾青：你们现在住在聚奎巷12号，安全吗？房主人是什么情况？可靠吗？

冯禾青对此胸有成竹，他向乐群介绍说：我们现在住的聚奎巷12号，院子很大，有两幢住房，每幢都是两层楼。房主人一家住一幢，我和周斯明在另一幢。房主人是个老太太，名叫徐章翠，大伙都叫她徐家姆妈。这个老太太不简单，她的丈夫叫徐荪初，早在1890年就东渡日本，在大阪、神户等地做生意，开了几家商店，获利甚丰。徐荪初虽然是个商人，但作为一个炎黄子孙，他有很强烈的爱国心。那时孙中山先生在日本创立了同盟会，徐荪初还担任了同盟会神户支部的负责人。据徐家姆妈告诉我们，她跟随丈夫到日本后，对丈夫的革命工作很支持。有一天，她还拿出他们夫妇和孙中山、宋庆龄、戴季陶五个人的一张合影照片给周迪道看，她说自己虽然没有文化，也不懂政治，但对孙中山先生的印象很好。孙中山平易近人，没有一点架子，衣着朴素，有一次到她家住宿，穿的是一双破鞋子。她的大儿子对孙中山说：伯伯，我叫爸爸给你买双新鞋子，孙中山笑笑，说伯伯穿新鞋子还不到时候呢！每次徐章翠谈起孙中山，都充满感情，所以我们感到这个老太太还是有爱国心的。

乐群插话问道：听说她跟日本人也很近乎，宪兵队思想课长铃木还叫她“干妈”，这到底是怎么回事？

冯禾青说：徐章翠说她在日本的时候，住在神户下三首道二町目六十六番。这房子是宁波旅日华侨吴锦堂先生所有。她住的隔壁，就是孙中山的同盟会。后来，大概在民国二十年，也就是1931年吧，她们全家从日本回到了宁波，叶落归根嘛！1939年，她丈夫徐荪初去世，家道也日渐衰落。日军1941年4月侵占了宁波。徐章翠说，有一天她坐在家里，忽然日本宪兵队队长开着摩托车到聚奎巷12号来找徐荪初。她用日语告诉日本人，荪初已在两年前因病去世了。后来，宪兵队长换了几茬，几乎每个新任队长都要到聚奎巷来看望她。这说明日本侵略者对中国的社情进行了广泛深入的调查，并想尽一切办法网罗为他们侵略进行服务的工具和走狗。徐章翠还告诉我们，铃木来宁波后，主动上门来看她，还跟她套近乎，说自己家也在神户，就住在徐章翠家附近，所以铃木主动提出要叫她做干妈。

乐群又不解地问道：既然徐章翠跟铃木关系这么密切，该不会是铃木暗中布置她来监视你们的吧？你们住在她家里，她难道不会将你们的一举一动向铃木告密？

冯禾青回答说：开始我们也这样分析，并且作了细心提防。后来有一个被周迪道保释出狱的女同志，没有地方住，周迪道就让她住到徐章翠家中暂时栖身。这位女同志开始时对徐老太太不理不睬，眼中常常流露出不屑一顾的蔑视神情。开始阶段，只要她一走动，徐章翠的媳妇范凤仙就悄悄跟着她，简直是形影不离，就像这位女同志的影子——顺便说说，这时周斯明和我还没有搬到聚奎巷。当时这位女同志判定，徐家的人一定是受铃木之托，对她进行监视……冯禾青娓娓而谈，就像讲故事。乐群也听得很入神。作为一个身负重任出入于敌占区的地下工作者，她很想知道更多的细微末节，以便于随时应付不测。

冯禾青继续说：这位女同志经过一段时间的观察，感到徐家的人并不是那种死心塌地出卖祖国的汉奸，相反，她们还是有爱国心的。何以为证？据徐章翠说，每次铃木来，都要问这个女同志的表现。徐章翠就告诉铃木，人家姑娘是个本本分分的好人。所以铃木也没有为难这位女同志。还有一件事，徐家西边一幢房子里，住着一个姓姜的汉奸和他的妻子、岳母、小姨子。姓姜的岳母要把小女儿水生嫁给日本人高桥。水生偷偷找到了这位女同志，说她坚决不愿意嫁给日本人。并对这位女同志说：听说你是新四军三、五支队的，希望你能帮帮忙，协助我逃到四明山去参加新四军。这位女同志当然不愿看到自己的同胞落入日本鬼子的虎口，就悄悄告诉水生路上该怎么走。不过，她们两人都住在徐章翠家里，这么大的行动岂能瞒得了她？好在徐章翠不仅没有阻拦，没有向日军告密，而且积极帮助水生逃出了宁波城。

还有一件事，就是徐章翠的儿媳妇范凤仙，她开始时的确暗中监视我们这位女同志。后来经过我们几个人反复进行教育，晓以民族大义，告以最新的形势发展，说明德国法西斯已是穷途末路，日本侵略者在太平洋战

冯禾青和家人在一起（1962年）

场上也节节败退，侵略者的日子不长了。再加上他们亲眼目睹日军在宁波杀人放火，奸淫掳掠，还在开明街制造鼠疫，使成百上千的无辜百姓死于非命，上千幢房屋变成一片废墟，多少人无家可归，流落街头。所有这些事实，激发了她们的天良，所以徐家的人对我们的态度也逐渐转变了，从开始奉宪兵队铃木之命暗中监视我们，变为暗中协助和掩护我们。所以我们现在住在那里还是安全的，你到我们那里去，也不会出什么问题。

乐群警惕地插话说：万一铃木再突然闯了进来，怎么办？

冯禾青说：那也好对付。第一，你去了后，我们就派人在门口站岗放哨，鬼子来了马上通知，你就迅速躲藏起来，徐家房子多，我们住的那幢有两层，楼上楼下大大小小十几个房间，有地方可以躲藏。第二，铃木已经知道你是王福林的二表姐，正在和王谈恋爱。王福林是周迪道保释出狱，目前又在周迪道手下当联络员，所以你跟我们一起打打麻将，玩玩扑克牌，日本宪兵也不会起疑心。

乐群跟冯禾青在天封塔里一直谈到暮色苍茫，才从塔上走了下来。未曾想到看塔的和尚不知道塔里还有游人，就将塔门锁上了。乐群一见，面有难色。冯禾青却不慌不忙地说："没关系，看我的！"他双手用力一扭，就把锁扭断了。

街上灯火稀疏，乐群跟冯禾青握手告别，并叮嘱说："要注意安全！转告周迪道同志，明天我去呼童街找他，也要特别注意安全，千万不能再像上次在王福林处那样，让日本人闯了进来。"

第九章

铃木放长线钓大鱼假意释放周迪道。周面临三种抉择：一是乘隙逃跑；二是跟敌人拼个鱼死网破；三是学习古人王佐、程婴，忍辱负重留在敌营与日本宪兵斗。

周迪道得到乐群要来见他的通知后，兴奋得一夜没有睡好觉，辗转床笫，想了很多很多。

从1927年4月29日晚上宣誓加入中国共产党那天起，周迪道感到自己已经为党的事业奋斗了17个春秋。可是在前十几年中，一直处于险恶的斗争环境，还在较长时间里与党失去了联系。直到抗日战争爆发后，在诸暨枫桥老家以周洪法的原名，组织了抗日自卫军，当了队长，并与诸暨县委书记杨思一取得了联系。1939年3月31日，时任中共中央军委副主席的周恩来，以国民政府军委会政治部副部长的身份，由重庆来到东南抗日前哨。他先到皖南新四军军部传达党中央指示，于3月间来浙江，3月31日晨，由绍兴经诸暨去金华。周恩来到诸暨之前，中共宁绍特委即派出组织部长王志强到枫桥，要中共枫桥区委（地下党）书记周迪道发动枫桥群众欢迎周恩来，并在沿途保护周恩来。周恩来到诸暨之前，国民党诸暨县党部所属"中统调查室"根据省党部的密令，布置特务，准备在各界欢迎大会上呼喊"拥护军令、政令统一""拥护一个政府、一个主义、一个领袖"等口号进行捣乱。

周迪道派出了中共地下党员何银乔、周培贤、周奎明、周中炎、周汉

周恩来在诸暨枫桥大庙作报告

夫、周浩夫、周金文、王长灿、骆维南、周锡茶、周启棠、陈剑虹等人，暗藏双响土造短枪，在一路上带领群众监视国民党特务，暗中保护了周恩来。

杨思一任宁绍特委书记后，任命周迪道担任了新嵊中心县委组织部长。1941年8月，周迪道进入新四军浙东游击纵队的前身淞沪五支队四大队（简称五支四大）二中队，并且一步一步地升到浙东行政公署南山财经委主任的职位，担负起了一个地区的税收、财经、统战等任务，甚至在浙东区最高首长何克希司令员和谭启龙政委面前，也能说上话了。

但周迪道万万没有想到，1944年初自己会落入日本侵略军的魔掌。他清楚地记得，被俘前几天，因我军要进行第二次反顽战役，部队要从四明山区渡过姚江进入“三北”地区，急需经费，为此何克希司令员特地召见他，当面交代了任务，要他想尽一切办法，在最短时间内筹足800万元巨款，以作军用。

想到这里，周迪道叹了一口气，自言自语地说：唉，也怪我警惕性不高，太轻敌麻痹，以致被人出卖了。

出卖周迪道的是李增贵，时任余姚县郭姆乡的乡长。当时日本侵略军只占据了城镇和交通要道，广大农村尚有国民党委派的乡、镇、保、甲长。共产党新四军的游击根据地建立时间不久，基层政权尚未完全建立，例如周迪道所在的余姚县陆埠区，既有国民党的区长、镇长、乡长、保长，也有共产党的组织，双方既是统战关系，国民党又不时挑起摩擦事件，日军也不时进入该镇，所以敌、顽、我三方的斗争错综复杂。周迪道在这个地区开展税收、统战等工作，就免不了常和国民党郭姆乡乡长李增贵打交道。

那天，周迪道接受何司令员的指示后，心想800万元数目很大，于是立即派出短枪队前往“三北”，提取陆慕云主任手中的款项，自己则立马找到陆埠镇镇长谢志白，要他筹款20万元。

陆埠又叫陆家埠，是四明山七十二岙的总口子，山区人员、物资的进出都要经过陆埠，浙东抗日根据地的税收，很大一部分也要靠陆埠。但谢志白却说一时哪里搞得到这么多钱，于是带了周迪道去见商会会长包金山。却不料冤家路窄，在包家碰上了郭姆乡乡长李增贵。周迪道在不久前曾因筹款未成将李增贵予以扣押，狠加训斥，这使李增贵怀恨在心。此人本来就是个“墙头草”式的人物，哪边风大就向哪边倒。这期间国民党几万人马向共产党新四军进攻，日本人也乘机下乡“扫荡”，敌伪顽大军压境，新四军不得不暂时撤往“三北”地区。一时间黑云压城城欲摧。在此形势下，李增贵派人向日本人通风报信，日军当天晚上就直接奔陆埠，挨家挨户搜查，终于将周迪道抓捕到手。

自从落入日军魔掌以后，周迪道多么想见到党的人、回到党的怀抱。现在，区党委派来了自己的领导人，他是多么高兴啊！

但是，凭着自己多年地下斗争的经历，周迪道也深知，这次区党委派了乐群前来，既是加强领导，同时也必然要对自己被捕和出狱经过进行审查，对半年多来的斗争情况进行考察，这也是题中应有之义。

周迪道想到了自己出狱后区党委敌工委派来的交通员张炎。

张炎年近50，早年在上海时虽为青帮的一个小头目，但常做些济贫扶困之事，颇有好名声。日军侵占上海后，他不愿当汉奸，遂到宁波做生意。后来党组织经过深入考察，将他吸收入党并让他做地下工作。半年多来，张炎风里来雨里去，冒着极大风险，穿梭往来于根据地和敌占区，将敌工委的指示及时传达，将自己和周斯明、冯禾青、王福林等人的情况及时上报，起到了下情上达、上情下达的重要作用。但是，敌工委明确张炎只承担交通联络的任务，不对周迪道等同志起领导作用。而新派来的乐群同志则与张炎不同，她不仅是政治交通，而且对反间谍小组的工作，在紧急情况下有临机处置之权。她是自己和整个小组新来的领导人。

周迪道跟乐群素未谋面，只听说她是个女同志，年纪比自己轻得多，党龄也比自己短得多。今后，自己就要在她的领导下工作，还要接受她的审查和考察……周迪道想到这里，心里也浮起一丝委屈之感。

周迪道在纷纭的思绪里，最后理出了个头绪，准备好了向乐群汇报的内容。

再说乐群。她跟冯禾青分手回到住处后，对于即将跟周迪道见面并进行考察了解的问题，进行了认真的准备。除了被捕、出狱、半年多来的斗争等情况外，还有一个使她挠头的问题，即周迪道有无跟莫奇“假戏真做”——把假扮夫妻变成了真夫妻的问题。

原来，鄞县古林区秘密交通站女负责人莫奇7月间被伪军逮捕，后来伪军将她押送到日军宁波宪兵队。敌工委得到报告后，丁公量指示周迪道设法营救。周迪道将莫奇救出狱后，敌工委为迷惑敌人，决定让她留在反间谍小组工作。为了迷惑敌人，掩护小组工作，敌工委还指示周迪道跟莫奇装扮成一对假夫妻，在宁波城里安个“家”。

本来，在艰险的地下斗争中，革命者为了工作需要，假扮夫妻的情况并不少见。但乐群奉命对此也要作一番了解。不过，这是个很微妙的问题，特别是对于尚未结婚的年轻姑娘乐群来说，她感到实难启齿……

第二天一大早，乐群吃过早饭，稍加梳妆，打扮成一个富商小姐模样，向周迪道住处呼童街101号走去。

日本宪兵队将周迪道释放出狱后，安排其住在呼童街101号一个名叫徐少颖的商人家里。徐少颖当时任宁波伪棉布业同业公会会长，是日伪信得过的人。周迪道和徐少颖见面后，一开口讲话，彼此都是一口浓重的诸暨话，才知都是诸暨老乡。古人有言：亲不亲，家乡人。他乡遇老乡，内心里

杨思一：浙江诸暨人，1930年入党，曾任诸暨县委书记、宁绍特委书记、浙东区党委委员、组织部长、金萧地委书记、金萧支队政委、浙江省委候补委员。新中国成立后，曾任浙江省委常委、副省长

都想争取到一个能为自己“说说话”的人。徐少颖虽然是个商人，唯利是图，赚钱第一，但商人的秉性也使他深知要在江湖上立足，要广开财源，必须多交朋友，多辟几条做生意的路数。他从日本宪兵队中已得知周迪道是共产党新四军的“财经主任”，是个“有来头”的人，因此尽管日本人吩咐他要暗中监视周迪道，而他内心却有和周“交个朋友”的想法。心想也许在将来会从周身上打开一条跟新四军和根据地做生意的通道。这岂不是一条生财之道？徐少颖内心思谋已定，所以对周迪道并未摆出一副“监视”的架势，平日里客客气气，生活上也不苛刻，常有好酒好菜款待，行动上也睁只眼闭只眼，不对周迪道加以跟踪、管束，让他自由自在地活动。有时，为了应付日本宪兵队的查询，徐少颖常常以自己“生意太忙，顾不上”为由进行搪塞。

这样一个比较宽松的环境，对于周迪道来说，当然是求之不得。他对徐少颖这个诸暨同乡，也心存感激。

宁波虽然是著名的通商口岸，但由于日军的侵略破坏，市面萧条，人口减少，城市范围并不大，乐群走不多久，就来到了呼童街。

周迪道这一天也早早地起了床。他走到另一个房间，对假扮妻子的莫奇说："娘家人来了！你准备准备，早点到门口瞧瞧，看看有没有一个20多岁的年轻姑娘找上门来，机灵点，注意她身前身后有没有不三不四的人。"

周迪道和莫奇对外称"夫妻"，还大操大办地在报纸上登过"结婚启事"，办过十几桌"结婚嘉筵"，请了日、伪方的不少头面人物到场，俨然是一对"名正言顺"的夫妻。送入"洞房"后，闹新房的客人又闹腾了一阵，然后纷纷离去，最后只剩下周迪道和莫奇，两人秉烛而坐。周迪道笑道："古人说，洞房花烛夜、金榜题名时、他乡遇故知，是人生三大乐事。可是我们今天这出'戏'，完全是演给日本人和大大小小的汉奸们看的，是为了贯彻敌工委的指示，更好地迷惑敌人，掩护自己，站稳脚跟。我比你大十几岁，是有老婆孩子的人。我们是共产党员，是党的敌工干部。今后我们名义上对外称夫妻，实际上河水不犯井水，大家互相帮助，共同战斗，把小日本赶出中国去！"

莫奇对今天这种场面，真是"大姑娘上轿——头一回！"心里不免十五个吊桶打水——七上八下，忐忑不安。但听周迪道这么一说，心中一块石头落了地，并油然生起对周迪道的无限敬意。她落落大方地说："周迪道同志，你的斗争经验比我丰富。有什么事尽管吩咐，我做得不好的地方，请你及时批评指出。"说毕，嫣然一笑。从此，两人恪守党的纪律，仍然是分室而居，分床而睡。好在徐少颖家的房子多，让他俩单独住在另一处楼上，平日里徐少颖家的人根本不管不问，对于这对"假夫妻"来说，这也是一种很好的掩护。

周迪道让莫奇在门口等候，自己一个人在房间里走来走去，焦急地等待着乐群的到来。

突然，听到门口有两个女人讲话，一个是莫奇的德清口音，一个则是陌生的上海口音，嗓音轻柔甜美。他想这必定是乐群无疑了，于是快步迎了出去。

刚走出房门，莫奇已将乐群带到了房门口。

乐群站定，仔细打量，看到站在面前的这个男人，身材高大，体态魁梧，方圆脸，浓眉，大眼，一副豪爽气派，心想此人肯定是周迪道，于是主动伸出双手，说："你是周迪道同志吧！久闻大名，如雷贯耳，今日一见，果然是堂堂八尺英雄汉，久仰了！"

周迪道也激动地伸出一双大手，紧紧握住乐群的纤纤玉手，说："盼星星，盼月亮，总算把你这个区党委派出的代表盼来了！欢迎！欢迎！"

寒暄过后，莫奇沏上茶，自己机灵地到门口"望风"去了，房间里只剩下乐群和周迪道，谈话转入了正题。

乐群首先向周迪道传达了浙东区党委城工委关于成立"400小组"的决定，说明是在"反间谍工作小组"——即401小组的基础上组成的，组长仍是周迪道，她自己是政治交通，原交通员张炎另有任务，就不再担负与400小组的联络任务了。

乐群还宣布了每个人的代号：她是400，周迪道是401，周斯明是402，冯禾青是403，王福林是404，莫奇是406。并说今后联系主要使用代号。

接着，周迪道开始向乐群汇报。他说：关于我被捕和被释放的经过，我已向谭、何两位首长写过报告，当时系由交通员张炎转送组织。在日本宪兵队的魔窟中，我什么也不怕，唯一伤心的是失去了跟组织的联系，唯一担心的是组织上对自己这一段经历不理解，有怀疑，所以今天我向组织上交交心，重点谈谈我被捕后的一些想法。

乐群点点头，说：我虽然听说了一些你的情况，但不很具体。我的任务就是了解情况，调查研究嘛！你想说什么尽管说，我一定洗耳恭听。

周迪道打开话匣子，滔滔不绝地说了起来：

我被捕后，心想一个共产党员、一个党的营团级干部，居然成了日军的俘虏，真是莫大耻辱！因此我在敌人将我押往余姚的船上准备跳江自杀，像许多革命先烈那样死得英勇壮烈，死得顽强不屈，死得有尊严。可是我身上被敌人五花大绑，鬼子手里牵着捆绑我的绳子，对我看押得很严，我是求死不得，想跳江也跳不了。

押解到余姚日军警备队后，日军对我进行了审讯，问我的姓名、年龄、籍贯、职业。我谎称姓陈，名叫陈祥光，原在上海一家小药店里做店倌。上海打仗了，我只得到宁波来做点小生意养家糊口。谁知我刚讲了几句，有个日军就发出狞笑，说我大大的坏，欺骗皇军，讲的全是假话。还有一个日军嗖的拔出一把雪亮的指挥刀，吼道：你的，周迪道，良心大大的坏，死了死了的！不过他没有举刀砍我，而是把我拉到门外，用火油浇在我身上，边浇边审问，要我老实交代。我咬咬牙，硬是闭口不言。日军大发雷霆，上来一个日军解开捆我的绳子，拉住我的一只手，将我往身上一背，又突然一弓身，将我重重地摔在地上。地上铺的是青石板。我们诸暨土话把这叫做“石板道地摔乌龟——硬碰硬”。日军把这种刑罚叫做“摔背包”。我被日军一连摔了几次，被摔得昏了过去。日军又用冷水把我浇醒。我苏醒后，勉强支撑着想站起来，但全身的骨头像散了架似的，哪里还站得起来？！

乐群满怀同情地插话说：周迪道同志，你受苦了！日本鬼子都是些野兽，没有人性，无恶不作，太可恨了！

周迪道继续说：其实，鬼子对我审讯，主要是看我的态度。他们已经知道我是共产党新四军的干部，还是个不大不小的“财经委主任”。于是，他们按照内部分工，将我从警备队移送到宁波宪兵队。我早就听说日本宪兵是一群杀人不眨眼的恶魔，开明街的宪兵队住地是一处人间地狱，多少抗日志士和普通的中国人在这里被日本宪兵杀害，被狼狗咬死，所以我开始也认为自己必死无疑。但出乎意料，宪兵队只将我关押在牢房里，并未对我用刑。过了几天，一个宪兵曹长到牢房找我谈话，后来才知道他就是宪兵队思想课长铃木政一，是专门负责对付共产党新四军的。看他的样子很阴险，喜怒不形于色。他用流利的中国话问我：你有没有跟皇军打过仗？我说：我们是地方游击队，没有跟日本人接触过。他又问我的亲戚朋友中有没有被日本人杀掉的？我说还没有听说。他面无表情，一言不发就走了。第二天，铃木拿了一张表格叫我填写。表格开头写着“共产党组织状况”几个字。我一看不对劲，这不是明摆叫我招供，叫我出卖组织吗？我决不能干！

说到这里，周迪道以探询的语气问道：乐群同志，不怕你见笑，下面我要说的，可能是错误的，不过我还是要如实地把我的想法向党组织汇报，不知行不行？

周迪道（代号401，敌工委领导时期为401小组组长）

乐群说：无事不可向党言，你尽管说吧！

周迪道说：当时我想，我们中国有句古话：留得青山在，不愁没柴烧。我要想死很容易，也死不足惜。但我还想出去后干革命，要向日本鬼子报仇。君子报仇，十年不晚。大丈夫能屈能伸，我不能就这样轻易死去。我必须想尽一切办法活着出去跟鬼子拼。于是我暗暗决定跟鬼子周旋。思谋既定，我就在表格上写道：我是国民党员，当过慈溪国民兵团大队长。共产党三、五支队到浙东后，收编了国民兵团，他们仍叫我当大队长。后来何静（注：何克希的化名）、谭启龙到了浙东，对我不放心，调我去当五支队的副官主任，后来又调我到南山当财经委主任，我的兵权被他们削了……我这样填写，是故意有真有假，使日军真假莫辨。

乐群问：既然是国民党的乡长向日军通风报信，他当然会将你的真实政治身份告诉敌人。你这样真真假假填写表格，铃木会相信吗？

周迪道说：当然不会。铃木作为宪兵队的思想课长，是个狡诈的日本特务。为了进一步确证我的真实身份，一天，他带了一个名叫王连根的叛徒来跟我对质。此人原是某部的一个侦察员，认识我，指证我是共产党员。我想这下再抵赖是不行了，心一横，就说他（指叛徒）说我是什么，我就是什么吧！铃木阴笑着说：周先生早就这样，也不会吃那么多苦头了。我一听，他话里有音，把我当成了自首分子！那还了得！于是我对铃木说：我原先是国民党员，刚加入共产党，只是个候补党员，尚未转为正式党员。至于他说我是什么团级干部，全是瞎扯蛋！你千万不要相信。我这个财经委主任，只是个地方干部，跑跑颠颠的，谁也没有告诉我是什么级的干部。情况就是这样，要杀要剐随你们的便！

不过，日本人并没有杀我。过了几天，铃木又来到牢房对我说：周先生，我们抓到了一个新四军女干部。你想不想在宁波成个家呀？如果你愿意，我们可以让她跟你成亲。

我一想，敌人是想用美人计逼我就范。我在根据地有家，有老婆孩子，我妻子叫陈月明，是干医务工作的，是共产党员，还有个儿子，我怎能中敌人的美人计呢！

乐群插话说：日军可看重你了，软硬兼施，“大棒”和“胡罗卜”并用。铃木对你，玩的可是“猫捉老鼠”的游戏呀！

周迪道说：确实是这样。敌人处于强大的地位，而我手无寸铁，孤身一人，双方的力量太悬殊了，要斗过敌人，难哪！铃木不是猫，是豺狼，随时都可以把我一口吃掉。不过我也不是胆小如鼠。我生于1911年10月14日，是农历辛亥年。那一年孙中山领导的辛亥革命取得了成功。我就不信我们这些敢于驱除鞑虏、恢复中华的炎黄子孙斗不过你铃木这只豺狼。我翻来覆去想了几天，最后决定将计就计，用孙猴子钻到铁扇公主肚子里去的战术，坚决跟鬼子作斗争，不获全胜，决不罢休。说到这里，周迪道问乐群：同志，你看过小说《岳飞传》吧？那本书里有个王佐断臂的故事，说为了策反金兀术麾下的猛将陆文龙，王佐不惜砍断自己的一只手臂，打入到陆府长期埋伏，最后说服乳母，让陆文龙知道了养父金兀术是杀死自己亲生父母的大仇人，策反获得了成功。还有一出京戏叫《赵氏孤儿》，想必乐群同志你也有所闻。戏里说春秋时期晋国有个大奸臣，名叫屠岸贾，陷害忠良赵盾，使赵盾满门抄斩，还到处搜寻赵家唯一的独苗赵武。赵盾家有两个忠诚的门客：程婴、公孙杵臼。他们为了保存忠良一点血脉，设计营救赵氏孤儿。公孙杵臼问程婴：救孤与死难，两者孰难？程婴说：死易耳，救孤难也！两人经过密谋，由程婴假装向大奸臣屠岸贾告密，说公孙杵臼隐藏了赵氏孤儿，于是公孙杵臼和那个孤儿即遭杀害，程婴由此获得了屠岸贾的重赏和信任。殊不知，真正的赵氏孤儿却被程婴隐藏了下来。程婴受到千夫所指，背着骂名，忍辱负重，终于把赵氏孤儿抚养成人，剪除了奸臣屠岸贾，匡扶了晋国，为赵盾一家报了仇。这两个故事对我启发很大。我可以跟日本人硬拼以求一死，但死不足惜，我还要报仇！我也可以忍辱负重，先向日本人来个假投降，然后再图良策！乐群同志，你认为我这种观点是对的还是错误的呢？

乐群说：判断一个党员是不是叛变了党，不仅要听其言，更要观其行。关键是要看其行动是否对党的事业造成了损害。去年春天，新四军政治部有位领导来浙东视察，曾在一次干部会议上说，为了粉碎敌人惯用的所谓“自首政策”，击破他们企图以此来削弱我们党的组织，损害共产党员形象的阴谋，抗日战争爆发后，党中央采取了新的政策，并用这个政策精神，从国民党监狱中营救了许多共产党员出狱，参加了轰轰烈烈的抗日斗争，不少人还担任了领导职务。他又说，承认是党员没有什么，只要不讲出党的机密，不出卖党的组织，不使党遭受损失就行。

周迪道接过话茬，高兴地说：我也听到了张部长讲话精神的传达。我之所以承认自己是共产党员，又强调说是候补党员，就是在敌人带着叛徒当面指认的情况下，不得已而为之。更何况我没有出卖党的机密，绝对没有损害党的利益。我的根本目的，是希望能迷惑敌人，借此出狱，再为党的事业而奋斗。

乐群说：那就请你把出狱前后的情况详细说说。

周迪道说：好！我把表格填了后，过了几天，铃木和翻译程明将我带到宪兵队长大场敬次的办公室。这个队长肩上扛着两颗星，30多岁年纪，并非凶神恶煞的模样，而是装得文质彬彬，像只笑面老虎。他客气地向我点点头，招呼我坐下，说：周先生愿意参加和平，为大东亚共荣出力，大大的好！周先生，你是爱国的。汪精卫先生也是爱国的。还有蒋介石先生，以及你们共产党的领袖毛泽东先生，他们也都是爱国的，只不过爱国的方式有所不同而已。你们中国人要跟我们日本人联合起来，共同建设大东亚共荣圈。今后，凡是日本人方面的事，就由我和铃木君负责。凡是中国人方面的事，就由程明先生和你负责。说完，他就与我握了握手，让我们走了。当天，我没有再回牢房，铃木把我带到了这里——呼童街101号，让我住到徐少颖家里，似乎可以自由行动，我就这样被日本宪兵队释放了。

不过，我知道日本人对我并不放心。他们是放长线钓大鱼，看我跟谁联系，以便顺藤摸瓜，抓到我党我军在宁波城内的地下工作人员。为了证实我这个判断，一天，我故意和路上碰到的原慈溪国民兵团一个大队副谈话。果不其然，第二天，他就被宪兵队抓捕，问他是不是共产党。为此，我也不客气地对铃木说：你们既然不相信我，放我出来干什么？铃木奸险地一笑，说：周先生，你别多心呀！你看我们是这样的人吗？

乐群问：你当时有没有想过寻找机会逃回根据地？

周迪道说：当然想过。但我认为乘隙逃跑只是个中策。跟敌人拼个鱼死网破，只不过在我党我军烈士名册上多了我一个名字，没给敌人造成损失，给他们以狠狠的打击，我认为那不是上策。只有将计就计，留在日本人内部潜伏下来，皮白而心红，名义上为敌人做事，实际上为党工作，就像钻到铁扇公主肚子里的孙猴子，闹他个天翻地覆，这样的作用不是更大吗？！古人王佐为了策反成功可以断臂，程婴为了拯救赵氏孤儿，可以忍辱负重好多年，我是个共产党员，我应该尽我最大的努力，想一切办法为打败日本侵略者而奋斗！不过，还有一点我也得说一说。我当然懂得，像这样的重大决定，事先应向组织请示汇报，但我关在敌人监狱里，无法与外界联系，因此只好独自下决心，争取事后报告请示。后来，在取得一定自由后，我就想方设法向谭、何两位首长写了信。

第十章

敌工委为400小组确定了“迷惑敌人，站稳脚跟，广交朋友，积蓄力量”的十六字方针，要他们在日本宪兵队内部长期潜伏下来。

周迪道侃侃而谈，乐群听得津津有味。她感到听周迪道汇报，颇像听故事，很生动，不仅能了解他的情况和内心活动，而且还能了解很多敌情，这对于自己今后出入敌占区、跟日本侵略者较量很有好处，于是她鼓励周迪道继续往下讲。

周迪道说：徐少颖家里请了两个裁缝师傅来做衣裳。我就跟他们聊天。其中有个名叫阿丕的师傅，家住四明山区，我故意跟他常常接触，混熟了，我提出请他给我带封信回四明山根据地。开始他胆小，不愿带，说万一被日本人搜查出来要杀头的。我说没有关系，我只写几句话，你小心藏好，日军和伪军哪里搜得出来。后来，他把我写的一封信，交给了叶志康，叶又把信送交给了何司令员和谭政委。这封信你看到过吗？

乐群点点头，说：城工委副书记粟后给我看了你的信。经过情况他概要地跟我说了。

周迪道说：粟后同志派交通员张炎跟我联络，说组织上同意我将计就计，潜伏在日本人内部开展反间谍的秘密斗争。后来张炎又传达了敌工委的“十六字”斗争方针：迷惑敌人，站稳脚跟，广交朋友，积蓄力量。我大受鼓舞，决心完成党交给的这一特殊任务。我想，为了战胜敌人，必须知己知彼，把敌情摸摸清楚，才能像《孙子兵法》上说的做到百战不殆。于是我通过各种办法，对日本宪兵队的情况作了调查研究。

宁波是1941年4月20日沦于敌手的。日本侵略军攻占宁波后，铃木政一等十几个宪兵就随大军窜到了宁波，组成了一个宪兵队。听说当时的队长名叫仓木胜，后来调走了，现任宪兵队长名叫大场敬次。宪兵队内设三个课，即警务课、特高课、思想课。警务课代理课长名叫岩本一郎。特高课课长名叫木场重雄。这个课主要对付国民党，包括沦陷区内的军统、中统特务。思想课课长就是铃木政一，专门对付共产党新四军，着重搜捕我党我军派入宁波的地下工作人员。思想课里还有几个宪兵，其中一个叫西原，一个叫土屋。这两个日军生性残忍，杀人放火，奸淫妇女，无恶不作。除了日本人以外，还有几个宪佐，听说大多是朝鲜人，也有我国的东北人。还有四五个翻译。将我带出牢房的那个翻译，名叫程明，是温州人，自幼随父亲到日本做过几年生意，会讲日本话，所以就来到了宁波。此外还有叫大林、小林的两个翻译，听说都是台湾人。目前我所了解的，大致是这些情况。

乐群说：我是宁波人。从上海回到老家后，亲戚朋友等等许多人，跟我一提到日本宪兵队，无不咬牙切齿，恨之入骨。他们历数了宪兵队的种种暴行：放狼狗咬人，抓到中国人后上电刑、坐老虎凳、灌辣椒水、烙火铁、用刺刀把人活活刺死，甚至开膛破肚，挖心肝，砍头颅……其残暴狠毒无以复加，令人发指。他们都说日本宪兵是一群杀人不眨眼的魔鬼，是中国人民最凶恶的敌人。周迪道同志，你每天都跟这群恶魔打交道，稍一不慎，就会吃大亏，你可要千万小心呀！

周迪道哈哈一笑，说：乐群同志，你放心，常言道：道高一尺，魔高一丈。这几个小鬼子，据我看都是些20多岁的毛头孩子。在我老周面前，他们可还嫩着点儿。我从小闯荡江湖，从1927年入党到现在也已十七八年了，什么样的水没有蹚过，什么样的敌人没有见过？我相信有区党委的坚强领导，有敌工委和粟后同志的直接领导，我就不相信自己斗不过日本鬼子！更何况我不是单身一人，还有周斯明、冯禾青、王福林、莫奇等同志，我们几个人各有特点，各有所长，加在一起就不是1加1等于2，而是更大的能量，就是一个坚强的战斗集体，就会产生更强大的战斗力。有党组织作后盾，有他们几个人出谋划策支持我，我对战胜宪兵队里几个日本兵充满了必胜的信心。

乐群说：是呀，粟后同志告诉我，说你和你们小组的几个人，都干得不错。你们是一个坚强的战斗集体，各有所长，特别是你，有勇有谋，不简单呀！

周迪道继续汇报说：敌工委的“十六字”方针，第一句话就是“迷惑敌人”。于是有一天，我主动找到叶志康。他是做大生意的，在敌占区开了店，在国民党那里挂了个乡长的职务，但又是个爱国人士，所以在抗日根据地、国统区、沦陷区都兜得转。我就请他出面给我“拉场子”。他在东大路状元楼特意摆了一桌丰盛的酒筵，邀请铃木、程明等出席，说我愿意参加“和平”，今后就在铃木先生和程明先生的手下做事。铃木很高兴，跟我碰了几次杯，还当场答应发给我20万伪币，让我开家商店。他还叫我改名为“朱人达”。就这样，我这个日本宪兵队的“密探”，在宁波市区就粉墨登场了。

过了几天，翻译程明又把我带到一家戏院，坐在事先包好的第三排中间。这是头面人物才能享受到的最好的座位。这天演的是“的笃班”（越剧）。戏院里熙熙攘攘，座无虚席。日军驻宁波特务机关的头头，宪兵队的头头，警备队的头头，还有宪佐、翻译、密探、联络员等等，纷纷在第一、二、三排就坐。我想程明这样安排，是让我在大庭广众面前“公开亮相”。从此，我在公开场合，成了货真价实的日本宪兵队的密探。而另一方面，我也在这个特殊战场上，为我党我军开始了新的战斗。

后来，为了办差事方便，铃木还给我发了一张“派司”，相当于工作证。每个“派司”都要编号。七八个密探按什么顺序编号呢？铃木出了个点子，叫我们在菩萨面前抽签。说起来也好笑，我竟抽得了第一号。铃木这个人很讲迷信，平常他喜怒不形于色，见我抽了个第一号，立时满脸堆笑，拍拍我的肩膀，说：“朱先生，你得神助，恭喜，恭喜！”从此，似乎对我另眼相看。

但是，铃木从骨子里还是不信任我。他发给我一支手枪，说：“朱先生，枪里已经装上了子弹。”我回家把枪拆卸开一看，发现撞针被磨短了，有了情况枪根本打不响。他妈的，铃木这小子真是太阴险、太狡猾了。但我并没有当面拆穿他。直到很久后，他才给我换了一支能用的枪。

乐群说：从你接受敌工委指示开展工作以来，已经近半年了。请你把主要的工作情况介绍一下。

周迪道整理了一下思路后，开始汇报。他说：我们首要的工作是：“迷惑敌人，站稳脚跟”，同时尽其所能，营救被日军抓捕的我方人员。除了周斯明、冯禾青、王福林等同志经我营救出狱外，我还营救了司令部和印刷厂的两位同志。还有丈亭税收组的一个姓史的税收组长，他因犯错误，思想动摇，从根据地开小差到了宁波，想脱离革命队伍回上海老家去。可是他刚进宁波，就被我手下的人抓了起来。押送到我面前后，我屏退左右，问他是怎么回事？他说吃不了苦，就用了公家一点钱，数目不多，怕追究，就开了小差。我看他人还算老实，错误也不大，在上海当过工人，根子还正，就批评了他，同时说服他回根据地。他同意了。我就去向铃木汇报，说抓来的人原先是我的部下，听说我参加了“和平”，就跑来找我。正巧，被我的部下抓住了。我准备派他回四明山去做内应。我这样做，是要堵铃木的嘴，以免他怀疑我“私放”共产党新四军。

我出面营救的人，除了上面讲的人以外，还有两个人。

有一天，我手下的一个联络人员抓来一个“可疑分子”。我一问，他说是从四明山开小差出来的，是当兵的，吃不了苦。我仔细打量，感到他很可能是从我们部队里逃跑出来的，甚至还是个排以上干部，不像个普通战士。再问，他仍不说实话。我决定营救他，就去找铃木，不料铃木突然生病住进了医院。怎么办？拖下去，夜长梦多，于是我找到了铃木的“干妈”——一个叫徐家姆妈的老太太，请她出面去找代理铃木思想课长职务的宪兵岩永。这个日本人成日里花天酒地，不是喝酒，就是找“花姑娘”、逛妓院。铃木入院前后并未向他交代这个人该如何处理，他见铃木的“干妈”来保释，以为是铃木的意思，就一口答应了。那个人出狱后，我将他安全送回四明山根据地去了。

还有一位年轻的女大学生，是个华侨，不幸也被我手下的人误抓了，送到我面前后，我估计她是新参加革命，没有对敌斗争经验，如果我按日本人的规定，将抓到的“共党嫌疑分子”一律送交宪兵队，那她要吃大亏。如她供出了什么，对革命工作势必造成损失。我灵机一动，计上心来，就大声训斥我手下的人说：你们真是一群笨蛋！把这样的女人抓来有什么用？快把她放了！她出门后，我又把抓她的人叫到跟前，吩咐他：你在后面暗暗盯住她，看她到什么地方去？跟什么人联系？快回来报告。过了一些时间，此人回来报告说，她走进一个名叫周庆的做生意的人家里去了。我一听，心中一块石头落了地。我知道周庆是我党的一位地下工作人员，公开身份是一个跑单帮的商人，日伪方面当他是个一心想赚钱的生意人，根本不了解他的真实身份。所以我对部下说：那个周庆是个生意人，不是共产党，让她去吧！后来，我才知道这个女大学生也是我方的一个敌工干部。

乐群笑道：如此说来，被你以各种方式营救的人已有九人之多了。

周迪道说：不止此数，还有一个女同志，是一个县委的秘书，第二次反顽战役后进入宁波隐蔽，不小心也被我的部下抓来了。据冯禾青说，密探成建最近刚侦悉她是共产党，正想下手抓捕，被我们抢先了一步。我们几个人研究后，感到无论如何也不能让她落入成建之手。冯禾青和周斯明立即行动，与她悄悄见了面。周斯明对她谆谆交代说：你说话、穿衣服要适合敌占城市的环境，平时尽量深居简出，特别不要到大庭广众之间露面。不久后，又替她搞来一套新衣服和一些化妆品，让她梳妆打扮一番，化装成一位阔小姐，将她护送出宁波。这件事做得神不知鬼不觉，等到成建去抓捕她时，早已人去楼空了。

乐群笑问道：除了上面所说的十个人外，莫奇是你营救的第十一位同志了。

周迪道说：莫奇同志我过去不认识，是根据敌工委粟后同志的指示营救她的。有关她被捕前后的情况，你是不是直接向她了解？

乐群点点头，说：也好。那就请你到门口望望风，替换她回来，我再跟她面谈。

第十一章

女交通站长改名换姓，跟周迪道假扮“夫妻”，热热闹闹地大摆筵席举行婚礼，俨然成了日本宪兵队“密探朱家”的内管家。

莫奇其人其事，乐群已从粟后处略知一二。出于女性的本能，乐群很想知道这个跟自己同一条战线的战友，究竟是一位怎样的女子？为什么她的身上会有如此传奇的“故事”？

在新四军浙东游击纵队，在中共浙东区委领导下的地方各级党、政、财、教、文及妇女、青年等各种群众组织中，有着众多的女干部，在秘密战线上也不乏其人。她们利用自己特有的优势，常常化装成女教师、女学生、阔太太、富家小姐，或假装成跑单帮的生意人及农妇、村姑等等，冒着巨大风险，出入于敌占区，忍饥挨饿，出生入死，机智地应付各种不测情况，表现了“巾帼不让须眉”的大无畏革命精神……乐群正想着，莫奇推门而入。乐群连忙站起身来主动迎上前去，跟她热情地握手，并招呼她坐下。仔细端详，见莫奇中等身材，精明干练，圆圆脸型，皮肤白皙，一头浓密的秀发，正是花样年华，浑身散发着青春活力，两只乌黑的大眼睛忽闪忽闪的，透着机敏和灵气。

乐群问道：莫奇同志，听说你是浙北德清人，怎么跑到浙东来了？

莫奇说：我的真名字叫莫孝贞，生于1924年，15岁那年（1939年）在上海女子中学读书。级任先生黄容林（号志诚）是上海地下党组织的成员。

莫奇1944年在宁波400小组时为办理“良民证”所摄

上海女子中学是个地下党的联络点。我在黄先生的教导下，抗日思想大有进步，成为党的外围人员——地下交通员，给党组织传送情报，多次都胜利完成了任务。后来我的行动被发现了，不能再留在上海工作，于1941年1月28日，由地下党组织派交通员护送我及我发展的莫加柔一起，到苏中抗日根据地粟裕司令员领导的新四军一师所属社会服务团（即文工团，团长陆睦，指导员汤星）工作，改名为莫奇。1943年初，敌、伪、顽向苏中根据地“扫荡”，军分区精兵简政，同时开辟浙东抗日根据地需要人，组织上考虑到我是浙江人，就分配我到浙东工作。开辟新区需要干部，特别是1944年初，为粉碎日伪军的“扫荡”和进行第二次反顽作战，四明山情报总站下面分别设立了各县县站，县站下面又分设了区站。我参加革命才两年多，又还不到20岁，可是工作需要，我也就被“赶着鸭子上架”，奉命担任了鄞县古林区秘密交通站的负责人。

1944年1月，我由中共浙东区党委所属姚南办事处政工队调到古林区交通站，接替陈洛宁同志，负责担任秘密交通工作。交通站由交通总站站长翁惠珍同志单线领导，只有我和12岁的“小鬼”刘爱田两个人，地点设在敌占区的高桥乡包家岩村，离敌人的据点只有五里路。我改名为包美英，在伪乡公所报了户口，从此我就成为该村基本群众包荣庭家中的成员之一。我在群众的掩护下，负责做秘密交通工作。

古林区地盘很大，北临姚江，沿江有多处渡口，是四明山根据地通往

“三北”地区的重要通道，也是日、伪、顽进犯我四明山抗日根据地的必经交通要道。我们交通站在群众的掩护下，承担着繁重的任务，主要有六项：一是搜集敌人活动的情报并及时上报；二是保持跟当地部队及地方党政机关之间的沟通联络；三是将过往干部及工作人员及时护送到目的地；四是尽力解决来往人员的食宿；五是及时传送绝密文件和各种信件，帮助运送各类物资和伤员；六是密切联系群众，在不暴露的前提下宣传抗日。这些任务中，最最重要的是搜集情报并及时上报。

在那个艰难动乱的岁月里，敌、伪、顽频繁地向我四明山根据地“扫荡”，形势非常紧张，因此非战斗机关都是白天隐蔽，晚上工作、活动。首长姓名和机关名称，都是用数字和地区作代号，且常常是几天更换一次。机关的驻地也常转移。我们做交通站工作的人必须牢记这些代号和驻地，才能及时地、准确无误地把文件转送出去。小刘出去送文件的时候，“家中”只有我一个人，前面站送来的文件必须严密保管好。我常把文件藏在

莫奇（徐笑奇）和时任浙江省商业厅副厅长的丈夫黎立坚（1956年在杭州）

包家的水缸下面，有时藏在柴草房内或者藏在厕所旁的破墙缝里。我深深体会到只有紧紧地依靠群众，才能保证不遗失，不暴露。

我们转送文件，也想了多种办法，例如文件较多，担心出问题，我就把12岁的小刘打扮成小孩子走外婆家的样子，在包家大哥的帮助下，买来许多浙东地区的特产毛笋，切下老头，挖空肚子，把文件包好塞在里面，再把老头用竹签插上混在篮子里的毛笋中，让小刘挑着去走“外婆家”。有时我把文件缝在小刘的鞋帮里，让他穿在脚上走出去。就这样，一次次地完成了转送绝密文件的任务。记得3月份的某天，那是一个漆黑的夜晚，风雨交加，我刚睡下，突然接到总站的通知，要我马上去给专署机关带路，并安排住宿的地方。我二话没说，当即起床，向包家大哥借了蓑衣笠帽，急匆匆地跑步到约定的大路边等待。我躲在隐蔽处，大约等了一顿饭的时间，看到远处来了一群人，我即迎上去和他们对号，带头走来的是位身材不高、态度和气的同志，他问我当地的敌情，可有住宿的地方等等。我一看，原来是罗白桦专员。我向罗专员汇报周围敌人近日来的情况时，同志们都围过来听我汇报，我看到专署机关的人员已紧缩到只有20多人了，他们个个都很劳累，衣服也都湿透了。有几位同志轻轻地对我讲他们还没有吃饭，我听了心里很难受，就说带他们到村里群众家住宿，也好顺便弄点吃的。但罗专员不同意，他说：“进村不好，怕惊动群众，暴露目标。”他问我附近可有隐蔽的地方，只要能挡住风雨就行，我想了一下说：“三里路外有个祠堂，里面没有人住，可是什么东西也没有，很脏的。”罗专员高兴得连说好好。我领他们到祠堂后，问罗专员还要我做点什么？罗专员关切地拍拍我的肩膀，说：“夜已很深，你快回去吧！不要暴露了你的身份，影响工作。今晚的行动一定要保密。”我点点头，依依不舍地离开了同志们。这期间的斗争和工作真是艰苦呀！

7月上旬的一天晚上，我得到一份情报：伪军第十师第三十七团即将向我根据地进犯。情况十万火急，我决定亲自将此情报送给驻在后屠桥附近的我军第五支队某部。我是属老鼠的，从小胆子小，又是个20岁的女同志，但军情紧急，不容延误，我就匆匆上路了。从包家岩村到后屠桥，相隔几十里路，我不敢走大路，怕碰到敌人，专拣小路走。一路上有许多野坟，坟墓边升起点点鬼火，我心中害怕，为了赶紧把密件送到首长手中，我硬着头皮快步往前冲。说来也真可笑，我往前走，那鬼火却往后退；我走得快，它退得快，我终于冲出了那片坟地。等我赶到后屠桥时，天还未亮。但没有想到我们的部队已经转移，当我走进后屠桥村时，发现此地已被伪三十七团占据。我来不及躲避，就被伪军发现了。几个伪军一窝蜂地围住了我，用枪逼着我，大声吆喝着："站住！不许动！干什么的？"

我镇静地回答说：我是到后屠桥来走亲戚的。因为我化了装，穿的是当地老百姓的衣服，他们一时看不出我的真实身份。但伪军不相信，把我押送到一个营部。在去营部的路上，我很快把那份情报塞进嘴里吃掉了。那个营长很坏，对我起了邪念，命令士兵又把我押送到他家中。说起来也好笑，营长老婆见我进了门，立即露出警觉和愠怒之色，气呼呼地质问营长："怎么又弄回一个女人？"我一听，心想我正可以利用这个女人的"吃醋"心理，让她成为我的一顶"保护伞"，使我免受营长的糟蹋。于是我主动对她说：营长太太，我是从乡下来走亲戚的，被他们抓来了，我哪里是什么新四军共产党呀？请你行行好，让长官放了我吧！这一招还真灵，营长老婆成了我"挡风的墙"，把营长看得死死的。营长这个坏家伙果然没有机会对我动手动脚，使我顺利逃过了这一"劫"。

过了几天，伪军营长命人把我押送到团部，团部也没有审讯，就将我押送到伪十师的师部。乐群同志，想必你也知道，伪十师是正规伪军，师长谢文达挂的是伪中将军衔，师部驻在宁波城内。谢文达毕业于黄埔军校，投降日军后，对日本主子卑躬屈膝，唯命是从。他知道日本人有规定，凡抓到共产党新四军的嫌疑分子，必须立即送交宪兵队。我被捕后，一口咬定是普通老百姓，名叫徐国芬，既不是共产党，也不是新四军。敌人拿我也没有什么办法，但仍将我作为"嫌疑分子"送到了日本宪兵队。

我被捕后，消息很快传到了敌工委，组织上指示周迪道将我尽快营救出狱。

后来周迪道告诉我，说他接到指示后，感到一个敌工干部落入敌人之手，因他或她掌握着我党我军的大量机密，万一出了事，对党的损失很大，必须尽快营救。但他虽为宪兵队的"密探"，而"密探"除他之外还有七人，号称“八大密探”。各个“密探”为了争功邀宠，对抓获的人犯只报告宪兵队，对其他“密探”也都守口如瓶。所以周迪道所知道的，只有宪兵队的很少一部分情况，对我的下落也就一无所知了。

怎么办？周道道点子多，经过和周斯明、冯禾青研究（当时王福林尚未参加反间谍工作小组），他们设计了一个方案，听起来像个故事：

一天，周迪道找到翻译程明，请他到知味馆吃饭。酒过三巡，周迪道向程明叹起了“苦经”，说：我们诸暨老家有句俗话：年过二十五，衣服破了没人补。我如今三十大几岁的人了，虽有妻室，但她在四明山新四军三、五支队，哪能再跟我这个“汉奸”过日子！我在宁波孤身一人，晚上回到屋

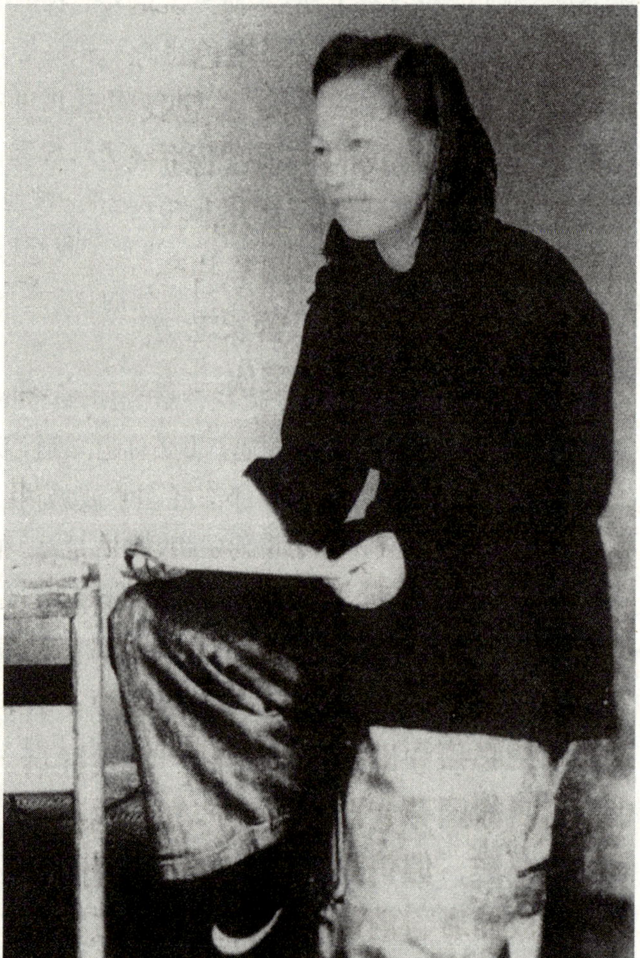

莫奇北撤后改名徐笑奇，1948年摄于大连华中干校

里连个说话的人都没有，你看，这日子怎么过得下去？

程明连连点头称是，又问周迪道想不想找个女人，在宁波成个家。还主动提出要给物色一个。

周迪道巴不得程明如是说，立即满脸堆笑，说：那就太感谢程先生了。不过，像我这样土里土气的乡下人，宁波城里的小姐高攀不上，我倒很想找个乡下女人，不知宪兵队近日有没有捉到女犯人？从三、五支队抓来的人也可以嘛！

程明不知是计，不禁脱口而出，说：最近第十师送来一个女犯人，年纪很轻，才20岁左右，人长得很漂亮，怀疑她是三、五支队的情报人员，就被抓起来了。审讯了几次，她都矢口否认。铃木对这个案子如何处理，尚未最后决定。如果你有意，我就去跟铃木说说，让你先看看她，满意不满意，然后再定。

周迪道一听有了门，就连连向程明表示感谢。

铃木为了笼络周迪道给他卖命，原先就希望周迪道在宁波结婚成家。听程明一说，很快同意了。一天，我正在牢里，忽见牢门打开，进来两个人，一个身材魁梧的人两眼直盯着我。当时我不认识他，后来才知道他就是周迪道。牢里还有其他几个女犯人。周迪道走到我面前，问我叫什么名字，怎么被抓来的？我回答后，他说，听口音，你不像是本地人。我说我是湖州府人，我们那里被日本人占了，我就逃难到四明山来了。我有个亲戚住在古林区，山沟沟里安全些。他又问我：你们古林区有个叫莫奇的人，你认识吗？我始而一惊，但很快镇定下来，摇摇头说：不认识。

周迪道听了后没再问什么，又把我从头到脚打量了一番。出狱后我才知道，敌工委已告知他，我是德清人。德清属湖州府管辖。他从我的回答上，从我听他问莫奇其人时，眼中闪过的一丝惊讶的神色上，已初步断定我就是敌工委指示他营救的莫奇了。

出门后，程明问周迪道对“女犯人”印象如何？周迪道说：虽然她关押了不少日子，蓬头垢面的，一身汗酸味，但人长得蛮好看的。我对她印象不错。我30几岁的人了，能娶到这么个“小妹妹”，也就知足了。请你务必向铃木先生多多美言，帮我玉成此事。

铃木很会笼络收买人心。他认为即使我真是三、五支队的人，招供后也要把我交给周迪道看管监视的，何不先做个顺水人情。就这样，我很快就被周迪道“保释”出狱了。

周迪道到宪兵队为我办理保释手续时，铃木问他：你在四明山已经有了娘子（日本人把妻子称作娘子），现在再在宁波找一个女人结婚成家，万一四明山的娘子来到了宁波，你怎么办呀？

周迪道灵机一动，笑嘻嘻地回答铃木说：我们中国人有钱人家，大小老婆、三妻四妾多的是。我们的蒋委员长老家就在宁波附近的溪口镇，他老家有个姓毛的原配夫人，到上海后又找了几个小老婆，再后来又找了个宋美龄。我在四明山的那个妻子，她知道我参加了“和平”，替你们办事，哪里还会再跟我呀！

我被周迪道带到呼童街101号，在徐少颖家的扶梯间搭了一个木板铺，并在徐家搭伙，就这样住了下来。后来，周迪道向我传达了敌工委的指示，要我留在宁波参加“反间谍工作小组”。我想能在日本人心脏里跟日本人斗，这个工作很有意义，就愉快地服从了组织的决定。为了将错就错，我在宁波对外用的就是徐国芬这个化名，反而不用原先的真名莫奇了。

莫奇一口气讲了这么多，乐群一直专注地听着。她边听边分析，感到讲得很合乎情理，深感周迪道脑子活络，点子多多，在跟凶恶狡诈的日军作斗争中，能随机应变，真是不简单，值得赞许！

乐群说：为了工作方便，今后我就叫你406或徐国芬。你出狱后铃木和程明有没有催促你和周迪道结婚呢？

莫奇脸上立时飞起红云，满脸羞涩，不好意思地说：怎么不催呢！他们一见到周迪道，就向他讨喜酒喝。本来这只不过是营救我的一条计策，想不到会弄巧成拙，成了一件尴尬事！怎么办？周迪道就请张炎向敌工委汇报请示。不料粟后同志指示说，你们两个就来个“假戏假做”，假意装扮结婚成家做夫妻。你们要在日寇心脏里隐蔽下去，做到迷惑敌人，站稳脚跟，这种方式也是斗争策略之一，是特殊战场上的一种特殊斗争方式。但粟后同志又严肃指示我们，切不能“假戏真做”，真的做起夫妻来，那就违反了敌军工作的纪律，将来归队后要受到严肃处理。

我们反间谍工作小组的几个人，经过多次研究，决定把“戏”演得更逼真一些，结婚的“场面”摆得更阔气一些，“影响”搞得更大一些。于是，在9月17日这一天，在宁波伪方报纸上，登出了一则醒目的“朱人达徐国芬结婚启事”，还在知味馆摆了十几桌喜酒，请了日本宪兵队的头头，其他七大“密探”及其手下的喽啰，还有日军警备队的头头，伪方维持会、商会等各方面的头面人物，真可谓盖冠咸集、群“魔”毕至。

顺便汇报一下，那天来的宪兵队头目中，有一名叫岩永的特高课长。按照宪兵队内部分工，特高课则专门对付国民党，如收集国民党方面的情报，审讯和处理抓到的国民党方面的人犯。周迪道虽然是宪兵队的“八大密探”之一，但受铃木领导，所以平时跟岩永很少打交道。但周知道宪兵队里除队长仓本之外，岩永的权最大，为人又最凶狠残忍。他的军阶比铃木高，升迁也比铃木快。还听说他是日本黑龙会的成员。这个黑龙会是日本的一个臭名昭著的黑社会帮派组织，其头目名叫头山满，在政界、军界都有影响，岩永也由此而身价倍增，在宪兵队时俨然成了第二号人物。那天，我是第一次看到岩永。跟其他许多日军一样，岩永身佩军刀，戴一副黑框眼镜，颧骨突出，尖下巴，五短身材，面目可憎。听说他嗜杀成性，又生性好色，见了“花姑娘”就兽性大发，被他污辱过的中国妇女不计其数。他洋洋自得地带着“太太”前来参加我们的婚礼。曾听周迪道说过，岩永这个“太太”原先是国民党的一个女特工，名叫袁琼，潜入宁波不久，即被日本宪兵队抓获。岩永负责审理此案，见她年轻漂亮，即起淫心，将她强奸。后来这个国民党女特工就和他姘居了。我见了岩永，心里一阵恶心，恨不得狠狠地打他几个耳光。可是工作纪律告诉我，必须忍气吞声跟他们周旋。

除了岩永，我还见到了铃木、西原、土屋等日军，还见到了宪佐刘斌，翻译程明、蔡邦、林元，“密探”成建、顾瑞大、李明耀等人以及他们手下的不少“联络员”。周迪道装得十分热情好客，俨然一副“新郎官”的模样。我也只得强颜欢笑，装得像个真正的“新娘子”。

喝酒，猜拳，行令，表面上闹猛一阵以后，曲终人散，婚礼结束，周迪道和我被送入“洞房”。这使我感到十分尴尬。好在我们“反间谍小组”的几个同志帮了大忙，他们在协助我们送走宾客以后，以“闹新房”为名，在我们的“新房”里摆了一桌酒，让周迪道喝了个够。客人离去后，周迪道又和我坦诚谈心，说我们两个都是共产党的干部，要在敌工委领导下，在日本人心脏里与他们斗，不获全胜决不罢手。“新婚之夜”就这样过去了。以后，我们对外的名义是“夫妻”，但河水不犯井水，是亲密战斗的革命战友。

听了莫奇绘声绘色的汇报，乐群莞尔一笑，说：你俩的“戏”演得不错，真难为你们了！

60多年后，2008年12月12日，笔者与400小组唯一健在的莫奇老人见面畅谈并聚餐。席间她对儿子、女儿和周迪道的儿子、女儿说：“当年在宁波，我和老周假扮夫妻，我们是没有那种事的。要是有那种事，你们就会多一个哥哥或姐姐了。”你们都是革命的后代，要互相帮助，互相照顾。说毕，她坦然地笑了。笔者听之，更生敬意。

莫奇（左五）、400小组陈婕的未婚夫、原温州地方党城区区委书记冯增荣（左七）周迪道大儿子周勇进（左二）、小女周也印（左一）、莫奇大儿子黎豫清（左四）、小女儿黎豫浙（左八）上海电视台李晓洁（左六）、本书作者夏继诚（左三）　2008年12月12日于杭州　莫奇女婿盛华华摄

第十二章

形形色色三教九流的人物都成了400小组的朋友。就连长期居住日本、被铃木亲昵地称为“干妈”的徐章翠，也被争取了过来。

敌工委确定的“十六字”方针中，强调要“广交朋友”。“反间谍工作小组”在这方面做了哪些工作？取得了多少成效？还存在什么问题？这是乐群需要深入了解考察的问题之一。

周迪道向乐群汇报了这样一件事：他在陆埠被日军逮捕后，被押解到余姚城内一个日军据点羁押，看管他的是一个年轻的日本兵，看样子是个刚从国内征召来的“新兵蛋子”。四下无人之际，他用半生不熟的中国话问周迪道：“你家里有娘子（妻子）吗？有孩子吗？”周说：“有。孩子还很小，才几岁。”那个日本兵语气凄然地说：“我家里也有娘子，也有刚生下的孩子。可是我被征召入伍，来到了支那（中国），谁愿意打仗呀！”第二天，一个翻译带周迪道去接受日本人的审讯。途中，周迪道对翻译说：“你也是中国人呀！中国人怎么能害中国人呢？日本人长不了，你要为你的子孙后代积点德呀！”翻译听闻此言，长叹一声，然后轻声对周迪道说：“只要你不瞎三话四，乱招供，我会帮你忙的。”

周迪道对乐群说：这个日本兵和翻译的所作所言，使我想了很久，认识到即使是日伪，也不是铁板一块，我们也可以做策反工作呀！

周迪道1952年在中国人民志愿军第二十军

乐群点头表示同意，并问道：那么，你认为日本宪兵队和他们的翻译、密探等人员中，有无我们可以策反、争取的对象呢？

周迪道说：我一直在捉摸这个问题。从目前看，宪兵队中的日本人，虽然有的穷凶极恶，有的表面和善，有的唱红脸，有的唱白脸，但本质上都一样，很坏，都是我们不共戴天的仇敌，一时尚找不到“缺口”，找不到可以做策反工作的对象。甚至在宪佐、翻译人员中，目前也还没有可以策反的对象。只有翻译程明被我们列为可以交朋友的对象之一。

乐群问：宪兵队里有“八大密探”，号称“八大金刚”。那么，除你之外，其他七个“密探”我们有无“交朋友”或策反的可能？

周迪道说：这个问题正是我要向你汇报并请你指示的问题之一。我们几个人经过研究，感到有个名叫龚涛的“密探”，是我们可以“交朋友”的对象。此人开始时是另一个大“密探”孙桂芳的徒弟和得力助手。他年纪较轻，还不到30岁，腿脚勤快，又听使唤，常在铃木处跑前跑后的，颇受铃木青睐，后来就让他自立门户，手下招募一批联络员，遂成了“八大密探”之一。据我观察，龚涛受到的旧影响不是太深，社会经验也比较缺乏。他既没有干过国民党的军统、中统，也不是我党我军的叛徒，对国共两党都没有大的成见。此人头脑也比较简单，不那么阴险狡诈。可以说，他属于那种涉世不深而陷入魔窟的青年，可以成为我们“交朋友”的对象，如果不能策反过来，至少也要让他不跟日本人贴得那么紧，少干一些坏事。

乐群问：这是你个人的想法，还是你们“反间谍工作小组”的共同看法？

周迪道回答说：我们小组多次讨论过他，看法一致。

乐群沉吟了一会儿，说：此事待我回去向粟后同志汇报请示后再说。目前你们该做的工作，可以继续做。我们400小组的任务，是把敌人营垒中的一切缺口、裂痕都收集起来，千方百计加以利用。即使是暂时的利用对象，也应该对他们多做工作嘛！

周迪道继续汇报说：周斯明同志关押在宪兵队牢房时，结识了两个“难友”，名叫李诚、李之华，并有了一定的交情。李诚原先是国民党某部大队长，被日本人逮捕后，怀疑他是新四军浙东纵队三、五支队的人，还说他是“办事处主任”。开始时他矢口否认，后来见铃木对承认是新四军的人颇为客气，不打不骂、还招降这些人为日本人工作，李诚怕受刑罚，也就将错就错，承认自己是新四军的“姚北办事处主任”，果然被铃木释放，目前也是宪兵队里的一个小密探，直接听命于铃木。不过他的名气还不大，称不上是“八大密探”或“八大金刚”之一。我们分工由周斯明跟他“交朋友”，两人常有往来，至少我们要争取他不当我们的对立面，不成为我们开展工作的阻力，必要时使他也能助我们一臂之力。

还有一个名叫李之华，原先也是国民党方面的人，被日本人抓到后，

莫奇（徐笑奇）1949年9月与丈夫黎立坚（老红军）、儿子黎豫清（出生100天）摄于杭州初解放时

承认自己是国民党定海专署的情报员，是专员苏本善派他潜入宁波刺探日伪情报的。他招供后即被释放了，现在也是宪兵队的密探之一，直接听命于特高课长岩永，重点对付国民党方面。此人性格比较豪爽，直来直去的，在牢房中跟周斯明很谈得来。我们研究后，认为也可以跟他“交朋友”，让他不与我们为敌。多个冤家多堵墙、多个朋友多条路嘛！

除了周斯明这两个“难友”外，冯禾青从日本宪兵队出狱后，住在大密探成建家中时，认识了成建手下的两个“联络员”，一个名叫沈瑛，原是上海滩上的一个小流氓；一个名叫王志鹏，是汪伪军官学校毕业生。在成建家里，冯禾青跟他们很谈得来。经我们小组研究，也将此两个列为“交朋友”的对象。

乐群插话说：莫奇作为一个女同志，在“交朋友”方面，应该发挥她独特的优势，跟日、伪头面人物的太太、小姐，也有必要主动多结交一些朋友呀！

周迪道笑道：她不愧当过秘密交通站的负责人，在这条战线上见过世面，经过历练，时间不长，她交的“朋友”还真不少。

莫奇向乐群汇报说：我跟周迪道举行隆重的“婚礼”后，在宪兵队头目和其他“密探”的心目中，我就有了“朱大密探老婆”的“正式身份”。这样，我就能跟密探成建、傅侠、李明耀、顾善大的老婆，还有翻译徐炳祥、大林等人的老婆，“名正言顺”地交起朋友来了。平时，周迪道同志外出工作了，我就有目的地找上门去，跟这些人聊天、打麻将，有时还一起上戏院，边看边打听日、伪方面各种各样的消息，也就是搜集情报，供反间谍工作小组研究。

一天，周迪道对我说，敌工委指示说，有个姓张的进步青年，从上海来宁波，准备到四明山投奔新四军，不料被伪方抓去了，关在伪宁波县政府的监牢里，要我们设法营救。她很机敏，很坚强，没有暴露自己的真实身份。我想了想，说我跟伪军赵清鸣的母亲、妻子交上了朋友，常到她们家去走走。她俩没有文化，我就帮她们写写信。她们很信任我。周迪道就叫我向赵清鸣妻子提出，希望赵能陪同我去县政府监牢里“探监”。赵清鸣答允了。见到姓张的女青年后，我连连以目光向她示意，高声说我是她的表姐，把事先准备好的钱和食品送给她，并说“家”里很关心你，正在设法“保”她出去。赵清鸣还交代看管牢房的婆子，叫她们不要虐待我的“表姐”，要给她吃饱等等。不久后，这个女青年就被我们营救出狱，并秘密将她送到四明山根据地去了。这也是“交朋友”取得的成效之一。

通过赵清鸣妻子的关系，我还认识了一个名叫赵如意的女青年，常到她的住处去玩。时间长了，她就跟我无话不谈，她说恨透了日本鬼子，不愿做亡国奴，为此还偷偷唱“大刀，向鬼子们的头上砍去……”等抗日救亡歌曲。经过做工作，后来她离家出走，参加抗日去了。

乐群听了后，提醒莫奇说：你对日、伪军家属的工作做得很好呀，但是，千万注意不能暴露自己。

莫奇继续汇报说：我们小组几个人，多次研究了铃木和他的“干妈”徐章翠的情况。大家一致认为，要把徐章翠列为“交朋友”的重点，把她争取过来，然后再设法去打开铃木的缺口。

乐群说：你们的想法很好。徐章翠的情况，冯禾青同志已向我谈了很多。这几天我一直在捉摸，她和铃木究竟有没有更隐秘的关系？她的生活来源靠什么？

莫奇沉思了一会儿，说：徐章翠和铃木的关系，我们一直在仔细观察。从目前的迹象看，说她是潜藏很深的日本特务，是日本宪兵队豢养的一只鹰犬，是铃木手中对付共产党新四军的一条狡诈的走狗，似乎证据不足，甚至找不到一条足以证明问题的证据。当然，日本宪兵队长仓本、大场和思想课长铃木等人，他们主观上是想把徐章翠作为一只侵华的鹰犬、走狗来利用她，但这恐怕是日本人的一厢情愿。徐章翠毕竟是中国人，在日本时又跟孙中山相识、相熟，受到孙先生革命思想的熏陶，她的丈夫又是同盟会的积极分子，有强烈的爱国心，徐章翠也不能不受到很深的影响。再加上她没有文化，是个家庭妇女，对政治不大感兴趣，也缺乏活动能力。所有这一切，表明她在日本期间，不可能被日本的间谍机关收买，成为它们秘密派回中国潜藏的特务分子。至于宁波沦陷后，宪兵队长仓本很快找上门来看她，这足以说明日军对宁波的社情、民情及有影响的社会人士，事先都做过秘密深入的调查研究，说明日军侵略我国是蓄谋已久的，他们要在中国物色、豢养一批为虎作伥的走狗，也是早有图谋的。至于徐章翠，尽管日本人很想利用她，可是未必能达到目的。

乐群提醒说：这个问题，你们小组的同志还要继续观察分析。特别是我来往的行踪，你们要对她严格保密，不能有丝毫泄漏。至于你们自己，也要提高警惕，决不能有丝毫麻痹。

莫奇连连点头，说：我一定将你的指示转告小组同志，我们小组个个都要这样做。

关于徐章翠的经济来源，莫奇向乐群汇报说：听说她原先家境相当好，丈夫在日本做麝香、药材生意，赚了不少钱。她们全家大概在1931年从日本回到故乡宁波，在聚奎巷建了两幢房子，在应家弄也置了房产，生活过得颇为富裕。可是，她丈夫徐荪初于抗战爆发后，为躲避日军飞机轰炸，携全家逃到鄞县南姜山住了一些日子，不久就在乡下去世了。徐章翠在乡下住不惯，又搬回了宁波，靠积蓄和出租房子为生。儿子大了，又娶了媳妇，一家人坐吃山空，生活逐渐变得拮据起来。

铃木这个鬼子很有心计，他为了牢牢地把徐章翠抓在手里，为他所用，有意识地从经济上资助徐章翠。据我们小组的同志了解，铃木特地为徐章翠弄了一个商店的招牌，为她办了商业登记手续。尽管她没有开店，也没有见她做其他什么生意，但她每个月照样可以凭一本“进货簿”，到日军指定的批发商店领取批零差价，也就是空手套白狼，白手拿钱财。这使徐章翠和她的儿子、儿媳在物价飞涨、民不聊生的宁波，仍能保持一定的生活水平。应该说，日本人很懂得笼络人心。

乐群说：所有的敌人都一样，都是“大棒”和“胡罗卜”并用。日本侵略者也不例外，有些见利忘义的中国人就上了他们的当。

莫奇说：周迪道、周斯明、冯禾青、王福林他们几个人的点子也很多，比起铃木来更胜一筹。日军可以从经济上收买徐章翠，我们也可以在生活上帮助她，让她也能从我们这方面得到好处。日本宪兵队有规定：每个“密探”一个月发两石大米（每石150斤），每个“联络员”发一石大米。这样，周迪道的两石大米加上我的一石大米，基本上交给我们住的呼童街101号的房主人徐少颖，作为我们付给他的房租和部分伙食费。周斯明、冯禾青的两石大米就全部交给徐章翠。你知道，粮食是战略物资，眼下在宁波和整个沦陷区，粮食非常紧缺，粮价也非常昂贵，甚至常常是有价无米。徐章翠一家三口，每月从我们小组拿到几百斤大米，她们哪里吃得完呀！所以徐章翠对我们常常开口称谢。

还有一件事，更使徐章翠靠近了我们。

一天，在闲聊时，徐老太太懊丧地说，她丈夫的一个朋友为人不地道，竟然在她们寡母孤儿身上捞了一票。原来，为了生活，徐章翠下决定卖掉应家弄的两间房子。那个朋友闻讯后，主动找上门来，又是说好话，又是拍胸脯，欺负徐章翠一个妇道人家不谙行情，又不会厚着脸皮讨价还价，所以在成交时狠狠杀了价。徐章翠明知吃了大亏，也毫无办法。她还说不想把这件事告诉铃木，免得被人说她用日本人来欺压中国人。

周斯明、冯禾青将此情况告诉了周迪道和王福林。于是，他们策划了一个行动。

在冯禾青带领下，徐章翠的儿子和他的几个酒肉朋友一起，气势汹汹地来到了应家弄，找到了那个买房人。此人也能讲日语，很狡猾，开始并不认输。冯禾青遂问他：你买到的这两间房子，房契上写的是谁的名字？那人回答是徐荪初的名字。冯禾青又问他：徐荪初早已去世，死人怎能卖房子？那人被问得张口结舌，期期艾艾答不上话来，冯禾青随即有理有据地对那人说：徐荪初已死了五年，死人卖房子，天下没有这奇事，你的这张买房契约是无效的；再说，你不念老朋友交情，居然向寡母孤儿“杀价”，行此趁火打劫、不仁不义之事，天理难容！一席话，说得那人脸红脖子粗，低下了头，说不出话来。最后，冯禾青抛出了“杀手锏”，对那人说：这件事，是到法院，还是宪兵队，你看着办。现在就请你跟我们走一趟，你爱上哪里就上哪里。

那人被冯禾青这么一“说”一“吓”，急得满头大汗，浑身颤抖，连声表示：好说，好说！我一定向徐太太赔礼道歉。过了几天，他请人出面，主动上门说情，最后那人拿出500万元伪币作为补交的房价，并请徐章翠在卖房契约上签了字，才算了结。

500万元到手，徐章翠对周迪道、冯禾青和我们几个人，更是千恩万谢，说不尽的感谢话。看得出，她跟我们更靠近了。一次，她还拿出徐荪初生前用过的金表和钻戒给冯禾青佩戴。每次铃木来她家，她都要跟铃木用日语叽哩咕噜交谈一阵。我们即使在场或隔着门板听，也不知他们说些什么。但铃木走了以后，徐章翠就会对我们说，铃木又来问你们几个人的情况了，我尽讲你们的好话，说你们都是“皇军”的朋友，是好人，叫铃木放心。有时，她还会主动将铃木及宪兵队的一些事情告诉我们。从某种意义上说，她开始成了我们小组的“掩护伞”和“情报员”。

乐群听至此，笑道：你们在“交朋友”方面，动了不少脑子，做了大量工作，成效不菲嘛！粟后同志对我说，400小组交的朋友，可分为四个层次，即骨干、外围人员、借用力量、酒肉朋友，你们这四个方面的朋友都有了。

周迪道喟然说：古人有言：君子之交淡如水。但是，我们要交的这些朋友，很多不是什么君子，而是一批十足的小人，是密探、是汉奸、是浑蛋、是坏人。他们吃喝嫖赌样样来，跟这些人交朋友，手头没有钱，可谓寸步难行呀！还有一些我们要争取的对象，虽然不是坏蛋，但我们请他们上茶馆，到酒楼，总不能让他们付钱呀！还有的人我们上门去找他们，也不能老是空着一双手，常常得买点小礼物，如水果、糕点等等。可是我们囊中羞涩，基本上是一文不名，两手空空。因此，希望敌工委——现在叫城工委了，能不能发给我们“反间谍小组”若干活动经费？

第十三章

抱病工作的城工委书记王文祥表扬了乐群的宁波之行，并结合自己长期做地下工作的经验说：广交朋友才能打开局面，我能当上国民党团长张胡子的私人秘书，就是因为跟他交上了朋友，取得了他的信任。没有同盟军，是不能战胜敌人的。

乐群在宁波完成了对“反间谍工作小组”成员及其前一阶段工作的考察了解后，返回四明山抗日根据地，向城工委作汇报。

丁公量对乐群说：“你去宁波前，碰巧王文祥同志身体很不好，刚咯了血。他是城工委书记，最近几天身体有好转，我和你一起去看看他，你当面向他汇报一下这次宁波之行的详细情况。”

王文祥是1926年加入共青团、翌年转为共产党员的老革命。他是浙江绍兴人，1906年出生，杭州之江大学毕业，早年从事学生运动，1929年担任了直属中共中央的杭州市委委员。此后，他一直奔波于杭州、绍兴、萧山、余姚、兰溪等地，从事党的秘密工作。1930年9月他不幸被国民党反动派逮捕，遭到了严刑拷打，甚至被押到刑场“假枪毙”。但他坚贞不屈，顽强斗争，还担任了狱中特支书记。长达七年之久的摧残和折磨，使他得了肺结核病，常咳嗽咯血。

抗日战争爆发后，王文祥经党组织营救出狱，担任了中共浙江省工委委员。1938年3月，他以养病为名，化名王平，打入国民党余姚县政府任秘书，不久后又转赴宁波报馆任职，暗中担任中共浙东临时特别委员会书记。许多人称他为“王大哥”，他在宁波、绍兴党的地下组织中享有很高的威信。

王文祥：浙江绍兴人，1927年入党，曾任浙江省工委委员、宁属特委书记、四明地委书记、浙东区党委城工委书记

中国共产党领导的武装进入浙东后，王文祥很快与中共浙东军分会取得了联系。1942年7月，中共浙东区委成立，王文祥被任命为四明工委书记，负责四明山周围鄞县、慈溪、余姚、上虞、嵊县、新昌、奉化等县的工作。后又任四明地委书记。由于工作繁重，到处奔波，操劳过度，他的肺病日趋严重，几乎每天发烧，经常咳嗽咯血不止。区党委为照顾他的身体，要他边工作边养病。

王文祥是个“工作狂”。身体稍有好转，他又主动请求到国民党八十九团张俊升部做统战工作，公开身份是张部政治部秘书，后任团长张俊升（绰号张胡子）的私人秘书，暗中领导打入该部的几名共产党员的工作。后来，浙东区党委鉴于他肺结核加重，将他调回来休养。

1944年2月间，王文祥在转移休养地时不幸被国民党顽固派逮捕。敌人对他严刑逼供，灌辣椒水，坐老虎凳，几次昏厥，又几次被冷水泼醒。他始终一口咬定自己是个跑单帮的商人，从上海回来休养，终于骗过了敌人，保住了党的机密。一个星期后，经党组织营救获释。

由于王文祥富有地下工作和统战工作经验，自己又再三请求，浙东区党委于1944年11月城工委成立后，任命他为书记。谭启龙特地叮嘱他要好好休养，身体第一，边治病边干些工作，主要抓大的原则问题，日常工作和具体问题可放手让丁公量、王起、王槐秋几位同志去处理。

四明山区层峦叠嶂，大大小小的山头一个连着一个，老百姓就分散居住在各个山坳里和山坡上。浙东区党委的机关和干部，新四军浙东纵队各部队也都分散住在各个小山村的群众家里。丁公量带城工委地下军工作部的几名精干人员住在西岙村，这里距四明山总的出口陆埠约六七里，对外公开名称叫“大陆商场”，便于敌占区前来请示汇报的人员联系工作。往山区走五六里山路，就到了王文祥住的一个独立小山村。再往山里走五六里山路，就是乐群住的名叫梅林的小山村，她也住在一户老百姓家里。遵照谭启龙的特别交代，她住处很隐蔽，不易被外人所知。

王起：浙东区党委城工委委员、组织部长、秘工党负责人

一天，丁公量和乐群相约来到王文祥住处。这是一间非常破旧的茅草房，室内放着一张旧床和一张旧

方桌，别无长物。王文祥的妻子陈明华，是城工委机要秘书，并负责照料他的生活。

王文祥从床上欠起身，热情地欢迎丁公量和乐群的到来。陈明华一边端茶倒水，一边参与旁听并做记录。

丁公量和乐群热情地向王文祥致以问候，祝他早日康复。

略事寒暄后，乐群向王文祥和丁公量详细汇报了去宁波工作的经过，讲了周迪道、周斯明、冯禾青、王福林、莫奇等同志的思想情况和工作表现，以及400小组目前的内外斗争环境。

王文祥边听边不断地咳嗽，有时咳得很厉害，使乐群不得不稍停等他顺过气来。乐群汇报完后，丁公量请王文祥作指示。

王文祥说："乐群同志这次宁波之行，冒着极大的风险，做了大量工作，情况都摸清楚了，成效卓著嘛！关于400小组的工作，大的原则性的问题，谭启龙政委和何克希司令员都有明确的指示，我和粟后同志也研究过多次，你乐群同志又富有敌占区工作的经验，今后你就大胆地干吧！我身体不好，遇事你可以直接向粟后同志汇报请示。"

乐群汇报完对400小组的考察情况后，说："我有个问题捉摸不透，这就是宁波日本宪兵队的那几个日本人，对被捕的周迪道等几个同志，并不是我原先想象中的那么穷凶极恶，无以复加，相反，倒是千方百计诱降他们，一副怀柔的样子，颇有点像笑面老虎，也有点像民间传说中的狼外婆。这个问题不知领导上的看法如何？"

王文祥说："我长期卧病在床，对外面的情况了解不够，还是请粟后同志说说你的看法。"

丁公量想了想，说："我感到太平洋战争爆发后，日本人对华政策开始发生了变化。特别是最近以来，随着世界反法西斯战争的节节胜利，德国法西斯即将最后覆灭，美军不断向中国大陆和日本本土接近，我们八路军、新四军开始了局部反攻，因此日本人对我党我军的政策、策略、手法上都有了一定的变化，从过去一味打、杀、烧的'大棒'政策转向怀柔的'胡萝卜'政策，极力鼓吹什么'大东亚共荣圈'，'共存共荣'，还胡说日、中两国人民要联合起来对付美国，如此等等。日本人这种总的政策、策略上的变化，也会从日本宁波宪兵队身上反映出来。据我从有关渠道获得的情报，侵华日本宪兵总部不久前在南京召开了一次会议，据说内容是研究和部署怎样进一步收买人心，大力笼络我方被俘人员，利用他们对我党我军和抗日根据地进行情报和策反工作，开展诱降活动。我们可以设想，铃木不久前去南京，很可能是去参加这次会议。他回宁波后，一定会向宪兵队长大场汇报，宁波日本宪兵队也一定会按照南京宪兵总部的指示精神办事，对共产党新四军改换斗争策略。所以他们此后对400小组人员的态度起了很大的变化。当然，敌人的侵略本质并没有变，也是绝不会变的，只是对付我们的策略、手法上有了某些变化而已。我们要告诉400小组的同志，

丁公量摄于1954年，时任华东军区、第三野战军政治部保卫部副部长

一定要让他们擦亮眼睛，提高警觉，不要被敌人的表面现象所迷惑，更不能因此而上大当，吃大亏。不过，敌人利用我们，我们也可以其治人之道，还治其人之身，反过来去利用敌人。关键是看谁利用得更高明。我认为，400小组完全可以利用敌人这种策略、手法的变化，把反间谍工作做得更好、更深入、更有成效。关于如何利用敌人这一点上，我们要狠下工夫研究。首先要看准敌人弱点和敌人内部及敌、伪顽之间的矛盾；然后设法扩大其矛盾；再是要善于运用多种手法为我所用。”

接着，乐群汇报了400小组在“广交朋友”方面取得的成效。王文祥和丁公量都表示满意。

王文祥说：“去年春，区党委派我到国民党八十九团张俊升部做统战工作，公开身份是张部政治部秘书，后来还做了张俊升的私人秘书。同时，我还暗中领导地下党员荆子刚、俞德丰、倪寒若、金子明等同志做秘密工作。团长张俊升人称‘张大胡子’，开始我是团里的秘书，后来我按照区党委关于扩大交朋友工作的指示精神，与他搞好了关系，后来他让我当了他的私人秘书，他对推动该部抗日和对我党我军持中立态度，起了很好的作用。记得华中局曾发过一个专门指示，要求对顽固派、对顽化伪军、对伪化顽军、对流氓阶层、对地主武装等5种对象，都要‘广交朋友’，逐渐做到化敌为友，集中力量反对日本侵略者。”

丁公量完全赞同王文祥的意见。他对乐群说：“400小组‘交朋友’的面还可以更拓展一些。‘广交朋友’要进一步形成四层关系网：一是我们可以比较信赖的骨干力量；二是可以使用的外围人员；三是必要情况下可以为我所用的借用力量；四是三教九流、酒肉朋友。在许多情况下他们可以对400小组起掩护作用。

王文祥接过丁公量的话茬，结合自己的切身体会，谆谆叮嘱乐群说：“你要转告400小组的同志，他们在日本宪兵队内部做反间谍工作，为了迷惑敌人，站稳脚跟，特别要注意对各种人物进行仔细观察、分析，深入调查、研究，弄清每个人的来龙去脉，性格特点、根本意向，然后以平等的态度对待他们，必要时还要设法帮助他们，替他们解决某些困难，使他们衷心感激我们，关键时刻就会替我们说话，帮我们做事，和我们联合起来对付日本人。这样，他们在敌人内部，就更能施展开手脚了。‘广交朋友’，就能广泛争取同盟军。没有了同盟军，无异于自己孤立自己。没有同盟军的军队，是不能战胜敌人的。”

丁公量补充说：“你们400小组在交朋友方面已经取得了较好的成效，特别是401周迪道同志，在宁波伪组织、密探、翻译中能够兜得转，打下了一定的社会基础，甚至成了颇有名气的‘一等名人’，敌人虽对他仍存有某些怀疑，但也不得不予以重视。对他的工作是应该充分肯定的。希望小组的同志认真总结经验，更上一层楼。”

第十四章

伪商会会长每月暗中向国民党顽固派“交税”一亿多元。城工委指示：不义之财，取之有道，400小组也可以向汉奸“敲竹杠”，用来解决活动经费。

丁公量对如何解决周迪道提出的活动经费问题，陷入了沉思。

浙东抗日根据地大都是山区，群山连绵，山高林密，耕地很少。俗话说靠山吃山。山区虽有木材、竹子、茶叶、竹笋、玉米、地瓜和桃、杏、李、葡萄等产品，但处于日伪和国民党顽固派的包围封锁之下，产品运不出去，所以人民生活穷苦，我党我军干部战士常常是食不果腹，冬天甚至穿不上棉衣，经费十分紧缺。因此，要拿出不小的一笔经费给“反间谍工作小组”，丁公量感到难度很大。

丁公量对乐群说：在开展日、伪军工作时，在不浪费的原则下，经费的使用上不能太苛刻，为获得情报，需要进行联系、交涉、应酬，这都需要用钱。组织上拿出一些钱发给他们，也不是做不到。但是，日本宪兵都是些特务，他们肯定会怀疑周迪道他们的钱从何而来？所以，我们即使有经费，也不能发给他们。解决问题的办法，全靠他们自己。更重要的是，他们必须彻底改变生活方式，因为现在他们的公开身份是日本宪兵队的“密探”、“联络员”。在宁波老百姓心目中，他们是“铁杆汉奸”，是“魔鬼”。因此，我认为装鬼就要像鬼，而且装得越像越好。如果他们个个洁身自好，孤芳

丁公量1953年摄于朝鲜开城板门店，时任中国人民志愿军停战谈判代表团红十字会代表，遣俘办公室副主任

自赏，甚至烟酒不沾，那就会显得鹤立鸡群，招致敌人的注意和怀疑，最终暴露了自己。所以，他们一定要跟那些汉奸、魔鬼厮混在一起。那帮子人花天酒地，他们也应该去吃去喝。日本鬼子和汉奸都通过“敲竹杠”中饱私囊，我看他们小组也可以而且应该去“敲竹杠”，以此来掩护自己，并用这个办法来解决活动经费问题。

说到这里，丁公量笑了笑，问乐群：“你知道‘敲竹杠’三个字的来历吗？”

乐群摇摇头，说：“不知道”。

丁公量说：“我也是听人家说，蒋介石最为崇拜的那个曾国藩，他的湘军军纪败坏，尤其是当官的，所到之处疯狂抢掠财物。然后，把抢到的金银财宝装到竹筒里，偷偷运回湖南老家。后来被朝廷发现了，就下令各地关卡严密搜查，只要看到运竹筒的，就敲一敲，听听其声音，发现金银财宝当即予以没收。这就是‘敲竹杠’一词的由来。”

“当然，‘敲竹杠’有个政治原则问题”。丁公量语气严肃地向乐群交代说：你们400小组“敲竹杠”，根本目的是为了迷惑敌人，站稳脚跟，以便开展反间谍工作。绝不能为了搞钱、发财而去“敲竹杠”。“敲竹杠”的对象，必须是奸商，是投靠日本鬼子，敲诈、勒索老百姓的汉奸商人，基本群众绝对不能敲。“敲竹杠”的钱数也要适当控制，不宜过多。太多了，别人会眼红，对你们小组也不利。“敲竹杠”的方式也应多种多样，除了明火执仗地敲诈外，还可以“拼干股”，跟汉奸合伙做生意；可以“融资”、“借贷”等等。

乐群听了，心想丁公量同志不愧是领导，是敌工战线上久经沙场的指挥员，站得高，想得深，政治上把得准，几句话就把小组面临的一个复杂的政治问题和经济问题解决了。

周迪道听了乐群的传达后，绝口称赞此法英明，解决了我们的大问题，于是立即召集小组开会，制订出了“敲竹杠”的具体方案。

为了“师出有名”，第一次“敲竹杠”前周迪道先向铃木“请示报告”。他说：江西有个老板很值得怀疑，他跟重庆方面暗中可能有联系。铃木一听立即同意周迪道迅速查清情况。

一天，周迪道带了冯禾青和几名“联络员”来到此人开的一家商店。老板一看苗头不对，立即点头哈腰，敬烟端茶。周迪道提高嗓门吆喝说：老板，听说你跟重庆方面（指国民党顽固派）有联系，这可是杀头的买卖，宪兵队铃木先生要你跟我们走一趟！

老板一听，立即吓得目瞪口呆，浑身发抖。其实，他心里清楚，根本没有这回事。可是如今这帮凶神恶煞打上门来，自己有口难辩，就是跳到黄河里也洗不清呀！他扑通一声跪倒地上，连连磕头，说：爷叔，这可是天大的冤枉呀！我一个做生意的，哪会跟重庆方面有什么瓜葛呀！务请爷叔们在铃木太君面前多多美言，帮我开脱开脱。

其实，周迪道也知道此人是个做生意的汉奸，虽然政治上倾向于反共的国民党顽固派，但并不是顽方的地下特工分子。可他是个十足的奸商，周围群众对此人恨之入骨，骂他囤积居奇，哄抬物价，盘剥老百姓，为人又十分霸道，常欺压同行和左邻右舍。周迪道了解这些情况后，决定杀杀他的威风，给周围百姓出口恶气。

最后，这个老板主动交出100万元伪币，请周迪道转给宪兵队太君“孝敬孝敬”。

周迪道向铃木报告说：眼前抓他还证据不足，我已派人严密监视他的行动，一发现情况立即抓他来见。

第一次“敲竹杠”顺利得手，大家都很高兴。几天后，周迪道又策划了第二次行动。

这次“敲竹杠”的对象，选定一家名叫“久大商店”的老板。他是个汉奸商人，囤积居奇，哄抬物价，群众颇多怨言，儿子又在国民党顽固派部队，据说还是制造皖南事变刽子手顾祝同手下的一个亲信。一天，周迪道带了冯禾青和几名“联络员”找上门去，对老板说：宪兵队铃木先生知道你的儿子在重庆那边，要你跟我们到宪兵队走一遭。

老板一见如此架势，叩头如捣蒜，连声说：我的儿子在大后方也是混口饭吃，务请爷叔们高抬贵手！宪兵队我就不去了，爷叔们要什么尽管说。

周迪道向一个“联络员”努努嘴。那个“联络员”进一步对老板恫吓说：宪兵队是什么地方，你心里清楚，那是鬼门关，进去了出不来的！

老板连声说：是！是！务必请爷叔帮忙说说话。

“联络员”上前一步，对老板附耳低言。老板边听边点头，最后苦笑着无奈地说：好，好，我马上办。说毕，他去后边拿了100万元伪币，交到了“联络员”手中。

老板虽然心痛，但“破财消灾”，免去了皮肉之苦，想想也还值得。“反间谍工作小组”则从汉奸商人手中，又“敲了一次竹杠”。

第三次“敲竹杠”，竟然得到了一笔巨款。

一天，周迪道得到情报，说住在鄞县西部和奉化一带的国民党顽固派俞济民部队，常暗中派人到宁波城里活动，还向担任伪宁波商会会长的袁瑞甫“敲竹杠”，而且数目巨大。周迪道和小组成员多次研究，认为俞济民这个人很反动，跟汪伪第十师师长谢文达暗中勾结。不久前在天台召开的一次“绥靖会议”上，顽固派根据蒋介石“限期剿灭浙东奸匪”的指示，疯狂叫嚣要在三个月内“剿灭浙东新四军”。因此，对俞济民派到宁波城里“敲竹杠”的人员，也应该“敲”他们一下。

这个想法报告乐群后，乐群返回根据地向丁公量作了汇报。

丁公量从维护国共双方合作抗日的统一战线大局出发，明确指示，对俞济民部暗中派人在宁波城里开的商店，不能去“敲竹杠”；对俞部秘密派到宁波的地下税收人员，也不要去碰他们。我们“敲竹杠”的对象，必须是投靠日军、鱼肉百姓、民愤极大的不法奸商。这样既能赢得人心，又可解决我们活动经费上的燃眉之急。

根据这一指示，周迪道和小组成员反复研究后，将第三次“敲竹杠”的目标锁定为宁波伪商会会长袁瑞甫。

一天，周迪道得到眼线报告，说顽军俞济民部派来收税的人已秘密会见了袁瑞甫。袁已暗中通知各行各业的商人，先分头将税款交到他手中。

周迪道要眼线继续监视并及时报告。同时，他派出精干人员，盯梢并跟踪俞部的地下税收人员。

又过几天，周迪道得到情报，说袁瑞甫交给俞部地下税收人员的税款，竟多达1亿元伪币。

周迪道当机立断，立即派人将俞部地下税收人员“请”到一个酒楼，同时派人把袁瑞甫也“请”了来。当着两个人的面，周迪道对袁瑞甫说：你向俞济民交税交款，这件事的分量你心里清楚！你看，我是把你送到宪兵队呢，还是不送？你自己说该怎么办？

袁瑞甫当然知道，自己所作所为在日军心目中是“通敌”，罪在该杀之列。他冷汗直流，全身颤抖，连连作揖，说：我实在是没有办法呀！我不向他们交税，我们同业会许多人跟国统区的生意就没法做呀！他们就要骂我呀！朱先生（周化名朱人达），宪兵队里一进去我就没命了，我上有老母，下有孩子，请你高抬贵手，放我一马吧！

周迪道故作姿态，说：那好吧，看在你我老朋友的面子上，你们的事我就不向宪兵队讲了。但我手下的人多，弟兄们也不能喝西北风呀，你给他们多少，也给我们多少。否则，我就送你去宪兵队，你不杀头也得坐牢。

袁瑞甫一听，低下头想了一会，最后哭丧着脸答应说：钱，我一分不少，但时间请你宽限几天。这么大的数目，我得想办法多方筹集。

“戏”演完，袁瑞甫和俞济民部的地下税收人员向周迪道千恩万谢。周迪道对俞部人员说：“咱们都是中国人，总不能你打我、我打你呀！”别的话周迪道不便说，只能以此暗示顽方不要再跟共产党新四军闹磨擦、打内战。

几天后，袁瑞甫乖乖地将1亿元伪币送交给周迪道。

面对这么大一笔巨款，周迪道心想：粟后同志指示“敲竹杠”的钱多了，别人会眼红，这话很有道理。于是他和小组同志作了认真研究，最后决定：对其他“七大密探”即成建、傅侠、李明耀、顾瑞大、龚涛、周越生、钟荣法等人，每人各分给1000万元伪币。对自己手下的其他“联络员”及眼线等等，也适当分些，只留下1000万元作为小组的活动经费。

俗话说：“钱能通神”、“有钱能使鬼推磨”。其他“密探”和大小喽罗分到钱后，都竖起大拇指，称赞周迪道“讲义气”、“够朋友”，他们和“反间谍小组”几名成员的关系也更加亲密，都表示“要跟朱先生干”、“和朱先生有福同享，有难同当”。渐渐地，周迪道在密探、联络员心目中的地位大大提高，无形中成了他们的头。

为了表示“江湖义气”，反间谍小组成员根据情况，有时也参加其他“密探”个别“敲竹杠”的行动。

一天，一个名叫杨守标的小头目来找冯禾青，说有个开木材行的老板很有钱，想去“敲”他一下。冯禾青问此人怎么样？杨守标说这个老板是个坏东西，依靠日本人，欺行霸市，许多做木材生意的人都恨透了他，应该“杀一杀”他的威风。向周迪道汇报后，周说：杨守标是个日本留学生，为人还不算太坏，应该加以争取，并作为“交朋友”的对象，今天他找上门来相求，应该乘机拉拢他，遂表示同意。于是冯禾青和杨一起去找这个老板。

途中，碰到两个刚下班的日本宪兵，冯禾青跟杨守标一嘀咕，就下去和宪兵打招呼、套近乎，故意带宪兵到木材行门口兜了一圈，请宪兵在附近小吃店吃了小笼包子。送走宪兵后，冯禾青跟着杨守标又转回到木材行，找到了老板。杨守标把事先写好的日文“收购通知”交给了老板，用恫吓的口气说：太君要收购堆在江边的木材，请你看一下通知。老板见这两人刚才和两个日本宪兵在一起，以为通知是真的，吓得浑身打颤。其实，老板心里清楚，“收购”云云完全是鬼话，“肉包子打狗——有去无回”，鬼子一味抢掠，哪会付钱“收购”！思谋再三，老板哭丧着脸央求说：江边堆放的木材多的是，在下做的是小本生意，务必请两位先生在日本人面前多多美言，请太君去向那些大老板收购吧！在下决不会亏待两位先生……

最后，经过一番讨价还价，老板花钱消灾，送上一笔伪币，算是了事。

杨守标主动把一半伪币分给冯禾青，冯连连摇头坚决予以拒绝，并说：我是帮杨先生一把，并非为了几个钱。彼此都是朋友，友情为上嘛！此后，杨守标跟“反间谍工作小组”一直保持着联系。

按照上级的分工，由莫奇管理经费。因为物价天天涨，币值很不稳定，周迪道等人设法把几次“敲竹杠”所得的伪币，兑换成金戒指、银元、钱庄支票等，只留少数现金，以作为“交朋友”等的经费。莫奇还负责保管周迪道的私章，每笔支出都要先由周审核后盖上章，再由她支付。小组的同志们达成共识：每笔开支都要手续清楚，能省则省，绝不能挥霍浪费，要多节省一些钱。

乐群还特别向周迪道和莫奇交代说：不义之财，取之有道，用之得法。要准备用这些钱，为根据地采购一些必需的军用和民用物资。

第十五章

周迪道虽未跟妓女“上床”，却进了妓院“喝茶”。乐群无比气愤，丁公量却说：装鬼要像鬼，在敌营长期埋伏，要不露破绽，妓院也可以去，但要“睡干铺”，不能与妓女真发生关系。

日本侵略军占领宁波后，开设了“摩波所”，公开贩毒品；开设了“军妓院”、“行乐所”、“安慰所”等妓院，专供日本军官和士兵、监工、工头等发泄兽欲。一时间，整个宁波城搞得“黄”毒泛滥，乌烟瘴气。

日本宪兵队的宪佐、翻译、密探、联络员等等，少数人可以进入“军妓院”、“行乐所”等日本人和朝鲜人开设的妓院，多数人混迹于汉奸开设的妓院。除了玩弄妓女泄欲以外，还在妓院里喝茶、饮酒、打麻将、打沙蟹（扑克）、推牌九。他们在谈话之间，有时也会不经意地泄露出一些日、伪军的秘密。

一天，密探李诚找到了周迪道，说：朱先生，我最近在苍水街开了一个堂子，找了几位姑娘，虽说不上是国色天香，但也是闭月羞花，沉鱼落雁，请朱先生有空来坐坐，喝杯茶，以表示敝人对朱先生的一点敬意。

这个李诚虽未被列入“八大密探”的行列，但也是铃木手下一个颇得信任的小密探。加之他又在国民党部队当过什么大队长，社会经验比较丰富，很会耍小手腕，以博主子的欢心。周迪道为了笼络他，也从“敲竹杠”所得中分给了他一笔钱，他千恩万谢。

为了对周迪道表示“谢意”，他就主动邀请周去逛他开办的这家“堂子”——妓院。

苍水街是当时宁波城内妓女集中的地方，有好几家妓院，即现今所谓的“红灯区”。但每家妓院的规模都不大，并不像大妓院“长三堂子”那样妓女众多，这儿每家妓院只有四五个、七八个妓女，宁波人称之为“盐水妹”。李诚依仗日本宪兵队的权势，赶走了原来这家妓院的主人，自己则取而代之，成为妓院的老板。

盛情难却，周迪道没有更多考虑，就随李诚去了妓院。不过，也只是像李诚所说“坐坐”、“喝喝茶”，没有跟妓女上床。

这件事引起了“反间谍工作小组”，特别是领导人乐群的高度重视：去妓院行吗？

作为一个女人，乐群本能地同情那些被侮辱受损害流落风尘的妓女，痛恨那些玩弄妇女的男人，认为他们无耻，下流，卑鄙，可恶，是衣冠禽兽，因此平时也不屑于跟这些男人为伍。可是，如今自己领导的小组里，特别是身为第一线组长的周迪道，竟不经批准就去了妓院，这还了得！尽管他本人讲未跟妓女发生性关系，但毕竟去了妓院嘛！

乐群向丁公量报告了这一事件，并请求处置方法。

23岁的敌工委——城工委副书记丁公量，按照当时“二、八、五、团”的结婚标准，他虽已是团职干部，军龄早满五年，但远不到28岁，所以尚未结婚。因此，对于敏感的男女关系，平时他只字不谈。但是，作为浙东区党委负责日、伪工作的第一线指挥员，既关注对敌斗争的战术问题，更注意从全局上、从战略上思考问题。他想：区党委已经批准了我们提出的“反间谍小组”的十六字工作方针，那么，要迷惑敌人，在日军心脏里站稳脚跟，这就必须伪装得愈巧妙愈好。装鬼如果不像鬼，就会被狡猾的日军看出破绽，还会受到国民党特务的挑拨，不仅达不到战胜敌人的目的，还会招致杀身之祸。既然要装鬼，表面上就要跟敌人沆瀣一气，同流合污，敌人吃喝玩乐，下酒馆，上妓院，我们也可以而且应该跟敌人厮混在一起，交朋友的面要广，跟三教九流、牛鬼蛇神都要去接触，去交朋友。这样，不仅可以迷惑敌人，还可能搞到情报。

丁公量向乐群谈了自己的想法，并强调说：作为一个革命干部，特别是共产党员，一定要保持崇高的节操，要防止在灯红酒绿的生活环境中消磨掉革命意志，走向腐化堕落的深渊。因此，一般说来，是绝不允许涉足妓院的。但是，眼下周迪道他们的公开身份是汉奸，是宪兵队的密探、联络员，是日军的走狗。概而言之，在一般群众的眼中，他们是魔鬼。而其他密探、甚至日本人，也把他们引为自己的同伙。因此，他们所处的是一种非常特殊的环境，他们是跟魔鬼打交道的特殊战士。他们的任务，首先是“装鬼要像鬼”。你去宁波后，要告诉他们，不要太拘谨，要放开手脚干，要主动去跟日军、宪佐、翻译、密探接近。敌人打麻将、推牌九、赌沙蟹、逛妓院，他们也可以去，以进一步取得敌人的信任，并在这些活动中了解敌人的动向，搜集敌方的情报。

“不过，也不能没有底线，装鬼要像鬼，但决不能变成鬼，不能毁了自己。”丁公量最后向乐群特别交代说：你要告诉周迪道他们，逛妓院时，切记不能跟妓女发生性关系。按妓院习俗，他们可以在妓院里“借干铺”，但不能跟妓女“睡湿铺”。也就是说可以与妓女喝喝茶，吃吃瓜子、花生、糖果，饮几杯酒，聊聊天，但不能跟妓女上床，更不能发生两性关系。这一点务必要他们把握住，真正做到“洁身自好”、“出污泥而不染”。在那种场合，如果没有坚强的党性，没有“富贵不能淫”的崇高品德，是很难控制住的呀！

乐群虽然从感情上来说不同意小组成员去妓院，但从理智上也感到丁公量毕竟站得高，看得远，想得深，一下子就把棘手问题解决了。她完全接受丁公量的看法，认为也只有这样，才能进一步在敌人心脏里摆开战场，并取得反间谍斗争的胜利。

乐群将城工委的这一指示向周迪道等同志传达后，大家坚决拥护，并表示要严格约束自己，濯清涟而不妖，出污泥而不染，在特殊环境中要经得起考验，保持圣洁的革命操守。

于是，“反间谍小组”成员周迪道、冯禾青、周斯明、王福林等同志，根据工作需要，就不断地和敌人一起出入于歌舞场所、酒楼、赌场及妓女院。铃木及宪兵队的头头获知后，高兴异常，认为他们招降纳叛的政策成

丁公量

功了，这几个共产党新四军，真的跟他们“共存共荣”、死心塌地参加“和平”了。

一天晚上，冯禾青应邀带了几个“朋友”——联络员，到苍水街妓院里“打茶会”——喝茶饮酒。进了街巷口，冯禾青看到几家妓院的门口都挂着一个红色灯笼，上写挂“头牌”妓女的名字。进了李诚开的那家妓院，坐定后，大家说说笑笑，正在闲聊之际，忽然他发现一个名叫许仁庚的香烟厂老板也在妓院里。他想：此人不仅生活腐化，而且投靠到日本宪兵铃木门下，拜铃木为“先生”，成了一个死心塌地的铁杆汉奸，还借日本宪兵之势在同行业中欺压一般商人，俨然成为行业中一“霸”。冯禾青心想要狠狠教训教训此人。

思谋已定，冯禾青起身找到了老板李诚，怂恿李诚出手去打他一顿。

妓院里有一条“规矩”，即一个房间的门帘放下后，则表示房间里的妓女和嫖客已在“做事”，别的“客人”就不能进去，这叫“客不会客”。但李诚是这儿的老板，又是宪兵队的密探之一，哪里会管这一套！他大步流星走到许仁庚所在房间门口，不管三七二十一，掀起门帘就闯了进去。赤身裸体的许仁庚莫名其妙地被李诚拖下床来，左右开弓，噼里啪啦打了一顿耳光。许仁庚见来者不善，哪里敢还手，只是一个劲地说：“有话好说，有话好说……”

第二天，许仁庚打听到是宪兵队的人打了自己，心想即使告到铃木那儿，也无奈其何，只得自认晦气，乖乖地在妓院里摆了一桌丰盛的酒筵，邀请李诚、冯禾青等人出席。席间，许仁庚低声下气，一再请求“多多关照”。冯禾青乘机告诫他说：许先生，咱们不打不相识。大家都是中国人，有饭大家吃，有钱大家赚，有了好处，你也不能一个人独吞呀！凡事不能做得太绝，你也要想想自己，多留条后路呀！

话中有话，许仁庚连连点头称是。

后来，许仁庚的行动有所收敛，还主动投到“朱先生”门下，成了“反间谍小组”的朋友之一，并且还做了一些好事。

一天，有家妓院的老板对周迪道说：朱先生，我的堂子里有个姑娘，名叫阿玉。她多次听说你朱先生很讲义气，仗义疏财，很崇拜你，多次跟我说想结识你，与你交个朋友。

周迪道听后说：好呀，有机会我一定去见见阿玉姑娘。

日军铁蹄下的宁波城，沦落风尘的妓女几乎人人都有一本血泪账，阿玉姑娘也不例外。她天天周旋于日军、汉奸之间，看到的都是肮脏龌龊的人间丑事，“服侍”的都是些厚颜无耻的卑鄙小人。她表面上强颜欢笑，暗地里眼泪往肚子里咽，过着非人的生活。

可是，接触周迪道以后，阿玉看到这个身材魁梧、相貌堂堂的“大密探”，竟然只是呷几口茶，喝喝酒，吃点糕点水果，说说街谈巷议的“新闻”故事，却并不放下帘子，这使这位风尘女子不胜惊讶之至！难道天底下竟有这样的正人君子？难道他真的是个坐怀不乱的关云长式的大英雄？

后来，当阿玉姑娘确信周迪道真是位正义凛然的大男人之后，打从心底里对他产生了万分敬仰之情，将周引为自己的“风尘知己”，并将自己听到的敌伪种种情况，向周一一禀告。

周斯明是个腼腆的大男人，出于工作需要，也不得不硬着头皮去了一次妓院。开始，他和密探、联络员们海阔天空地闲聊，极力想从中猎取一些情报。不知不觉地夜已深了，老鸨硬要留他过夜，其他密探、联络员也一再怂恿，周斯明被他们硬推进了一个妓女的房间。无奈之中，他只得和衣而卧，妓女主动替他脱衣解带，他一脚踢走了妓女，让她睡在地上（妓女如果离开房间，就要挨老鸨打骂）。从此以后，周斯明发誓再也不去妓院了。

冯禾青则有过一段“行侠仗义智救风尘女”的动人故事。

一天，冯禾青到一家妓院“打茶会”。老鸨见他腰佩短枪，是宪兵队大密探“朱家”的联络员，对他十分巴结，主动要请他“吃花酒”——按妓院习俗，跟“挂头牌”的妓女发生性关系之前要办一桌酒，这是要让嫖客花钱的。他看到老鸨找来的“头牌”妓女是个很小的姑娘，就问她叫什么名字？她说叫“赵美仙”。又问她几岁了？她说只有十八岁。冯禾青很惊慌，问她小小年纪怎么进了火坑？她立时低下头，眼泪簌簌地往下落。

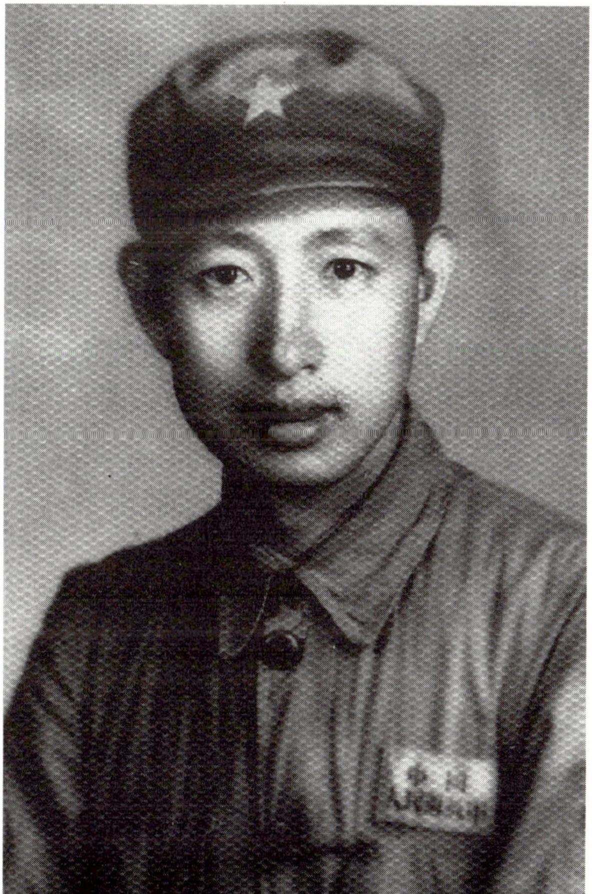

周斯明在解放战争时期

等鸨母离开，进了房间后，赵美仙告诉冯禾青说，她父亲在上海一个戏院里打板鼓，家里穷，只得将小小年纪的她卖到妓院，还写了一张卖身契。冯禾青听了后，一向侠肝义胆的他产生了强烈的同情心，决心将这个小姑娘拯救出火坑。经过精心设计，几天后他找到鸨母，提出要将赵美仙带走，并要鸨母交出她的卖身契。鸨母见他腰间插着手枪，口气强硬，毫无商量余地，只得无可奈何地答应了。赵美仙对冯禾青千恩万谢，听说后来她去了上海……

逛妓院的密探、联络员等等，酒醉耳热之际，也常常会忘记敌人规定的严格纪律，把一些情况告诉“反间谍小组”的人员。说者无意，听者有心，妓院变成了400小组猎取情报的特殊场所之一。

第十六章

日军天亮就要下乡抢粮，消息绝对保密。周迪道侦悉后连夜派人送出情报。日军扑了个空，怀疑周斯明、周庆通风报信，但逮捕审讯后，却又一无所获。

天下午，一个20岁刚出头的高个子年轻人，快步向聚奎巷走来。他边走边不时回头张望，看看有没有可疑人物跟踪。走到12号门口，他又故意蹲下身来，装出掏布鞋里沙子的模样，警惕地向周围审视了一下，确信没有人跟踪后，才敲响了大门。周斯明开门一看，惊喜地说：小潘，你怎么来了？快进来。这位叫“小潘”的年轻人，名叫潘善邦，当时供职于日、伪办的《时事公报》报社，是一个收发电报的报务员。周斯明把潘善邦带到自己的卧室，问道：小潘，有什么急事吗？

潘善邦是第一次到周斯明的住处。按照他们事先的约定，考虑到潘善邦的安全，也为了有利于400小组的工作，不至于引起日军的怀疑，潘善邦是不能直接到聚奎巷12号来的。可是，今天事关重大，又十分紧急，潘善邦顾不得这一切了，决定贸然上门找周斯明。

潘善邦见室内无人，就小心地从口袋里掏出一卷彩色的纸头，交到周斯明手中，说：这是我们报社印刷厂刚刚印好的。我偷偷拿了几张就跑来了。周斯明摊开一看，见是日本侵略军的宣传品，其中有一张赫然印着一行醒目的黑字大标题：《告三北父老兄弟姐妹书》，内容无非是吹嘘“皇军”的“清乡”和“治安肃正”，要求“民众全体须与日本军密切联系”，并杀

潘善邦（400小组联系的抗日群众）

气腾腾地作了若干“规定”。

周斯明一拍桌子，说：这个情报太重要了！可以肯定，日军马上就要下乡“扫荡”了。

潘善邦何许人也？他为什么冒着风险送来了这份情报？原来，潘善邦是周斯明在日本宪兵队牢房中结识的一位“难友”。他被捕前，还是国民党宁波地下情报组织的一名成员。日本宪兵队在开明街电力公司北面的一组平房里，设有5间牢房，1、2、3号牢房都很小，只能关押一二个人，是关押重犯和女犯的。4号、5号牢房稍大。周斯明被捕后不久，被送到宪兵队，关押在第4号牢房里。一个只有10多平方米的牢房，竟关押了十五六个“犯人”，其景况之惨，可以想见。

周斯明被关进牢房后，发现一个20岁出头的年轻人，个子高高的，穿一套半新半旧的学生装，时而焦虑，时而烦躁，时而又很乐观，装出一副泰然自若的样子。日本宪兵并不禁止“犯人”讲话，但牢房中不能大声说话，不能唱歌。因此，他就单独小声哼唱一些歌曲，如苏联的《伏尔加船夫曲》，高尔基的《囚徒歌》，以及当时流行的抗日救亡歌曲《大刀进行曲》、《流亡三部曲》、《救亡进行曲》等等。潘善邦歌声很轻，唱的又是汉语，牢房外站岗的日本士兵听不懂，所以也就听之任之。但周斯明听多了，心想：这个小青年看来挺爱国，挺有抗日救亡的激情。但是，周斯明环顾左右，感到牢房中政治情况复杂，自己也隐瞒了身份，谎称是“小学教师”，所以跟这个小青年也只是点点头打个招呼而已。

一天，关在5号牢房的叛徒徐渔樵突然发现了周斯明。他大步流星窜到周斯明面前，当着日本宪兵和4、5号牢房全体“犯人”的面，高声称他“周主任”，并说：这个人是共产党新四军，是时事简讯社南山办事处主任。然后他还卑鄙无耻地对周斯明说：周主任，你已经到了这种地方，还是老老实实向皇军投降吧！只要你投降了，日本人就不会杀你，还会好好地优待你哩！周斯明横眉冷对，一言未发，只是狠狠地向叛徒瞪了一眼，向地上吐了一口唾沫。回到5号牢房后，许多“犯人”向周斯明投来了钦佩、敬重的眼光。潘善邦便靠近周身边，向周斯明竖起了大拇指。

几天后，潘善邦将自己的一切，断断续续而又原原本本地告诉了周斯明。他说他是伪《时事公报》报社的报务员。但他恨透了日本人，不甘心当亡国奴，到伪报工作是为了替老母和自己混碗饭吃。经过同事的暗中介绍，他参加了国民党在宁波的地下组织“宁波谍报小组”，曾在市区张贴和散发过抗日传单，搜集过日、伪活动的情报。可是，参加“谍报小组”不久，他就被日军发觉并被捕了。周斯明经过接触、观察、分析，感到潘善邦参加国民党的谍报组织，是出于抗日爱国热情，绝不能跟中统、军统特务相提并论。从他的言谈中，表明他对共产党新四军深表钦佩，而且为人比较单纯、老实，因此，可以跟他“交朋友”。

周斯明为了与关在3号牢房的一位女同志沟通消息，托潘善邦搞来了铅笔、纸张，还提出向日本宪兵要水喝的计策，伺机将字条送到了那位女同志手中。经过几次“考察”，周斯明进一步认定潘善邦是一个信得过的爱国青年。

一天，潘善邦被释放了。他出狱之前对周斯明说：我们社长看到我母亲生活无着，设法将我保了出去，让我回报社工作。希望你出去后，能到我家里看看我。我相信，我们是能够成为好朋友的。这就是一个在日伪报社工作，又曾经参加过国民党地下谍报小组的青年人，向共产党新四军干部公开表达的政治信息。

周斯明出狱并参加“反间谍工作小组”后，经过小组研究，主动登门去找潘善邦。寒暄后，潘善邦问周斯明：你现在在哪里做事？

周斯明当然不能直言相告，只得说：我现在在日本宪兵队做事，担任密探朱人达的联络员。潘善邦一愣，问道：听说他原来也是新四军的干部，你们怎么都跟日本人做起事来了？

周斯明狡黠地一笑，说：小潘，我们都是中国人，和你一样，都受过日本人的罪。在日本宪兵队牢房里那些苦难的日子，我们都是永远不会忘记的。出卖祖国，为虎作伥，总有一天要受到惩罚。这中间的利害得失，我和你一样都是能够权衡清楚的。所以像你一样，我是决不会真心替日本人做事的。关云长不也是“身在曹营心在汉”吗？

后来，经过多次交往，潘善邦不仅成了“反间谍工作小组”的朋友，而且将在报社获知的日、伪方面的情况，主动告诉周斯明。这次，他看到报社印刷厂正在赶印日军的布告和宣传文件，知道事关重大，就悄悄窃取了几张，立刻送到周斯明住处。他深知，这样做如果被日军发现，是要杀头的呀！

潘善邦离开后，周斯明迅即动手，编写了一份情报，送到周迪道住的呼童街101号。周迪道一看说，小鬼子又要下乡造孽了！快送，快送，马上送！他派冯禾青想方设法，将这份情报送回了根据地。“三北”地区军民抓紧时机，抢在敌人之前做了充分的准备，使日伪军的“扫荡”乘兴而来，败兴而归。

转眼到深秋，四明山区层林尽染。秋天是丰收的季节。四明山区种植双季稻，黄灿灿的晚稻登场了，包谷、花生、山芋、菱角、莲藕、芋艿等等农副产品也都成熟，金黄色的柑橘、毛茸茸的栗子挂满枝头，一派令人欣喜的丰收景象。正如宋朝大诗人苏轼所写：“一年好景君须记，最是橙黄橘绿时。”

馋涎欲滴的日军，紧锣密鼓地秘密制定了下乡“扫荡”抢粮的计划。

一天晚饭后，大密探成建手下一个联络员，无意中向冯禾青透露明天一大早要跟随“皇军”去黄古林。

黄古林又名古林镇，地处宁波西郊，相传汉朝时有黄公与黄姑隐居于此而得名，黄古林土地肥沃，河网密布，盛产稻米，又以生产草席而闻名遐迩。

周迪道回到住处，急忙召集周斯明、冯禾青、王福林、莫奇等小组成员研究。经过分析，一致认为晚稻登场，日军到黄古林肯定是去抢掠群众刚刚收割上来的晚稻，以供军粮之急需。

当务之急是必须立刻把刚刚获得的这个情报送出去。

乐群去根据地未回；小组的成员不能派出，否则，少了一个会引起铃木

日本侵略军掠夺的大批粮食

怀疑。怎么办?派谁去送情报?

周斯明提出：眼前只有一个人可以执行这个紧急任务，他就是周庆。周庆在黄古林一带做过税收工作，还经常到那里做生意，路途熟，人头也熟。

周迪道说：不行。他是奉命潜伏的我方外围人员，主要任务是采购军用物资，掩护我们的过往人员，不能让他暴露。

大家又历数了几个外围人员的名字，排来排去，除了周庆，实在无人可派了。

最后周迪道下了决心，并吩咐周斯明立即去青石街周庆家跑一趟，当面向周庆交代任务。

黄古林离宁波市区有30里路。时近午夜，周庆立即摸黑上路。他以“宪兵队密探朱家”的联络员身份作掩护，头戴一顶草帽，手拿一个手电筒，拣了一条敌人不易察觉的偏僻小路出了城，在漆黑的夜色中，借着稀疏的星光，连走带跑赶到黄古林，找到了区委负责人。

区委立即发动军民，连夜把集中起来的稻谷碾成大米，送到附近部队。部队也严阵以待，做好了反“扫荡”的一切准备。

第二天一大早，日军、伪军和密探、联络员等上百人浩浩荡荡出了宁波城，直奔黄古林。

刚出城，走在前面开路的伪军抓到了回城的周庆，把他带到了宪兵队铃木面前。

事发突然，和铃木走在一起的周迪道一见，不禁大吃一惊，心中暗暗叫苦：坏了！周庆怎么被抓来了？

铃木从来没见过周庆，见此人头戴草帽，手持电筒，一身露水，不禁心中生疑，喝问道：你的，干什么的？

周庆低下头来，一言未答。

周迪道见情况紧急，立即快步上前，对铃木说：他是我们“朱家”的人，是我几天前派他出去刺探新四军情报的。

铃木两眼直盯着周迪道，想从周迪道的眼光中看出他有没有扯谎。周迪道跟铃木打交道久了，很善于应付这种场面，脸上十分坦然。

周斯明和爱人战友周克俭

铃木把手一挥，让人把周庆放了。周迪道走到周庆跟前，假意说：你回去歇歇，等我回来后，再向我汇报。

日军和伪军晌午时分赶到了黄古林。可是，他们挨家挨户搜查，看到的都是一堆一堆稻谷壳，粮食一粒也没有抢到。

铃木火冒三丈，阴沉着脸，咬牙切齿地说：奸细大大的有！他想起路上遇到的那个“朱家”的人，心想很可能是此人走漏了风声，使皇军这次“抢粮”行动一无所获。

回到宁波，铃木下令把周庆抓了起来，关进了宪兵队监狱。

“密探”成建一直对周斯明心存芥蒂。他撺掇铃木说：“朱家”的那个周列平（周斯明化名），跟这个人常有来往，值得怀疑。

于是周斯明亦被抓进了宪兵队。这是他第三次被捕了。

兵马未动，粮草先行。军粮历来是军队赖以生存的命根子，是最重要的战略物资。当时日本侵略军的军粮非常紧缺，这次满以为能抢掠到一大批粮食，却不料颗粒未得，这使宪兵队的日本人恨得牙痒痒。作为主管对共产党新四军情报工作的思想课长铃木，更感自己失了责，没有了脸面，无法交代。但是，他对周庆、周斯明却不进行审讯。接连几天，不管不问，意图是对“两周”造成强大的心理压力，同时在暗中加强调查，以便对下乡送情报的地下共产党一网打尽。

分别关押的周斯明和周庆，虽然没有机会沟通，但也估计到敌人并没有抓到自己的把柄。他们以沉默对沉默，用坚强的革命意志面对日本宪兵的“心理战”。

就这样双方僵持了几天，狡诈的铃木仍一筹莫展。

周迪道主动找到铃木，说：周列平忠心耿耿参加“和平”，根本没有可能，也没有时间“走漏风声”；至于周庆，他是我手下的联络员，我常派他到根据地去了解共产党新四军的情况。他前几天从四明山回来，还带回来新四军刚出的几张报纸哩！他怎么会下乡通风报信呢！

说毕，他将几张刚出的《新浙东报》双手呈送给铃木，并求情说：铃木先生，你还是放了他们吧！

铃木想了想，也实在找不到“两周”走漏风声、下乡向新四军通风报信的确凿证据，今天又见大密探朱人达前来说情，也就乘机下了台阶，说：好吧，看在朱先生的面子上，你就到后面牢房把他们领走吧！

400小组关键时刻智送情报就这样有惊无险，顺利了结，以日军的失败而告终。事后，日本宪兵队特高课长岩永，把报告黄古林有粮食情报的“联络员”叫去痛骂了一顿，责怪他送的是假情报，欺骗皇军，邀功请赏，弄得这个汉奸十分尴尬。他连声叫苦，说他明明亲眼看到了许多粮食，怎么一夜之间就不翼而飞了呢？

乐群后来听取了事件经过的汇报，表扬说：你们送出的这两次情报太重要了。要是日军下乡“扫荡”、抢粮的阴谋得逞，根据地军民要遭受多大的损失呀！你们为党为人民立了大功。接着，乐群又提醒：周庆应该想到天亮后日军要去黄古林，走的也会是这条路，他怎么能从原路返城呢？未免太大意了！今后你们遇事一定要多设想几种情况，千万不能轻敌麻痹，再落虎口。

第十七章

城工委编制的一份份“假情报”，通过周迪道之手交给日本宪兵队，既哄骗了敌人，又掩护了自己，还改善了400小组的处境，可谓“一箭三雕”。

一波未平，一波又起。过了几天，铃木通知周迪道，叫他和周斯明、冯禾青、王福林等人一起去开明街宪兵队，说有“要事相商”。

日本宪兵葫芦里卖的什么药？难道要把400小组的这四个人统统抓起来？周迪道召集大家反复分析研究，仍不得要领。乐群去根据地未回，没法向她汇报并听取指示。没奈何，周迪道等人只得硬着头皮按约定时间前往，但心里十五个吊桶打水——七上八下，忐忑不安。

进了铃木的办公室，见铃木气呼呼的，不满情绪溢于言表，拉长着脸，跟大家连个招呼也没打。周迪道连忙强作笑脸，上前问道：铃木先生，找我们来有什么事吗？

铃木仍不说话，只用手指了指板凳，示意四人坐下。

室内空气凝固，四个人连大气也不敢出，只有墙上的挂钟发出“嘀嗒、嘀嗒”的响声。

铃木用眼睛扫视着大家，对周斯明特别多看了几眼，但一句话也没说。室内气氛非常紧张。又沉默了一会儿，铃木突然开口问大家：杨守标这个人，你们认识吗？

四个人不知道铃木用意何在，互相瞅了一下眼色，说：知道，知道。

原来，杨守标是个日本留学生，曾在温州给日本侵略军当过翻译，但又不知由于什么原因，在温州待不下去了，就去了上海，尔后又回到宁波。谁知在轮船码头上，铃木见他衣着和面庞不相称，很可能是共产党，遂将他抓到了宪兵队。关押一段时间后，铃木叫他到湖西中学去当教师，但不知暗中布置给他何种任务。400小组的成员都知道这个人。

铃木恨恨地骂道：杨守标，八格亚奴，良心大大的坏！皇军没有杀他，还优待他，让他去教书。在我们大日本，教师大大的受尊重，有文化的人都愿意当教师。可是他杨守标没有良心，不知恩图报，八格亚奴！死拉死拉的！

铃木骂完以后，用眼睛凶狠地瞪着大家，然后问周迪道：朱先生，你们的情报，近来很少啊！

周迪道连忙答话，说：我们派到四明山根据地的人少，所以消息很少，特别是至今没有找到共产党在宁波的地下组织，到哪里去搞情报呀？

铃木沉吟了一会儿，忽然脸色一变，装出推心置腹的样子，说：土屋、西原提出不要你们了。但他们不要，我还是要。不过，你们今后要多多的搜集情报，以表示你们参加“和平”的诚意。否则，我怎么向我的上司交代呀！

周迪道站起身来，说道：铃木先生，我们一定照你的吩咐努力去做。但也请铃木先生对我派到那边去打听消息或去联络取情报的人，能予信任，并给一些方便。周迪道这样说，也是“一箭三雕”；一是为前些时周斯明、周庆的事作了辩解；二是为乐群的进出作了铺垫，万一以后出事也可有个解释；三是为前一时期小组的情报不多作了说明。但铃木不知是计，就一口答应了。

从宪兵队出来，大家都松了一口气。冯禾青摸摸脑袋，打趣说：进了宪兵队，我们一只脚就跨进了鬼门关，原先还以为今天脑袋要搬家了。

回到呼童街101号，四个人关起门来，摆开了一桌麻将，一边布置莫奇到门口“望风”，一边以打麻将作掩护，深入地研究了面临的形势和下一步的工作。

周斯明首先发言说：这次我是第三次被抓进日本宪兵队。虽然获释了，但敌人对我们的怀疑和不信任感，肯定是增加了。这次事件，是我们400小组遭遇的又一次挫折和曲折，对我们是极端不利的。对此形势，我们必须有清醒的认识和对策。

王福林是个“老敌工”，有较为丰富的对敌斗争经验。他说：日本人之所以释放我们，是为了利用我们，放长线钓大鱼，让我们替他们搜集我党我军的情报。可是，前一阶段我们在这方面注意不够，情报既少又缺乏分量，使日军并未从我们身上捞到什么好处，所以铃木对我们不满意，也就不足为奇了。这样下去，要迷惑敌人，站稳脚跟，长期埋伏，是不可能的，得赶紧想办法。古人说：予欲取之，必先予之。我们也要给日本人提供一些情报，让他们感到我们还能替他们“办事”，还能起些作用。只有这样，我们才能继续潜伏下去。

大家纷纷发言，都说王福林言之有理。

周斯明说：前一阶段的情报，分工由我负责编写。为了不使日本人了解我党我军的真实情况，所以情报都是交通员张炎同志将敌工委编制好的假情报交给我，我再把你们几个人提供的假情报综合起来，署上我们小组成员的名字，表示我们都在替日本人“办事”，最后由周迪道同志送交铃木。可是这样一来，我们提供的“情报”当然数量少、“质量”差了。现在要改变这种情况，首先要解决的是情报来源问题，怎样做到既是“假”的，又使日本人相信是“真”的。

周迪道在跟日本人周旋方面办法多，但在如何编制假情报的问题上却说不上多少道道。他多看了王福林几眼，说：这个问题，我看今后就分工由404负责，你们意见如何？

大家都说好，并说等乐群从根据地返回后，最后由她拍板。

王福林胸有成竹，发言说：我们400小组的情报工作，总的指导思想应该是：向日本鬼子提供情报是为了迷惑敌人，站稳脚跟，为我们进行革命的反间谍工作服务；与此同时，我们要利用小组在日本鬼子“心脏”里潜伏的有利条件，广泛搜集日、伪、顽三方的情报，城工委要求我们特别注意收集战略情报，并及时汇报，为领导上掌握宁波及整个浙东地区敌情并作出决策做参考。目前，铃木对我们施加压力，必须认真对待，在这个节骨眼上，要有更巧妙的斗争艺术。

大家又七嘴八舌议论了一通，集中一点，就是应尽快先送给日本人一份既“假”又“真”的情报，以改善目前400小组的不利处境。具体内容，只好请城工委粟后同志来帮助解决。最好是《新浙东报》将要刊登的新闻报道，由400小组提前一二天将此内容作为“情报”送给日本宪兵队。日本人内部的惯例是，谁先获得情报并证实是可靠的，就算谁的功劳。待日本人看到《新浙东报》后，证实此情报是“真”的，就会相信谁能搞到共产党新四军的内部最新情报。

可是，这个难题只有待乐群从根据地回来后，才能定夺。

真是说到曹操，曹操就到。第二天，“二表姐”乐群又上门跟王福林联络了。

王福林喜出望外，把大家讨论的问题一五一十向乐群作了汇报。

乐群高兴地拍手说：好计谋，好计谋！你们和粟后同志想到一块去了。他也想到了这一点，并已与《新浙东报》的社长于岩同志商量好了，把报社发稿的前一天，将有关新闻稿先送一份给城工委。今天我就带了一则新编好的情报，你们可以立即派用场。这个情报，《新浙东报》最近就会有新闻发表。粟后同志还说，你们可以放心，他将编制一些使日本人感到有“价值”的情报，源源不断地送给你们。他还会把具有同样内容，但用不同口气编的情报，通过其他几路关系送给日本“梅机关”，使敌人确信无疑，对你们也就更信任了。

大家听了都很高兴。王福林又将“情报”经过一番“乔装打扮”，编成日军的习惯用语，使之看不出破绽，然后由周迪道送给铃木。

当天，周迪道急匆匆地跑到开明街宪兵队驻地，找到思想课长铃木，说：我们搞到了一则重要情报，特来禀告。

铃木伸手接过“情报”一看，只见上面写着：“何静带随从8人昨日渡过姚江去三北，具体去向不明。”

何静是何克希的化名，他的职务是新四军浙东游击纵队司令员。

铃木看了“情报”后，眼神中掠过一丝惊喜，但他仍不露声色地继续施加压力，说：你的，“朱家”的，情报太少，要继续侦察。

铃木心中的想法是：既为朱人达能侦察到浙东共产党新四军最大“头目”的行踪而惊喜，又对此“情报”的真实性存有疑虑。他感到还需要与其他情报来源加以核实。

果不其然，三四天后，铃木从邮局系统送来的一份刚截获的《新浙东报》一版上，看到一条醒目的标题：“何司令员到三北检查工作。”两相印证，铃木心中暗喜：朱人达的情报，亚西！

其实，铃木又上了城工委的当。《新浙东报》上的这则消息，虽然并非是假的，但打了一个“时间差”，事实上是何克希司令员虽去了三北，但已在返回四明山。因此“情报”到铃木手中时，当然已成了昨日黄花，即使要派飞机轰炸或派人袭击、暗杀何克希司令员，也要扑空了。

城工委这一“招”，即使日本人不得不相信“朱人达的情报是真的”，又不泄露我党我军的机密，并有利于进一步改善400小组在敌营的处境，可谓“一箭三雕”。

过了几天，周迪道又赶到开明街日本宪兵队，对铃木说：我的手下又搞到一份情报，请铃木先生过目。

铃木接过纸条一看，上面写道：共匪百余匪首，齐集慈北洪魏开浙东区党委首届军政干部会议，谭启龙报告形势任务，何静报告军事。

铃木感到朱人达能接连搞到共产党新四军高层如此重要的情报，本事真不小，对“皇军”是大大的忠心！然而他又想，对朱人达还是要继续逼一下，于是表面上仍阴冷着脸，一句话也没有说，使周迪道摸不清他是满意还是不满意。

当然，铃木不可能知道，这是丁公量又一次指示地下军工作部编造的假情报。事实上，这次会议几天前已从慈北洪魏移到了四明山另一个山村余姚袁马召开。

这种利用“时间差”向日本宪兵队提供的假情报，后来400小组又多次使用过。铃木每次收到“情报”后，又能从其他情报渠道得到证实，因而他内心不得不承认“朱人达大大的好！”

400小组遭遇的“信任危机”，就这样得到了化解。

第十八章

年轻的女共产党员张黎、陈婕被捕后改名换姓，与敌伪巧妙周旋。城工委决定让她俩在汪伪政治保卫局宁波支局长期潜伏。

秋雨连绵，气压很低，令人窒息，生活在日军铁蹄下的沦陷区人民，一天一天地苦度着艰难的岁月。

一天，日军又出动了几百人直奔宁波附近的鄞县西部地区“扫荡”。

浙东区党委机关报《新浙东报》在鄞县西部设有一个鄞西发行站，站长是位26岁的女干部，名叫张黎；还有一位发行员，名叫陈婕，也是女同志，只有20岁。她们都是在当地群众的掩护下开展工作，穿的都是当地老百姓的服装。

日军采取的是“突然袭击”，天黑后秘密出动，半夜时分到达目的地。由于事先没有得到情报，张黎和陈婕在睡梦中被日军逮捕了。

消息传到四明山根据地，报社领导要求敌工部门设法营救。丁公量遂把营救张黎、陈婕的任务，交给了400小组。

周迪道召集周斯明、冯禾青、王福林、莫奇进行了紧急磋商。

周斯明得知此事后，非常震惊。他说：我与张黎、陈婕两位女同志都在《新浙东报》共过事，有着深厚的战斗情谊。这是两位好同志，想不到竟然落入日军的魔掌，事情发生到现在已有十几天了，但她俩至今仍下落不明，生死未卜，太令人伤心、令人担心了！

周迪道说：近十几天来，我虽然多次到过宪兵队，也天天跟其他密探、联络员打交道，可是从未听人说起抓到两个女新四军的事呀！难道她们已不明不白地牺牲了不成？但即使被日军杀害了，也不会一点不透露风声呀！真使人捉摸不透。

冯禾青和王福林提出：当务之急是要想一切办法，打听出张黎和陈婕的下落。

经过研究分析，张黎、陈婕很有可能关在开明街宪兵队牢房中，于是决定先由周迪道去那里看看。可是侦察的结果使人失望：牢房中根本就没有女犯人。

当时驻宁波及其附近的日军、伪军、伪组织，少说也有大大小小几十个单位，要查清这两个人的下落，确是一件难度很大的棘手事。

周迪道对周斯明说：我们五个人中，只有你认识她们两个，我们即使见了也不认识。这个任务除你以外，其他人都完不成。402，难为你了。

周斯明立即表态说：作为战友，营救她们我责无旁贷，即使冒最大的风险，甚至作出牺牲，我也要尽最大努力找到她俩。

经过分析，大家建议周斯明应先到伪法院监狱中去侦查一下。

第二天，秋日朗朗，天气晴好，周斯明带了冯禾青、周庆，穿着“密探”们常穿的中式大褂，头戴鸭舌帽，一身流里流气的打扮，大模大样地来到伪法院监狱的门口，对站岗的狱警说：我们是宪兵队“朱家”的，想到监牢里去看看。

“宪兵队”这块牌子，在宁波城里妇孺皆知，都知道它是日本侵略者的特务机关，权力很大，人见人怕，不仅普通老百姓谈虎色变，就是汪伪机关也畏之如虎狼，不敢稍有得罪，怕吃不了兜着走。如今见是宪兵队的大密探“朱家”的人，狱卒不敢加以阻挠，甚至连来人为什么要查监也不敢问一声，就点头哈腰让周斯明等三人进了监狱。

事先，三人就商量好，由冯禾青和周庆缠住狱卒瞎三话四打岔，周斯明则每一个牢房挨个儿仔细察看。突然，周斯明在男牢中发现了个名叫庄荣根的人。他被捕前是新浙东报社的印刷工人。周斯明曾任印刷厂厂长，对他很熟悉。庄荣根站起身来，走到木栅栏前，周斯明用眼色示意他不要多说，只简单地问他：与你一起被捕的，还有其他什么人吗？庄荣根回答说：还有两个人，关在女牢房，你可以过去看看。周斯明安慰他说：你好好待着，有机会我会保你出去的。

周斯明紧走几步，来到女牢房门口，向里面张望，真可谓是“踏破铁鞋无觅处，得来全不费功夫”，他一眼就看到了张黎和陈婕。

在狱中苦苦煎熬了半个月，如今忽然见到了自己的同志，张黎和陈婕迅速站起身来，激动地走到木栅栏前，眼泪汪汪地跟周斯明打了招呼。

张黎压低声音对周斯明说：敌人审讯我时，我什么也没有招，只说我是教书的小学老师，名叫李明辉。她又指指陈婕说：她说自己是农村妇女，名叫王秀凤，不识字，只会洗衣烧饭做农活。

周斯明见她们蓬头垢面，脸色憔悴，身上还穿着半个月前被捕时的单衣单裤，如今秋已深，监狱中根本没有衣被，哪里耐受得了漫漫长夜五更寒？

周斯明说：你们受苦了！我们到处打听，今天终于找到你们了。你们好好在这里待着，我会想办法保你们出去的。

当时周斯明心想：我今天这身打扮，哪里会是共产党和新四军，分明是汉奸嘛！难道她们对自己竟一点儿也不怀疑？这不危险吗？张黎、陈婕出狱后，周斯明曾如此问她俩。

张黎、陈婕回答说：你被日军抓走后，开始我们很为你担心，后来听说你很坚强，什么也没有招供。后来又听一位领导同志私下说起，你留在宁波替日本人“工作”了。他诡秘地一笑，没有多说，我们也不便多问，但也心知肚明了，所以在监牢中一见到你，我们像见到了救命菩萨，就直言相告了。

本来，未经宪兵队允许就径直到法院查监，这种做法具有极大的冒险性，万一被宪兵队察觉了，又会引起敌人的怀疑，招致不堪设想的严重后果。但为了完成上级交给的任务，营救被捕的两位女同志，周斯明等人也是不得已而为之，舍身冒这个风险了。

情况查明，周斯明等三人不敢多加停留，急速离开了是非之地。

400小组听取周斯明的汇报后，深入讨论了营救方案。

张黎、陈婕目前关押在伪宁波法院，那么，这是否意味着她俩是伪军、伪组织抓捕的呢？为什么未被送到宪兵队呢？为此，周斯明第二次冒险进入伪法院去向她俩询问。去之前，周斯明向周迪道提出：能否从敲竹杠的收入中拨出一些伪币，给她俩和庄荣根每人各买一套厚一点的绒衣绒裤，以作御寒之用？周迪道即吩咐莫奇将钱交由周斯明去购买并送入狱中。

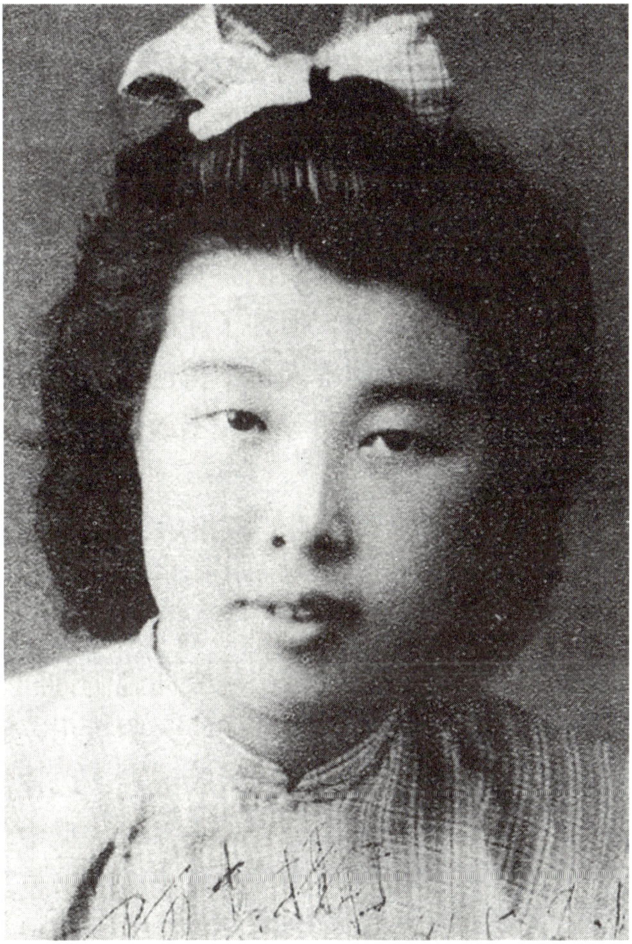

陈婕（代号408）1945年8月在宁波做地下工作时

张黎、陈婕说：她俩被捕时是在后半夜，漆黑隆冬的，既看到了日军，又看到了伪军及穿便衣的特务，其他情况就不清楚了。不过，将她们送到伪法院关押的，是一个二十七八岁的日本宪兵，个子偏矮，偏胖，两只眼睛老是色眯眯的，但不知道他的名字。

听了周斯明介绍后，周迪道一拍大腿，说：这个日本人定是西原。这个人流氓成性，既野蛮，又凶狠，到处找“花姑娘”，见了女人就要糟蹋，听说他还偷偷养着个“小老婆”，一定是他看中了张黎和陈婕，所以没有将他们押解到宪兵队牢房，而是瞒着宪兵队头头，悄悄将他们送到了伪法院，也算是“易地藏娇”吧，以便达到他的罪恶目的。

莫奇有点不解地问：难道宪兵队头头也反对部下乱搞中国女人？

周迪道一笑，说：宪兵队头头也一样糟蹋中国妇女，但对下级又装出一副道貌岸然的样子，要下级遵守军纪，以免把影响搞得太坏。对西原到处糟蹋妇女的禽兽行径，他们也假惺惺地批评过、制止过，所以西原表面上也不敢太张狂。

但是，要从宪兵队、从西原手里营救出张黎和陈婕，难度太大了，虽不能说比登天还难，但绝非易事。

大家皱紧眉头，冥思苦想，仍感束手无策。周迪道说：在这样的情况下，我们急也没有用，先把掌握的情况向乐群同志汇报后再说。

一天下午，宪兵队突然通知周迪道，要"联络员"马鹤九速去宪兵队。冯禾青的化名叫马鹤九，他忐忑不安地到了宪兵队思想课，刚进门，西原就凶神恶煞地问冯：你到法院监狱里去干什么？接着把冯狠狠骂了一顿。正在这时，铃木进来了，纠正西原说：到法院监狱去的是周列平，你弄错了。

正在这个节骨眼上，乐群从四明山根据地又来到了宁波。她听取汇报后表示：一定要千方百计营救张黎、陈婕出狱。该走的路子要走，该通的关节要通，该花的钱也要花。我们的同志绝不能让她们受污辱、受损害、受欺凌。

乐群返回根据地向王文祥和丁公量汇报，城工委考虑为便于营救，在张黎、陈婕出狱后，可留在宁波做工作，以加强反间谍工作的力量，并可以归入400小组，由乐群统一领导。

乐群又赶回宁波将城工委的指示转告组长周迪道和小组其他成员。

一场营救张黎、陈婕的战斗进一步展开了。

经过深入了解，西原是通过汪伪特务机关伪宁波政治保卫局，将张、陈送到伪宁波地方法院监狱的。而伪宁波政保局的头头也很想通过她俩了解新四军三、五支队的情况。但对伪政保局，400小组却无从下手。

冯禾青点子多，他反复考虑后提出：这件事，我看只有向我们的房东徐章翠和她的儿子徐祖英搬"救兵"了。徐章翠是铃木的干妈，西原是宪兵队思想课里的一名军曹，归课长铃木曹长管辖。铃木的话，他不能不听。徐祖英经铃木介绍，现在汪伪政治保卫局工作。其实，此人从小浪荡惯了，游手好闲，不问政治，结交的都是些不三不四的人，只要有钱花，什么共产党、国民党，什么国家不国家，他都不管。不过，这个花花公子也有个“好处”，就是头脑简单，不善于心计，我们住在他家里，相处还算可以。我们帮他们家要回过一大笔卖房的钱，他们母子都是感激的。当务之急，一是请徐章翠出马去找铃木，要铃木向西原给点压力，让西原放人；二是请徐祖英向汪伪政治保卫局头头做做工作，能否将她俩予以释放。

张黎、陈婕被捕后，一直未暴露自己的真实身份，与敌人软磨硬顶，日伪从她俩口中一无所获。西原虽对她俩心怀不轨，但也一直找不到机会达到其罪恶企图。徐章翠找到铃木说，这两个年轻姑娘哪会是新四军？都是西原搞的鬼，想糟蹋她们。铃木对西原本来就存有芥蒂，又见一个多月过去了仍无所获，再拖下去估计也不会从两个女人处搞到什么“油水”，于是同意交由汪伪政治保卫局处理。

汪伪政治保卫局里的这帮汉奸特务，一个多月来也对张黎、陈婕进行了不少“劝说”，要她俩为日本人工作，可也是“竹篮打水——一场空”，感到非常棘手；今见徐祖英来做疏通，还送上钱“打点打点”，遂做了个顺水人情，表示：只要她俩能在宁波找到担保人，就可以“交保释放”。

张黎是湖南人，陈婕是温州人，在宁波连个熟人也找不到。怎么办？陈婕想起自己有个堂叔父听说在宁波，但不知确切地址，更不知道他现在是做什么的。

400小组经过多方寻访，终于了解到陈婕的这个堂叔父在宁波城内一个天主教堂做神父。一天，陈婕经批准找上门去，好说歹说，堂叔父同意做她的担保人；至于张黎，神父说我跟这个湖南女人素昧平生，不知她的底细，怎能为她作保呢？

张黎闻此讯息后，斩钉截铁地对陈婕说：那就请你堂叔父帮忙，先把你保出去。能出去一个，总比两个都出不去好呀！

陈婕被保释出狱了，但她的堂叔父却说什么也不让这个“危险的异教徒”住进“圣洁”的教堂。除此而外，陈婕在偌大的一个宁波城，竟找不到一个落脚之地！想来想去，她只好又回到伪政治保卫局，要求在那儿暂住。不过行动总算比较自由了。

再说张黎。她虽然一再拒绝了伪政治保卫局要她投降并留在局内做事的要求，但局的头头看在徐祖英的面子上，还是将她从狱中释放了，不过令她住在局内，不得外出，更不得跟其他人往来，并且三番五次地对她进行“说服”、“劝导”，要她就范。

400小组侦知上述情况后，乐群又向城工委请示处理方针。

丁公量说：我们在宁波敌伪机关内部的地下工作力量相当薄弱，400小组在敌人内部充当“密探”、“联络员”的只有周迪道、周斯明、冯禾青、王福林四个人，太少了！政治保卫局是汪精卫卖国集团的一个重要特务组织。现任局长万里浪，原先是国民党军统特务，投靠日本人后，先在李士群的“七十六号”特工总部第四行动大队当大队长。此人钻营有术，善于拍马逢迎，受到汪伪头目周佛海、李士群等人的青睐，后来当上了汪伪政治保卫局局长兼第一局局长。第一局就设在杭州，主管浙江全省特别是沪杭甬、浙赣铁路沿线一带的特务工作，重点是对付我党我军和广大抗日军民，下面设有杭州分局、宁波支局、金华支局、嘉兴支局、绍兴站等分支机构。经过多方面的努力，我们已先后派人打入到汪伪政治保卫局内，但对宁波的伪政治保卫局，目前尚是一个空白。伪宁波支局的局长徐任逊，是个老牌军统特务。这个人我很熟悉。1938年，他冒充进步青年，从上海到皖南参加新四军，在军部教导总队当学员。我当时是特派员，负责肃特工作，把他的特务真面目揭穿了。但由于当时国共两党合作抗日，所以只将他“礼送出境”。后来他又投降了日本人。现在敌人既然要张黎、陈婕留在伪政治保卫局内工作，我们真是求之不得，完全可以而且应该将计就计，趁隙而入，趁此机会，让她们两人留下来，采用“孙行者钻进铁扇公主肚皮里”的战法，埋伏在敌人心脏里与他们作斗争。

丁公量稍停片刻，沉思了一下，继续对乐群指示说：当然，她们两人留在敌人特务机关内部，处境会很危险，再加上她俩是女同志，又从未做过这方面的工作，缺乏社会阅历和社会经验，工作上、生活上也会遇到很多困难。但是，如果我们另外派人打进去，敌人见是陌生人，会贸然相信吗？所以她们将计就计留在伪政保局是最好的了。不过，作为她们个人来说，很可能会想不通，不愿意干这个工作。因此，你要告诉400小组的几个同志，要想办法对张黎、陈婕多做思想工作，让她们愉快服从组织的决定，全身心地投入到新的无形战线上的斗争中去。

最后，丁公量确定：张黎仍用她在狱中的化名李明辉，代号为407；陈婕仍用狱中化名王秀凤，代号408，统归乐群领导。不过，乐群目前还不宜直接与她们见面，以免暴露。

丁公量对乐群说：你虽然是政治交通，但区党委确定你有临机处置之权，实际上你就是这个小组的政治委员嘛！希望你大胆领导起来。至于跟日本鬼子打交道的第一线的工作，你就大胆放手，让组长周迪道负责嘛！

乐群又冒着风险来到宁波市区，向400小组传达了城工委的指示。

经过小组研究，一致认为张黎和陈婕参加小组的活动，如开会等等，很不方便，又不安全，容易被日本人发觉，还是采取由周斯明与她们单线联系，不让她们与其他同志发生横的联系比较稳妥，因为周斯明在新浙东报社时，曾是她们的领导。

周斯明找个机会悄悄与张黎、陈婕见了面，向她们传达了城工委的指示。果然不出丁公量所料，她们说目前的处境非常困难，既要与伪政治保卫局的特务们打交道，又要与日本宪兵队的日军打交道，特别是作为年轻女同志，天天和那些豺狼虎豹打交道，随时随地都得小心翼翼地提防着这些恶魔的摧残，身心感到非常紧张和疲惫。因此，她们希望能回到根据地工作。

周斯明摇摇头，说：城工委对你们的工作寄予厚望，要知道能打入敌人心脏里战斗，可不容易啊！

周斯明清楚地记得，眼前这个张黎，原名叫张德玉，1917年6月出生在湖南湘潭一个小商人的家里，卢沟桥事变爆发后，20岁的她出于爱国激情，跑到浙江抗日前线参加救亡斗争，1941年她24岁那时，到了丽水碧湖的战时第一儿童保育院当教师。其时这个儿童保育院中有不少共产党员，1937年入党的周斯明就是其中之一。张黎与党员们朝夕相处，受到了党的启蒙教育，思想上越来越向往共产党和八路军新四军。周斯明1942年7月调到浙东抗日根据地工作后，曾向区党委宣传部长顾德欢建议，到丽水一带去招收一些共产党员和进步青年到四明山根据地来工作，以解决干部不足的困难。当时有人动员张黎一起来，可是张黎身边还有一个七岁的儿子，在国民党空军当少校的丈夫已经给寄来了路费，要她带儿子去桂林团聚。一边是抗日根据地的召唤，一边是跟丈夫和儿子在大后方的团聚，何去何从，使张黎犯了难。但思想斗争的结果，她毅然决然地走上了革命的道路，花了4个月的时间，冒险通过一道道国民党顽军的哨卡，历尽千辛万苦，终于到达了四明山根据地。

周斯明对张黎说：小张，前些年那么严峻的抉择你都经受住了考验。现在，你已经是光荣的共产党员了，组织上要你留在敌人心脏里进行战斗，这是一个非常光荣的任务，是一项事关抗日大局的光荣事业，你怎么能畏缩不前、望而却步呢？希望你勇敢地挑起这副重担，和我们在一起共同战斗！

周斯明1955年荣授中国人民解放军少校军衔

张黎听周斯明这么一鼓励，还能说什么呢？她激动地说：请你转告城工委，我坚决服从组织的决定，一定和400小组的同志共同战斗，为最后打败日本侵略者而竭尽所能，即使牺牲生命也在所不惜。

周斯明又对老部下陈婕进行了劝导。

陈婕原名曾芙秋，

1924年出生于温州一个破落的手工业主家庭。抗战爆发那年她还是个13岁的学生，参加了党所领导的秘密组织“萌芽读书会”，并且成为读书会的主要骨干之一，受到了共产主义的启蒙教育。1941年那年她只有16岁，升入联中读书后不久，就秘密参加了中国共产党，翌年又被推选为联中的党支部书记。当时皖南事变已发生，联中也是一片白色恐怖，她的前任党支部书记和组织委员都被顽固派逮捕了，但陈婕没有被吓倒，而是迎着逆流勇敢战斗。这年底，组织上决定她离开联中，以当小学教师做掩护，专门从事地下工作。她所在的灵桥小学，地处温州市郊，中共温州市区的区委机关就设在这所小学内。全校教师大都是中共党员。一天，陈婕接受了一项任务：中共浙江省委妇女部长陈碧如要生孩子了，组织上要她物色一处秘密住地。陈婕二话没说，将陈碧如接到自己家里，并严密封锁消息，保证了母子平安。陈碧如千恩万谢，夸奖年纪轻轻的陈婕处事机智。又一次，陈婕得知敌人将要采取清查户口的办法大肆搜捕共产党员。她迅速报告了组织，使市区党员及时转移，挫败了敌人的阴谋。1942年秋，日军第二次侵占了温州，斗争更加艰苦，后来县委书记范亦辰叛变投敌，县委组织部长陈能孝又被敌人逮捕杀害，腥风血雨，使浙南的形势非常险恶。在这种情况下，组织上决定让陈婕转移到浙东抗日根据地工作。从温州到四明山，当时只能靠步行，又必须经过军、警、宪、特多如牛毛的国民党统治区，途中充满风险。但19岁的年轻女共产党员陈婕硬是凭着机智勇敢，闯过一道道关卡，胜利到达了四明山根据地，被分配到《时事简讯》（《新浙东报》的前身）印刷厂当校对，成了周斯明的部属。

周斯明勉励陈婕拿出当年与国民党顽固派作斗争的勇气，留在日伪内部，勇敢地挑起新的革命重担。陈婕激动地说：周厂长，你放心吧，我一定不辜负组织上的信任和期望，誓与日本鬼子和汉奸卖国贼斗争到底！

第十九章

日伪和国民党顽固派对四明山抗日根据地严密封锁，但400小组采购的各种紧缺民用和军用物资，却顺利通过敌人哨卡，一批又一批运进了根据地。

秋风萧瑟天气凉，草木摇落露为霜。四明山区的深秋，山抹微云，天粘衰草，漫山遍野的枫树和乌柏树落叶满地，一片肃杀，山风刮来呜呜地响，冷彻骨髓，人们都说深山里的秋天诚如诗人辛弃疾所写："西风落叶时候，人共青山都瘦。"

由于日伪对四明山根据地采取经济封锁政策，国民党顽固派又不断向新四军发动武装进攻，禁止医药和军需物资从国统区流入根据地，再加上四明山根据地是全国19块抗日根据地中最小的一块，地域不广，回旋余地有限，新四军控制的又只有部分小市镇，连个像样的县城也没有，因而医药和军需物资的来源有很大限度；另一方面，随着形势的日趋好转，根据地一再扩大，部队和地方干部不断增多，因而医药用品和军需物资的供需矛盾也越来越突出。虽然到了深秋季节，但上万名指战员和地方干部仍穿着薄薄的单衣，眼看严冬将至，而御寒衣服仍无着落，许多伤病员也得不到药品治疗，这可急坏了谭启龙、何克希等领导同志。

一天，谭、何首长指示城工委说：你们埋伏在宁波城里的400小组，让他们赶紧想办法搞些西药和布匹出来，以解燃眉之急。

军令如山，城工委立即向400小组下达了迅速采购西药和布匹的指示。

其实，从400小组在日本宪兵队里站稳脚跟，并通过“敲竹杠”筹集到一批钱财以后，敌工委——城工委就把采购药品和军需物资列为小组的重要任务之一。四明山根据地紧缺的一些军用和民用物资，如医药用品（特别是西药），医疗器材，刻字的钢板、蜡纸、油墨，印刷报纸和书籍用的纸张等等，400小组都多次采购和运送过，深受领导上的好评。但城工委也不断告诫大家，在采购和运送药品及其他物资过程中，要慎之又慎，不能让敌人发现任何蛛丝马迹，隐蔽自己、长期埋伏应是最重要的第一位任务。

这次，周迪道等一线人员接到采购西药和布匹的紧急指示后，立即开会进行了磋商。大家你一言，我一语，最后一致达成共识：必须抓好以下三个环节：一是资金；二是如何采购；三是如何运送出境。

400小组“敲竹杠”得来的钱财均由莫奇统一保管。周迪道要求她把钱庄支票、金银饰物等，隐蔽地换成现金，以便分头进行采购。但换钱时，特别是到钱庄取钱时，要格外当心，一次不要提取太多，以免引起敌人的注意。

周迪道还对周斯明说：你那个“交朋友”的对象佘如清，他所在的钱庄在宁波颇有名气，你也可以通过他借些钱以应急需。周斯明果然从佘如清手中通融到了一笔款子。

采购和运送问题，大家一致认为小组外围人员周庆最为合适。

周庆生于1910年12月，曾在上海茂名路一家法国总汇当工人，有一定的社会阅历。抗战爆发，他回到老家宁波西乡横街头做些小买卖养家糊口。由于他买卖公平，为人老实，被区长朱一松、书记魏沛然所赏识，便委托他为部队采购一些紧缺物资。由于任务完成得不错，又把他派到罗白桦特派员处工作。他的家里成了部队人员过往的一个联络点。不料，村里有个仇家扬言要向敌人告发。当时此村还不是我党我军稳固的根据地，而是敌、伪、顽、我四方都进进出出的游击地区，如果被人告发，周庆就有生命之虞了。为此，时任浙东区党委敌伪军工作委员会书记的朱人俊，便把周庆调到宁波城里住了下来，要他以跑单帮的小商人作掩护，并在青石街租了一处房子，以此作为我们的一个秘密联络点。周迪道在南山财经委当主任

周庆（400小组外围人员）

期间，工作上跟周庆有过接触。

周迪道成为日本宪兵队的“密探”后，经交通员张炎介绍，与周庆又建立了联系。周迪道明确告诉周庆：如果有人找你麻烦，你就说是我“朱家”的联络员。就这样，周庆虽非400小组的成员，却是一个得力的外围人员。

周庆根据400小组的布置，多次完成了采购和运送任务。

一次，为了采购一批急需的药品，周斯明找到了一个开私人诊所的医生。此人姓鲍，为人正直，有抗日爱国思想，是400小组“交朋友”的对象。周斯明请他利用开诊所之便，悄悄为我们采购了一批西药。另外，周庆也到几家西药房去采购。可是，西药是日军明令禁止的战略物资，老板一听周庆要购买的药品，就要查问买这么多干什么？运到哪里去？周庆当然不能明说，便谎称是秘密运到宁海（台州）俞济民部队去的。俞济民是国民党宁波专员，又是国军著名将领俞济时的堂房兄弟，其时他的部队驻在宁海，时常派遣便衣特务出没于宁波，老板闻之色变，不敢怠慢，于是周庆便顺利地采购到了药品。

为了顺利地把采购到的西药和其他紧缺物资运出宁波城，在400小组的配合下，周庆也想了不少办法。有时，他通过关系搞来伪十师的徽章，冒充伪十师的人员偷运物资。不料有一次露了馅，徽章被没收，人被打得鼻青脸肿，全身血迹斑斑，好不容易由周迪道设法营救了出来。

这一次，周庆又要冒风险了。

作为一个跑单帮的商人，周庆有他的进货和销售渠道。每次他从四明山根据地出来，都能带回一些山货及特产，如大米、小麦、玉米、山芋、花生、栗子、竹笋、笋干、棉花、菱藕、芋艿以及桃子、李子、杨梅、柑橘等等，这些在宁波城里都是不可或缺的生活必需品和食品。他把这些货物用比较优惠的价格批发给商行和个体商贩，然后再通过他们采购山区群众和部队急需的生产和生活用品及军需品，从而形成了自己独有的做生意的网络。周迪道把采购西药和布匹的任务交给他时，嘱咐他同时也要采购一些普通货物，以免装船运输出城时引起敌人注意。

一天，周迪道找到周庆，跟他密商了将西药和布匹偷运出城的办法。

当时，日军在宁波出城的每处水、陆通道，都设置了关卡，派有日、伪军严密防守。周迪道是日本宪兵队里大名鼎鼎的“密探”，平日里常到各处关卡“执行任务”，因此不少守城的日、伪军都认识他。他也有意识地调查各处关卡的情况，岗哨的变换，并且运用江湖上那种“哥儿们义气”的手段，用点小恩小惠，“仗义疏财”，所以博得了不少日、伪军的好感。

周迪道交代周庆雇一只木船，船老大要绝对可靠，船上除西药和布匹外，还应装一些其他山区紧缺的民用物品，如食盐、火柴、煤油以及针、线等日用百货，万一被敌人检查，也可推说是一般的做生意，以免被怀疑为“资敌”。

然后，周迪道还详细交代周庆何时装船，走哪些关卡，该关卡的日、伪军有关情况，以及通过关卡时应注意的问题等等，每个细节都交代得一清二楚。

一天晚上，周庆押着一船货物（其中夹藏着西药和布匹）顺利地出了城。

可是，正当周庆站在船头，听着木船逆水而上发出的“啪、啪”水声而暗暗庆幸时，忽然岸上几支手电筒光同时亮了起来，有人大声吆喝："干什么的？快快靠岸！老子要检查检查！"

周庆大吃一惊，心想这下糟了，肯定是碰到夜间出来"找食"的"夜猫子"——巡逻的敌人了。

敌人一边大声吆喝，一边拉动枪栓进行恐吓。

周庆无可奈何，只得吩咐船老大把船靠到岸边。河床不宽，几个敌人跳上了船，喝令船老大把船驶到附近的一个关卡。

一船货物和暗藏船中的布匹、西药被敌人扣留了。扣船的敌人是伪中央税警队，带队的人称"王科长"。

按照敌人内部的规定，凡是抓获有"资敌"嫌疑的人员和物资，应上报日本宪兵队。但是，哪有猫儿不吃腥，只要有油水可捞，有外快可以收入，几乎所有的伪军、伪警都想乘机独吞，这位"王科长"也不例外。他一心想着把这船物资统统攫为己有。

但是，世上没有不透风的墙，更何况周迪道时时刻刻关注着这船西药和布匹何时能顺利运抵根据地，因此当船被中央税警队扣留后，消息很快传到周迪道耳朵里。

事出突然，又非常紧迫，周迪道迅速和400小组同志商议后，决定冒风险直接去找铃木。

这不是自己往枪口上撞吗？

但周迪道不这样认为，他说：置之死地而后生。按一般常规，到了宪兵队那里，一船物资统统是羊落虎口，不仅东西收不回来，周庆等护送人员也要倒大霉。但是，船被扣在伪中央税警队，你找他们要船，要物资，无异于与虎谋皮，是不可能要回来的。伪军最怕的是谁？是日本人，是宪兵队。只有拿宪兵队去"压"他们，才有可能使伪税警队把到口的"肥肉"吐出来。

对铃木怎么自圆其说？周迪道分析说：据我观察，铃木最近对我们的"情报"是满意的。对于他来说，能搞到共产党新四军的重要情报，比查扣一小木船的物资重要得多。何况铃木这个人并不那么贪财，他对船上的物资不会像那些贪得无厌的伪军那样想攫为己有。按照宪兵队的军纪，这样做也是不允许的。所以，我要下决心说服铃木，让他同意放船放人。

思谋已定，周迪道跑到宪兵队找到了铃木，故意装出一副气恼的模样说：铃木先生，中央税警队真不讲理，把我的一船物资扣起来了。他妈的，这不是看不起我们宪兵队吗？

铃木有点丈二和尚摸不着头脑，问周迪道是怎么回事？

周迪道说：我们“朱家”为了搞到四明山里的情报，通过做生意的人，用物资去调换，才能搞到我们想要的情报。现在，中央税警队把我们用去交换情报的物资都扣起来了，还不向宪兵队报告，想占为已有，这太不像话了。

说至此，周迪道又“玩”了一个“激将法”，说：我去跟他们说了，要他们放船、放人，可是他们还不买账！

铃木见周迪道“气”成这副样子，沉思了一会儿，说：你不要急，我跟他们讲。边说边拿起电话机，接通了中央税警队，要“王科长”讲话。

周迪道从话筒中听到，那位王科长一听是铃木的声音，连忙赔礼道歉，答应立即放船放人。

周迪道趁热打铁，直奔伪中央税警队，找到了王科长，以高傲的口吻说：王科长，你可以不给我面子，宪兵队铃木先生的面子总是要给的吧？！

王科长连忙点头哈腰，道歉说：朱先生，我不晓得是你的东西，误会、误会！要晓得是你的东西，我吃了豹子胆也不敢扣呀！

周迪道心想：今后说不定还得跟这小子打交道，俗话说：多个冤家多堵墙，多个朋友多条路，还得与他拉拉关系，于是满脸堆笑，说：王科长，扣东西嘛，那是你们的职责。常言道：不知者不怪。我哪敢怪罪你呀！不打不相识，今天咱们认识了，就交个朋友，今后互相帮忙的地方还多着呢！只要你王科长有用得着我的地方，你打个招呼，吩咐一声，我朱人达为朋友两肋插刀，甘愿为您王科长效劳！不过，我为了替日本人办事，今后还得跟那边（抗日根据地）做生意，也希望王科长高抬贵手，多多关照。

借着日本宪兵队铃木这只“老虎”的威风，周迪道成功地要回了西药、布匹等一船物资。周庆押着木船，乘风破浪，顺利抵达了根据地。

从此，伪中央税警队这道关卡，被400小组所攻克，过往的船只、人员、物资，很少受到他们的刁难、扣留。

第二十章

汪伪政治保卫局宁波支局情报课长垂涎张黎的美色，讨好地说：李小姐，看你是个老实人，今后凡是我的事，你就“代拆代行”吧！从此，一份份重要情报送到了城工委。

1944年岁暮的一天，寒风凛冽，天空阴沉沉的，人们都蜷缩在冬日的严寒里。这时，一个矮胖的日本宪兵，来到了宁波市握兰巷7号。站岗的伪军见了这个趾高气扬的日本人，立马两脚一靠，一个“立正”，恭恭敬敬地礼让他走进了汪伪政治保卫局宁波支局的大门。

这个日本人是宪兵队的军曹西原。

伪支局长徐任逊早已接到了西原的电话通知，他闻声而出，毕恭毕敬地将西原迎进了办公室。

西原虽然只是个小小的军曹，但他是日本宪兵队里负责分管汪伪政治保卫局宁波支局的，因此在局长和全局伪职人员心目中，他是个“太上皇”，一切唯他之命是从。

西原从抓获张黎、陈婕之日起，就对她俩心怀不轨，尤其对张黎的美貌更是垂涎三尺。但这两位共产党员不仅守身如玉，而且防身有术，一次次挫败了这个大色狼的图谋，使他一直未能吃到“天鹅肉”。

西原仍不死心，他对伪政治保卫局宁波支局局长徐任逊多次下令，要徐任逊对张、陈两人“劝降”，动员她们参加“和平”、“跟皇军合作”。徐任逊是个老牌军统特务，皖南事变前伪装进步，一度混入了新四军军部教导总队当学员。可是，尽管他伪装得再巧妙，还是被揭露了出来。他之所以能侥幸保住性命，并非他有什么能耐，而是共产党看在国共合作的份上，宽大了他。可是徐任逊却常常吹嘘，说自己对共产党的一套如何熟悉，对策反共产党新四军如何能“马到成功”、“手到擒来”。牛皮总归是牛皮。对怀疑是共产党员的张黎和陈婕，他虽然多次亲自审讯，并花言巧语、威逼恫吓，劝她俩“合作”。但两名“女犯”一口交定名叫李明辉、王秀凤，根本不是共产党，弄得这个老牌特务也黔驴技穷，束手无策。

前面已经交代，400小组经过多次商议，认为城工委关于张黎、陈婕可乘机埋伏在伪政保局，并参加400小组工作的指示，能解决张黎、陈婕面临的生活难题。陈婕被捕后一直谎称自己是一个大字不识的农村姑娘，在新四军里给大伙烧烧饭，如果伪政保局叫她去烧饭，她可以答应。张黎谎称自己是小学教师，如果伪政保局要她工作，她不仅可以同意，还可以表现得更主动一些。

谋划既定，张黎主动找到了西原。她莞尔一笑，说：西原先生，中国人有句名言，不知你听说过没有？

西原从未见到张黎脸上有过笑容，今天见她主动来找自己，不禁大喜过望，连忙问道：你说是什么话？

张黎说：五个大字：民以食为天。

西原家里是开钟表店的，本人没有读过多少书，文化不高，对博大精深的中国文化知之甚少，他听后茫然不知所云。

张黎说：民以食为天，这是《汉书》中说的一句话。还有一句是：王以民为天，当皇帝的要依靠老百姓。而我们老百姓天天要吃饭。我们两个被你们释放了，我们也天天要吃饭呀！为了吃饱肚子，我愿意参加你们的“和平”。

西原高兴得哈哈大笑，口中不住地说：哈依！哈依！意思是太好了，太好了。

张黎又提出：王秀凤是个农村妇女，没有文化，但她愿意帮政保局烧饭。

西原又是连连点头，说了两声“哈依！”

第二天，西原一大早就来到握兰巷7号伪政保局。他刚坐定，就对伪局长徐任逊说：快派人把李小姐请来。

“李小姐”即“李明辉”，是张黎的化名。

伪政保局宿舍就在附近。张黎早就在等候了。昨天晚上她几乎整夜没有合眼，一遍又一遍地想着见了伪局长时该说些什么，怎样才能不露出破绽，不被这个老牌军统特务所识破。

周斯明曾详细向张黎传达了400小组对她卧底伪政保局后如何工作的意见。小组认为，张黎埋伏下来以后，首要的一条是迷惑敌人，站稳脚跟，取得敌人的信任。在此基础上，再逐步开展秘密的反间谍工作，具体任务有四条：

第一，尽一切可能了解日军和汪伪的动向，及时向组织提供情报；

第二，根据汪伪政保局主要搜集国民党顽固派情报这一特点，从中了解和掌握顽固派与日伪勾结、对我抗日根据地进行破坏的情报；

第三，了解日、伪抓捕到的我方人员的情况，以便组织上设法营救；

第四，掩护400小组成员的活动，如发现日、伪对小组成员有所怀疑或将采取什么行动，即行汇报，以便应对。

要完成上述四项任务，小组一致认为，要想一切办法打入到文书课。别以为小小文书课掌管的是一些收收发发、抄抄写写、打打电话之类的事务性工作，其实可以从中猎取到许多重要情报。

27岁的张黎，已经有了6年的抗日工作经历，当了大半年的《新浙东报》鄞西发行站站长，入党已近半年。她的社会阅历远比陈婕丰富。当她应召来到伪政保局长徐任逊的办公室，一眼看到西原后，知道今天日本人和伪政保局要“考察”自己了。

徐任逊多次见过张黎。今天，他又用职业特务的眼光，上上下下审视了张黎，然后满脸堆笑，说：李小姐，西原太君介绍你到本局来工作，敝人竭诚表示欢迎！不知李小姐想干什么差使？

张黎胸有成竹，不卑不亢地说：局长大人，我是个女流之辈，出头露面，到外面跑跑颠颠，有诸多不便。但我当过小学教师，有一定文化，我想做些内勤工作，譬如收收发发，抄抄写写，接个电话什么的，不知局长和西原先生能否照顾？

还未等徐任逊开口，西原就急忙插话说：李小姐言之在理，女人嘛，就坐坐办公室，做个“花瓶”有多好！说毕，淫邪地笑了起来。

徐任逊见“主子”已经表态同意，自己还能说什么呢？于是接过西原的话茬，说：李小姐，看你文质彬彬的，一副书香门第出身的读书人模样，敝人怎么会让你去干那些吃苦的差使呢？好吧，你就到本局情报课去工作。课长是敝人的内弟，我会叮嘱他对你多加关照。

开局很顺利，张黎如愿以偿，成功地达到了400小组预期的目的。

张黎还向伪局长徐任逊提出：和我住在一起的那个小姐妹王秀凤，你们无端地把她抓来了，释放了，又弃之如敝屣、抡下不管不问了。能不能给她一口饭吃，让她帮你们烧烧饭？

徐任逊心想：十八九岁的一个农村姑娘，半个大字不识，这样的人还能成为新四军的谍报人员？想到这里，他满口答应：好吧，就让她到厨房去帮忙吧！

别看烧饭是个“伙头军”，可厨房——食堂里成天人来人往的，饭后茶余，七嘴八舌，各种各样的消息多的是，常常是说者无意，听者有心，“王秀凤”——陈婕的情报来源还真不少哩！

开始，张黎只分工做一些登记工作，看到的情报大都是过了时的，很难接触到新近的重要情报。张黎正为此而发愁。忽然，天上掉下一块馅饼，使她大喜过望。

伪政保局情报课的课长，是伪局长徐任逊的小舅子，此人依仗姐夫这座大靠山，整天在外鬼混，出入于茶馆酒楼，沉湎于舞场赌场，游荡于戏院妓院，尽干些敲诈勒索老百姓的勾当，情报课办公室里很少见到他的身影。过不了多久，张黎就摸清了这位“课长大人”的行动规律。

一天，这位垂涎张黎美色的课长说：李小姐，看你文质彬彬，成天不言不语的，是个老实人，这样吧，今后凡是要我看的文件、材料，要我办的事，你就替我代拆代行吧！拜托了！

这正是张黎求之不得的事，居然会如此轻而易举如愿以偿，使她内心一阵狂喜。但她强制住自己不露声色，装出勉为其难的样子，淡淡地回答说：我恐怕干不好，请课长多多指点。

此后，利用收发、抄写、保管各类情报资料的机会，张黎搞到了不少伪政治保卫局掌握的最新情报。这些情报的内容大部分是关于共产党新四军方面的，也有一部分是国民党方面的，对我们有很高的参考价值。

一天，张黎看到一份情报，内容是日军即将“扫荡”三北（即镇海、慈溪、余姚三县北部的抗日根据地）。她想这是十万火急的事，必须立即把这份情报送交给周斯明。可是，办公时间她是不能离开的，何况门口还有岗哨把守。好不容易等到傍晚下班后，她才找了个借口出了伪政保局的宿舍。

其时，张黎和单线联系的是周斯明，接头地点之一是在乐楚珍同志的家中。

乐楚珍是宁波人，中共地下党员，后来到四明山根据地工作。为了顺利地生孩子，她又悄悄回到了宁波家中。上级要求400小组做好她的掩护工作。奉命后，周迪道、冯禾青大摇大摆地来到乐楚珍家。冯禾青是鄞西人，宁波城里有几户亲戚，他就假装上门“探望表亲”。左邻右舍一见乐家在日本宪兵队里竟然有亲戚，谁还敢来招惹她？别的“密探”、“联络员”都知道“朱人达”是日本人面前的“大红人”，也就不来找乐楚珍的麻烦了。从此，乐家也就成了400小组的一个秘密联系点。

张黎匆匆忙忙来到了乐楚珍家中，要她尽快设法把周斯明找来。乐楚珍刚生过孩子，行动不方便，就叫家里人去聚奎巷12号找周斯明。好在路不远，周斯明闻讯后立即赶到了乐家。

周斯明又急急忙忙赶到呼童巷101号周迪道的住处，要周迪道设法把这个重要情报马上送回根据地浙东纵队司令部。

周迪道焦急地挠着头皮，在室内走来走去，边走边喃喃自语：乐群怎么不来呢？怎么不来呢？

正在为难之际，忽听有人敲门，莫奇应声出去开门，见是厉瑞华，就让他走进了门。

厉瑞华是400小组的外围人员，公开身份是跑单帮的小商人。他常以此为掩护，来往于沦陷区和抗日根据地之间，担负着传达情报的秘密任务。

周迪道对厉瑞华说：你快回去准备一下，明天一大早就乘早班轮船离开宁波，绕个弯，再去叶家湾，把这个情报送给叶志康先生。说毕，将密写好的一张小纸条交给了厉瑞华。

厉瑞华为人机灵，多次出入宁波，均未失过手。他很快把情报交到了爱国人士叶志康之手。随后，新四军浙东纵队司令部立即部署了反“扫荡”的准备工作。

这一次，日军想趁“扫荡”之机打击新四军的阴谋，又落了空。

一天，乐群从根据地潜入宁波，听取了周迪道等人有关近期斗争情况的汇报。

周迪道提出，传送情报的渠道不够顺畅，这样不仅不能保证将获得的重要情报及时送往根据地，而且还可能被敌人察觉，误了大事。

乐群经过沉思，果断地作出决定：让张黎、陈婕搬出伪政治保卫局宿舍，就在该局附近租一间房子暂住。这样，进进出出既可避开伪政保局门卫的监视，又便于400小组伺机跟她们两个进行联络，房租从“敲竹杠”所得中开支，对伪局长和伪情报课长则说他们提供的宿舍太小了，两个人住不方便。

乐群还交代说：新租的房子既要靠近伪政治保卫局，张黎、陈婕对外称便于上班，又要隐蔽一些，交通也要方便一些，便于联络。最后，乐群还说：今后我来宁波，也可住这间房子。它要成为我们的又一个秘密联络点。

周迪道说办就办，很快找到了一间房子，基本上都符合乐群的要求。

张黎、陈婕对伪局长和伪情报课长说，租房的钱就从局里付给自己的钱中支付。伪局长和伪课长也就同意了她俩的“乔迁”。

张黎、陈婕搬进新居后，传送情报和联络更为方便了。

一天，当冯禾青来到张、陈新居时，正好乐群也在。

乐群突然柳眉倒竖，严肃地问冯禾青说：你怎么也来了？

冯禾青嘻嘻一笑，说：今天没什么事，到这里走走。

乐群斩钉截铁地说：我说过这是个秘密联络点，千万不能引起敌人的怀疑。今后，400小组除了我以外，其他任何人——包括周迪道同志在内，都不允许到这里来，这是纪律！

冯禾青见乐群如此严肃，连忙表示：好，好！今后我就不来了。

乐群又沉吟了一会儿，果断地说：我们要马上想办法找房子，让陈婕也尽快搬出去住。这里平时只住张黎同志一个人。这样，我来落脚暂住，对外可说走亲戚，以免引起敌人的怀疑。万一出了事，也可避免被敌人一网打尽。在严酷的地下斗争环境中，我们要时时、处处提高警觉，不得有丝毫的疏忽和麻痹。

第二十一章

浙东区党委机关报《新浙东报》不断出现在宁波敌伪各单位。宪兵队长下令彻查，却始终没有发现这是潜伏在鼻子底下的400小组所为。

宪兵队里还有一个日本人，名叫森下清。此人年龄较大，个子偏矮，身材瘦削，生得獐头鼠目，看起来颇像个小老头，故而人们背后都叫他“老鬼子”。

一天，周迪道在宪兵队特高课长木场重雄的办公室门口，突然与这个“老鬼子”不期而遇。为了对他表示尊敬，周迪道主动脱下礼帽，向他点点头说：森下清先生，你好！

森下清眯起小眼睛，用手指了指周迪道，却恶声恶气地指责说：你的，朱先生，你的工作大大的不行！你看，宁波市内怎么到处发现了共产党新四军的《新浙东报》，你手下有那么多联络员，怎么没能抓到一个邮寄、散发《新浙东报》的共党分子呀？

森下清一边说，一边将手中拿着的几份从邮局检查到的《新浙东报》，呈交给刚从办公室里出来的木场。尔后两人用日语叽哩哇啦说了一通。周迪道听不懂日语，所以这两人对他也不回避。但从两人的表情上，周迪道猜想一定是“老鬼子”在向木场汇报他在邮检所里的工作情况。

原来，“老鬼子”森下清是宁波日本宪兵队派驻在“邮检所”，专门负责邮电检查的。

日本侵略者铁蹄所到之处，一手扶植当地汉奸成立了傀儡政权。伪政府也设有邮电局，经营邮电通信业务。当时，从沦陷区也可以寄信到国民党统治区。有的敌后抗日根据地与沦陷区也有邮件往来。

为了严密控制沦陷区，也为了及时获取情报，汪伪政府和日本侵略者对往来的邮电都进行了严格的检查，通称之为“邮检”。这项工作也归宪兵队管辖。还专门成立了一个“邮检所”，森下清是日本人中手握宁波市邮电检查大权的显赫人物，平时趾高气扬，不可一世。周迪道和400小组成员多次研究，一致认为应该打入“邮检所”里面去，力求把“邮检”工作也能掌握起来。

不久后，发生了一个情况，更使400小组认为有加快打入“邮检所”的必要。

为了对沦陷区广大人民群众进行抗日救国的宣传教育，也为了动摇敌人的军心，浙东区党委的机关报《新浙东报》出版后，每期都通过邮寄方式，向宁波市内发送。可是，很快就被敌人通过“邮检”发现并扣下了，起不到宣传作用。区党委宣传部门将此情况向城工委作了反映，丁公量随即指示400小组设法解决这个问题。

可是，要派人打入日本宪兵直接领导的“邮检所”里去，难度实在太大了！神通广大的周迪道和400小组，研究来研究去，均感到无门可入。

正在为难之际，一天，突然有个温州人找上门来，对周迪道说：朱人达先生，有件事想请您帮帮忙，不知行不行？

周迪道很豪爽地一口答应了他。当时在宁波市内，周以讲“江湖义气”而著称。

温州人说：日本人为了加强宁波市区的邮电检查，要找一个他们满意的邮电检查员，报酬是每月一石大米，还有少数工资。他们把这件事交给我来办。可是我是个温州人，在宁波市内实在找不到一个可以信赖的、适合担任这项工作的人。朱先生，你麾下人才济济，在宁波熟人多，希望你能帮我选择一个，人要绝对可靠，否则，我不好向日本人交差呀！

人们都说天上掉馅饼不可能，但周迪道此时此刻的感觉是，天上真的掉下了一块大馅饼。这样好的机会，真是踏破铁鞋无觅处，得来全不费功夫啊!

派谁打入邮检所里去呢?

400小组研究后,感到从小组本身成员中派人,要经铃木同意,不一定通得过,日本人森下清那一关也不好过,弄不好反而会招致对整个小组的不利;从小组现有的几个外围人员物色吧,周庆、陈瑞华、厉瑞华和“徐家姆妈”都不合适。讨论来讨论去,周斯明坚持认为:还是潘善邦最合适。

前文已讲到,潘善邦原先是时事公报社的成员,秘密参加了国民党在宁波地下组织——“宁波谍报小组”,当情报员,后被日军逮捕,关押在宪兵队监牢。周斯明就是在牢房中与他结识的。两人在狱中谈得很是投机。出狱后,潘善邦回到时事公报社工作。400小组把他列为“交朋友”的对象,周斯明几次上门看望过他。经过帮助教育,激发了他的抗日爱国热情,曾几次送来过情报。

经过全组讨论,一致认为潘善邦是打入日伪“邮检所”的最合适人选。

但潘善邦本人愿不愿意冒此风险?

一天,周斯明来到湖西太阳巷6号,找到了潘善邦。

潘善邦20岁出头,家有老母和刚结婚的妻子,仅靠伪时事公报社的一点微薄工资度日,生活过得很拮据。有时,400小组也把“敲竹杠”所得给予他些许接济,但也非常有限,只能是杯水车薪。不过每当周斯明把钱交给他时,潘善邦全家总是千恩万谢。

周斯明问潘善邦:你家里这么困难,我有个朋友想找个人去帮帮忙,报酬每月一石大米还有一点工资,不知你愿不愿意?

当时在沦陷区,大米是紧缺物资,价格昂贵。“楚国之食贵于玉”,人们常用“米珠薪桂”这句成语,来形容大米之不易得。如今,潘善邦的母亲和妻子一听每月能有一石大米的报酬,全家三人的口粮还有余,不禁大喜过望,连声说:善邦,周先生给你介绍这么好的工作,真是打着灯笼也没处找,你快答应吧!

潘善邦却不马上表态,问道:是什么工作,会有这么好的待遇?

周斯明说:是到日本人的邮电检查所里去工作。你白天到“邮检所”,晚上仍可到时事公报社。干两份工作,收入多,对你家庭很有好处嘛!

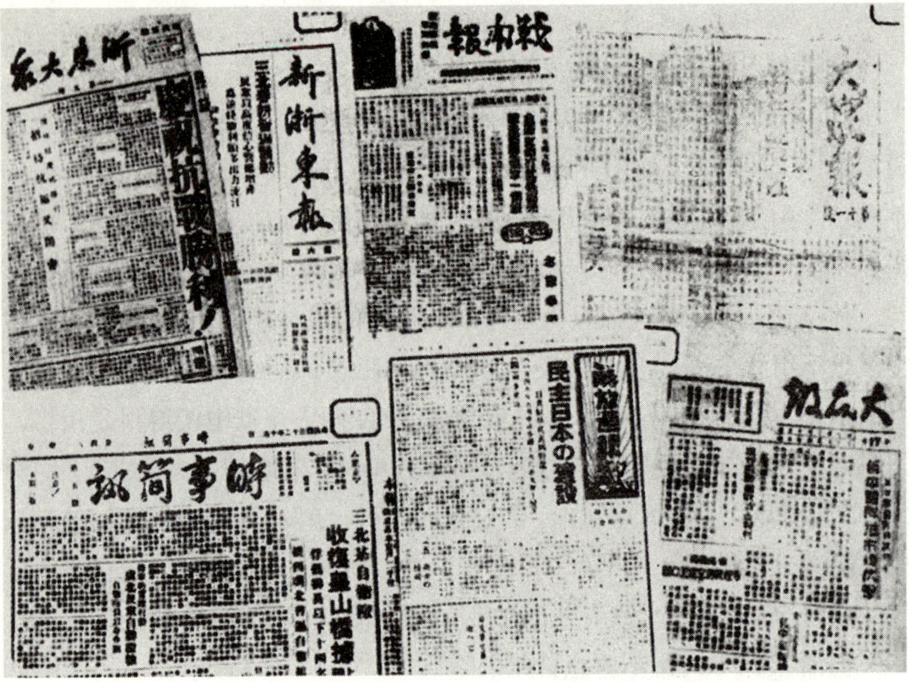
新浙東報

時事簡訊

民主日本の建設

浙东区党委和新四军浙东游击纵队出版的各种报刊

潘善邦听后却连连摇头，说：不行不行！我在伪时事公报社工作，人家背后都骂我是汉奸。现在再到日本人的“邮检所”去工作，岂不成了臭名昭著的“双料汉奸”吗？待遇再好，我也不能干呀！

周斯明笑了起来，说：那么在你眼里，我和朱人达这些在日本宪兵队里当“密探”、“联络员”的人，岂不是罪大恶极、国人皆曰可杀的大坏蛋，人人得而诛之？我们为什么还这样干呢？你为什么还要跟我们交往呢？

潘善邦也笑道：你们不一样！我看得出，你们和三国时的关云长一样，是“身在曹营心在汉”。

按照秘密工作的规定，周斯明一直未向潘善邦表明自己的地下工作身份，有关400反间谍小组的事更是滴水不漏，至于自己原先是新四军，这在狱中时潘善邦就知道了。但潘善邦也是个精明过人的小伙子，他早就看出周斯明、朱人达等人“有来头”，心里已认为他们一定是共产党新四军的地下工作者。凭着自己对抗日救亡的满腔爱国热情，所以他和周斯明走得很近。

周斯明接过潘善邦的话茬，说：你虽然人在伪时事公报社，不也是“身在曹营心在汉”吗？今后你进了日本人的“邮检所”，更可以来个“皮白心红”，进一步做到“身在曹营心在汉”了！只要铁了心抗日救国，条条道路通罗马，可以做的工作多着哩！

经过周斯明一番劝导，潘善邦心领神会，高高兴兴地到“邮检所”报了到。

很快，潘善邦发现，从四明山根据地寄到宁波市区的许多份《新浙东报》，很快就被日本人检查出来，加以没收了，老百姓只能偶尔看到。

潘善邦将此情况向周斯明作了汇报。他说：那边把报纸寄到宁波，目的是让宁波人听到抗战的声音，可是逃不过日本人设置的“邮检”关，沦陷区沉闷的空气还是打不破，太可惜了！

周斯明想了想，问潘：那么依你之见，用什么办法可以逃过日本人的“邮检”关？

其实，潘善邦对这个问题已捉摸多时，他说：从根据地寄的《新浙东报》，是很容易被日本人检查出来的，因为那边都是从一个地方寄出，用的是同一种信封，信封上写的汉字又出自同一个人的手笔，日本人稍加留意，一眼就能看出来了。

周斯明听后，不禁暗暗叫苦，心想给沦陷区寄《时事简讯》（后改为《新浙东报》），还是自己任南山办事处主任时安排的，当时尽管无法检查寄出去后对方能否收到，但怎么会没有想到这些问题呢？他责怪自己太马虎，没有深入考虑，同时也感到自己没有这方面的斗争经验，结果是事倍而功半，效果不佳。

很快，400小组向城工委作了汇报，并请城工委转告报社：今后邮寄《新浙东报》给宁波，应分别从三北鸣鹤场、鄞西樟村、密岩、姚南梁弄、慈南陆家埠和车厩等不同地点寄发，用的信封也应是多种多样，信封上的字迹也应有不同。

果然，采用潘善邦提出的建议后，《新浙东报》在一段时间内顺利地通过了日本人的“邮检”关，把他们给蒙住了，抗战的声音、共产党新四军的声音，在沦陷区里进一步流传开了。

这次斗争的胜利，使400小组成员欢欣鼓舞。他们感到除了日本宪兵队以外，小组的触角还伸进了日本人严密控制的“邮检”机关，实在是意外的收获，应该在小组斗争史上写上一笔。

可是，过不了多久，日本宪兵队又下令给汪伪机关，把收到的《新浙东报》一律上交给宪兵队。队长大场敬次还把森下清叫去狠狠训斥了一顿，严厉命令森下清务必把住“邮检”关，绝不能再让《新浙东报》在宁波市区出现。

潘善邦又把这一新的事态发展报告了周斯明。

潘善邦早有考虑，建议说：据我观察，日本人对从外地、特别对从解放区寄进宁波的信件，检查是十分严格的；但对从宁波市区寄发的信件，基本上是不检查的，《新浙东报》如果能送进市区来寄发，就能瞒过日本人。

这又是一个好主意！如果不打入“邮检所”、不了解日本人进行“邮检”工作的内情，凭空是想不出这个好计谋的。

但是，周斯明想到，要把这么多《新浙东报》从四明山根据地秘密运进宁波沦陷区，路上要经过多道检查“关卡”，难度之大不言而喻。400小组认为这个点子虽然好，但必须由城工委和报社共同决策才行，光靠本小组是无法办到的。特别是报纸的体积大，分量很重，替400小组跑交通、送情报的人根本无法携带，带了也有很大的风险，一个秘密工作者是不允许这样做的。

城工委接到400小组的报告后，书记王文祥、副书记丁公量和宣传部长王槐秋经过研究，又与区党委宣传部、报社共同筹划，调动了宁波东北部附近的庄市敌工站，宁西古林区政府和敌工站，以及通过宁波市内学生和工人中的“反日同盟”地下军群众性组织等各方力量，另外开辟了交通线，安排了投送力量。这样，很快又将每期的《新浙东报》秘密运进了宁波市内，并在市内逐一邮寄，有时甚至悄悄派人在夜晚挨家挨户从门缝里塞进去。日本人要通过“邮检”完全加以没收，是不可能的了。

400小组的七位同志，自从离开根据地以后，多的六七个月，少的二三个月，都没有看到《新浙东报》了。他们对领导、对“娘家”情况的了解，先是通过交通员张炎，后来是从乐群口中得知很少一些情况。张、乐两人基于秘密工作的纪律，从不随身携带《新浙东报》和其他宣传品，以免被敌人搜出。因此，400小组同志希望看到《新浙东报》的渴望心情，如久旱之望甘霖。现在好了，他们可以从邮寄品和送上门两条渠道，陆续看到《新浙东报》了，他们欣喜的心情实难言表！特别是周斯明、张黎、陈婕三人，原先都在新浙东报社工作，对报纸有一种特殊的感情，哪怕只要看一眼，触摸一下，心中就会欣喜不已。

宁波城里日、伪的许多单位，多次发现共产党新四军的宣传品《新浙东报》，日军如临大敌，尤其是日本宪兵队长大场敬次，更感到是宪兵队的失职，他把负责“邮检”工作的森下清狠狠训斥了多次。

日本宪兵队在邮检中，发现江东某中药店有我地下党活动迹象，准备突击进行搜捕。潘善邦获知后，立即报告了周斯明。400小组经过紧急磋商，决定让潘尽快设法派人通知当事人，使敌人扑了个空。

1945年春天，形势起了急剧的变化。苏军即将攻克柏林；美军攻占吕宋岛后在琉球岛登陆；日本本土已遭猛力轰炸。在浙东抗日根据地的“三北”地区，连续有三个日本士兵从慈城山区筑工事的兵营中逃出来，手持浙东区党委办的日文《解放周报》和投诚通行证，寻找新四军三、五支队。这在以前是没有过的。

据投诚的日本兵说：驻浙东地区的日军混成旅团，经新四军几年来的不断打击，伤亡不少，新兵数量大增，官兵厌战情绪日浓。常有号啕大哭的，有酗酒思乡的，“今日有酒今日醉”也成了他们日常的谈话内容，悲叹尸骨不能回归故里。士兵给养大不如前了，一天两餐，一餐稀饭，一餐洋山芋。投诚和俘虏的日兵服装也甚破旧，看来日军的财力物力确已耗尽。当官的殴辱士兵也更多了，动辄打骂。所以，新四军创办未久的日文《解放周报》，在敌人据点里散发以后，颇受敌兵的欢迎。

城工委分析当时形势，研究了敌军士气和经济生活情况，根据所得的各种生动资料，决定专门编印一期日文《解放周报》，对驻宁波的日军进行一次规模较大的宣传攻势，通过多种途径进行散发。这期周报专请著名文学家、鲁迅好友黄源和楼适夷为主编，还有一位原名叫吉永的日军战俘在我军教育下有了极大转变，参加了“反战同盟”，就请他参与编辑工作。这期《解放周报》散发后，对宁波各界影响很大。

区党委城工委下属的宁波东郊的庄市工作站，在市内学生中广泛建立“反日同盟”，以此发展地下军组织。他们年轻热情，工作极其活跃，还争取了韩籍放映员。1945年3月8日上午，日军驻宁波的一个大队，到市区明光戏院看电影。在日军进入戏院之前，对戏院内的各个座位和角落作了细致检查，然后整队鱼贯进入戏院。当日军官兵按序列各自就座时，却发现在不少座位上有日文《解放周报》和通行证。敌酋慌了，狂叫一声：全体起立，立即全部退出了戏院。传单虽然被收缴了，影响却是很大的，敌兵都知道了有这么一份《解放周报》和一个通行证，是新四军发的。据说敌混成旅团长宁野少将那次也去了电影院，对敌伪的震动就更大了。驻宁波日本宪兵队虽大力侦破，却无所获，搞不清我方宣传品是怎样进入的……

铃木为此大发雷霆，他心中怀疑：此事难道与周斯明等几个被俘的新四军毫无干系？

第二十二章

伪盐务管理局课长周颐福家里来了一位不速之客——远房侄孙周斯明。“身在曹营心在汉”的伪课长不仅主动提供情报，还甘冒风险接纳陈婕入住，他家成了400小组的又一个秘密联络点。

乐群为了建一个新的秘密联络点，确定要陈婕另找一个住处，这个任务交给了周斯明。因为周是张黎、陈婕的单线联系人。

周斯明在宁波城里有一位远房叔公，名叫周颐福，周斯明决定请他帮忙。这倒不完全由于亲戚关系，更主要的是周颐福的公开身份是伪盐务管理局的课长，是名副其实的汉奸，不大会引起日本人和汪伪政治保卫局对陈婕迁居的怀疑；而暗中，周颐福又是位倾向共产党新四军的爱国进步人士，也可算是400小组的一个外围人员。

一天下午，周斯明来到宁波南门靠近壕河的一幢公寓式的房子，敲响了周颐福家的门。

出来开门的是一位年近半百的老妇人，周斯明尊敬地叫了她一声“叔婆”。

周颐福是浙江省嵊县开元镇人，和周斯明是同乡，论资排辈是周斯明的远房叔公。他出身书香门第，是这个数千人小镇上的名门望族，从小到外地读书、做事，很少回老家，所以周斯明对这位比自己大23岁的叔公，只知其名而从未与之谋面。

周颐福（400小组争取过来的伪盐务管理局课长）

1944年初夏，周斯明从宁波日本宪兵队中出狱后不久，突然有个嵊县人找到了他，说：你的叔公周颐福请你到他家里去一趟。

周斯明又惊又喜，惊的是从未交往的叔公怎么会知道我在宁波并知道我的住处？他找我去的目的何在？喜的是自己在宁波举目无亲，如今突然从天上掉下一个叔公，真是想也想不到的美事。但转而一想：这位远房叔公现在在干什么？他究竟是个什么样的人？

怀着这种又惊又喜又充满疑窦的心情，周斯明来到了周颐福的家。

叔婆把周斯明引到客厅，一位50多岁的老者站在客厅门口迎接，周斯明心想这一定是周颐福了，于是快步上前向他行了个鞠躬礼，恭恭敬敬地叫了声“叔公”。

周颐福亲热地拉着周斯明的手，一起步入客厅，落座后，周颐福用手指了指老妇人，说：她叫沈惠娟，是绍兴人。他乡遇故知是人生一大乐事，今天我们三个亲人能在宁波相聚，难得呀！

略事寒暄后，周颐福说：大侄孙，你在宪兵队的事，我听说了。出来了，就好了！今天你就不要走了，我已叫你叔婆买了点小菜，你就在我这里吃晚饭。我身边没儿没女的，这套房子就我们两个老人。你愿意，晚上就住在我家也行。

周斯明原先打算探望一下摸摸情况就走，没想到周颐福夫妇俩如此热情，只好留下来吃晚饭。

席间，周颐福主动说：我现在在替日本人做事。日本人还封了我一官半职，叫我当了个宁波盐务管理局的课长。局长整日里花天酒地，不大管事，我这个课长呀，官不大，管的事还真不少哩！说至此，一声苦笑，似有无限心事。

周斯明静静地听着，嘴上没有说什么，心里却一直在揣摩着周颐福的政治倾向，还旁敲侧击提了些问题。

吃完晚饭，周斯明起身告辞。周颐福老两口一再挽留他再聊聊。接着，周颐福把他引到里间，亲切地说：大侄孙，你今年快30岁了吧？

周斯明摇摇头，说，我属马，生于1918年，今年26岁，离“而立”之年还差四岁呢！

周颐福说：看你的样子很成熟，很沉稳，加上你又坐了这么多天的监牢，吃了不少苦头，所以看起来嫌老了一点。我从小离开老家，在我的印象中，你还是个穿着开裆裤在地上爬的小孩子呢！说着，两人都笑了起来。

周斯明说：叔公，你是我的长辈，今后还望你多多关照。

周颐福说：大侄孙，有件事想问问你：听人说你在家乡就参加了共产党，后来又到四明山参加了新四军，年纪轻轻就涉足政治，有了自己的志向，不简单呀！

周斯明听他这么一说，知道他对自己的情况早就有所了解，也就不想再对他隐瞒，就直截了当地说：叔公，我是参加了共产党新四军。可是我被日本人抓起来后，跟共产党新四军已经失掉了联系。

周斯明这样说，对“当汉奸”的周颐福是一种试探，使他摸不清自己当前的真实情况。

周颐福又询问了周斯明被捕、出狱的经过，语气中充满了长辈对后辈的深切关怀和同情。但周斯明出于地下工作者的高度警惕性，牢牢地守住了一条底线：即使是亲戚，眼下也不能全抛一片心，只能随机应变地作些应付。在说到当前生活情况时，周斯明说：我在宁波没有社会背景，为了混口饭吃，只能在日本宪兵队的“密探”朱人达手下，暂时当了个“联络员”。

听到这里，周颐福语气恳切地说：大侄孙，给日本人做事，可要多长个心眼呀！千万不能死心塌地为虎作伥呀！你看我，虽然在汪伪盐务管理局做事，在老百姓眼中我是个十恶不赦的汉奸，但是我也是为了暂时混口饭吃，是出于不得已，并非甘心附敌、为虎作伥呀！我总觉得日本人侵略中国，并不像他们标榜的要和我们中国人“共存共荣”，他们的真正目的是要灭亡我们的国家，陷我中华民族于万劫不复之地。他们不可能是我们的什么朋友，而只能是我们不共戴天的仇敌。这是一个民族大义的问题，你我都要清醒地认识这个问题，千万含糊不得。基于这个认识，我是身在曹营心在汉，我决不会真正替日本人做事的。一个人如果出卖自己的良心，帮助异民族侵略者做坏事，那是自绝于祖国，自绝于祖宗，自绝于同胞骨肉，他就像秦桧一样，是要遗臭万年的！

周颐福说着说着，越来越激动，最后站起身来，声色俱厉地拍了一下桌子，表示了他对秦桧式汉奸人物的无比憎恨。

周斯明原先没有想到，这位比自己年长二三十岁的叔公竟会对自己敞开心扉，说出了有杀头风险的这番真心话，原有对他戒备、怀疑的心理顿时烟消云散，不禁油然升起了对他的敬佩之意。

周颐福见周斯明专心倾听着，就继续往下说：我对共产党和八路军新四军偷偷作过一些研究，感到他们都是真正的爱国者，具有崇高的民族气节，是我们中华民族神圣抗战的中流砥柱。我相信他们决不会叛变国家和民族。因此，你和朱人达既然来自共产党新四军，我相信你们也不会真心情愿叛变国家民族。你们出狱后留在宁波替日本人做事，我估摸也是逢场作戏、等待时机罢了。大侄孙，你看我猜想得对不对？

周斯明想不到周颐福竟一语点破了自己的玄机，心中暗暗佩服他知人论世和观察问题的精细，但表面上仍装出若无其事的样子，对周颐福的提问没有明确表态。

周颐福沉吟了一会儿，以严肃的口气说：大侄孙，我比你年长30岁，社会阅历比你要丰富一些。当今外寇入侵，国难当头，无耻之徒卖国求荣，社会乌烟瘴气，物欲横流，你们年纪轻，接触的又都是些汉奸特务、不三不四的人物。作为一个长辈，我不得不把你找来，陈明利害，当面提醒你，请你可千万要当心呀！你不能跟那些人一样沉湎于歌厅酒楼，醉心于声色犬马，最后堕落成一个甘心为日本人卖命的民族罪人。到那时，大错铸成，千秋万代留下骂名，不仅你本人愧对列祖列宗，我也不好向家乡的父老乡亲们交代了。

一番掏心掏肝的肺腑之言，义正辞严，说得周斯明心里热乎乎的，心想在日、伪营垒中，原来并不乏像周颐福这样具有民族意识的人，这说明自己秉承敌工委指示，留在敌人“心脏”里战斗，并不是孤立的。

周斯明感动地说：叔公，你放心吧！今天叔公一席教诲，受益匪浅。我感谢你对我的一片真心，感谢你的谆谆教导。至于今后我会怎么样，千言万语并作一句话：请你看我的行动吧！

经和周迪道、冯禾青研究后，一致认为应把周颐福作为“交朋友”的对象，尽力争取他成为抗日大军中的一名成员。

此后，周斯明每隔几天就要到周颐福家里 次。名为探望长辈，实为做政治争取工作。见面次数多了，谈话内容也逐渐深入，除了谈一般的政治形势外，周颐福还经常讲一些日本人的动态、汪伪政权内部互相争权夺利的丑行。周斯明回来后，就把这些整理成情报送回了根据地。当然，这时的周颐福尚未意识到他是在向共产党新四军提供敌伪情报。

转眼快半年过去了，深秋的一天，周颐福突然打电话给周斯明，说有急事，请你马上来一趟。

周斯明一路小跑来到城南，刚进门，周颐福就把他拉进内室，示意妻子沈惠娟留在外间看门，然后关上门，神色颇为紧张地说：这几天，外面风声很紧，鬼子和伪军都有些异常，看起来又要到四明山或“三北”去“扫荡”了，老百姓又要遭殃了！你能不能向他们透个消息，使他们早点做好准备，减少一些损失？

周斯明说：这是一件有利于中国人的大好事，我一定想办法试一试。

情报送出以后，400小组经过研究，一致认为，周颐福虽然担任一定的伪职，但他憎恨日伪，有正义感，应该算是一个爱国知识分子，对共产党新四军的认识也逐步提高，政治上不断向我党我军靠拢，于是决定向他发送

《新浙东报》。报纸的来源是“邮检所”的潘善邦从日本人查获封存的报纸中偷出来的。

真理的光辉照到哪里那里亮，周颐福过去从来没有看到过共产党办的报纸，一旦见到以后，就被所向披靡的马克思主义真理和抗日救国的伟大事业所感召，所征服。他激动地对周斯明说：共产党的报纸使我看到了中国的希望，使我懂得了抗战必胜的道理。

为了加大争取力度，周斯明有时和王福林一同前往周颐福家。王福林担任过县委敌工部长，做这方面的工作可谓行家里手，对王所言周颐福常常听得津津有味，深为折服。

周颐福几次向周斯明和王福林打听周迪道（朱人达）的情况，夸“朱先生”有本事，很想见见面。经400小组研究后，一天把周颐福带到周迪道的住处呼童街101号，两人见面作了一次畅谈。

事后，周颐福评价说：朱先生有胆有识，处变不惊，是一位侠义之士。王先生（王福林）老练沉稳，很有见地，是一个有为的青年。说到周斯明，他诡秘地一笑，说：你这个侄孙呀，没有对你叔公讲真心话。我看得出，你们都有点像钻进铁扇公主肚皮里的孙悟空。

时机成熟了，经小组研究并报城工委批准，周斯明终于向周颐福公开了自己的真实政治身份。周颐福一听，掩饰不住内心的激动，紧紧握住这位侄孙的手，连声说：太好了，太好了！我就知道我们周家的人不会当汉奸。你们这样做，不是一二个人孤军作战，你们的后面站着强大的共产党新四军，站着全中国人民，我坚信你们一定能够取得最后胜利！

当周斯明将周颐福的详细情况向乐群汇报后，乐群高兴地说：让陈婕住到他家里去，我看最合适不过了。

第二天傍晚，周斯明匆匆赶到周颐福家。周颐福刚从办公室回来，周斯明向他简单问候以后，谈话就直奔主题，提出想让陈婕前来借住，并说明陈婕的真实政治身份。还说陈婕是温州人，宁波城里实在找不到一个栖身之地，希望叔公能鼎力帮忙。当然，实在有难处，也决不勉强。

当时的宁波城里，日本人驻有重兵，伪军也驻有一个师部和若干部队，加上伪组织、伪警察以及日本人豢养的大批“密探”、“联络员”等等，特务走狗多如牛毛，即使收留一个普通的亲友，有时也会祸从天降，弄得家破人亡，更何况收留像陈婕这样一个真正的新四军，如今又是共产党的一个地下工作者，万一被敌人发觉了，那是要人头落地的呀！

周斯明原先做好了周颐福托辞谢绝的思想准备。谁知出乎周斯明意料，周颐福毫不犹豫地答允了。他慨然说：共产党既然信得过我，我非常感谢！我这么一大把年纪了，能在有生之年为国家、为民族做点好事，即使赴汤蹈火也在所不惜。你就叫那位姑娘明天就来吧！再说，凭我的伪职身份，日本人和汪伪特务也许不会想到我家里会住着个新四军。人们不是常说"灯下黑"吗？！

周斯明千恩万谢。第二天，他就把陈婕带到周颐福家住了下来，一住就是半年多，直到抗战胜利。

从此，周颐福家又成了400小组的一个秘密联络点。

但是，陈婕和周斯明都是日本人抓捕后释放的，这一点几乎尽人皆知。两人都是400小组成员，这对日、伪方面是绝对保密的。现在他俩过从较密，外人会怎么看？会不会引起敌特的怀疑呢？

一天，沈惠娟笑嘻嘻地对周斯明说：大侄孙，你今年已26岁了，早该成家了。我看王小姐（陈婕住她家用的是化名王秀凤）与你倒是很般配的一对呢！

周斯明一听，脸上顿时露出尴尬之色，而陈婕已害羞得两颊飞红了。

其实，几年前在温州做地下工作时，陈婕就有过一段短暂、曲折、浪漫的恋爱史。当时担任永嘉县委组织部长、公开身份是温州联中教师的陈能孝，爱上了她。可是当陈能孝向她求婚时，她却一个劲地哭，使得练达的陈能孝也慌了神，呆呆地不知所措。后来经过了解，原来陈婕芳心已有所属，"白马王子"是同校另一位教师、时任地下党温州城区区委书记冯增荣。陈能孝没有二话，为冯增荣和陈婕主持了订婚，时在1941年冬。

1943年秋，党内出了叛徒，陈能孝等七位同志壮烈牺牲，冯增荣转移及时幸未遇难。陈婕则破网而出，死里逃生，辗转到了四明山抗日根据地，投入了新的战斗。她和未婚夫冯增荣的联系也就中断了（解放后冯在浙江省文联工作，专业作家）。

话题再回到周颐福家中。

周颐福笑道：别听老太婆瞎三话四的。现在兴自由恋爱，般配不般配是年轻人自己的事。不过依我看，你们倒可以用这种名义作个掩护，借此瞒骗外人，以免引起敌人的注意。

周斯明与陈婕对视了一下，彼此都点头表示同意。

此后，凡有人问周颐福夫妇家里怎么住进了一个年轻姑娘？周家夫妇就说：男青年是我们的远房侄孙，那位姑娘跟我们侄孙正在谈恋爱……

听两位老人这么一说，人们也就不再问长问短了。周斯明和陈婕在周颐福家里进进出出，也就有了“合情、合理、合法”的名份。

后来，浙东区党委决定邀请沦陷区的爱国进步人士到四明山抗日根据地参观访问，周颐福是邀请对象之一。不久后因日本投降未成行。可是，当他后来回到嵊县老家后，国民党特务说他是“通共分子”，图谋将他逮捕。亏得群众帮助，才摆脱魔掌，逃到了上海。这是后话。

一天，乐群急匆匆赶到宁波，直奔张黎的住处，说：四明山根据地出了一件令人震惊的重大事件！纵队司令部直属特务队队长逃跑了，还枪杀了一位老红军，凶残地割走了他的人头！我们400小组要全体紧急动员，迅速查清叛徒的去向……

第二十三章

叛徒向露云和杨明携枪投敌后，成了宪兵队的忠实鹰犬。400小组设计吸引他俩参加“十兄弟”组织，常常警告他俩：凡事不要做得太绝，要给自己留条后路！

乐群所说的令人震惊的“重大事件”，一是因为携枪逃跑的人曾任浙东游击纵队司令部直属特务大队副大队长，官衔虽不高但职位重要；二是因为此人伙同另一人逃跑时杀害了一位担任大队长职务的老红军，并凶残地割走了他的人头，委实令人发指；三是因为此人不久前曾率领国民党正规军一支便衣队举行反内战起义，受到了四明山根据地人民的热情欢迎，影响很大。如今突然逃跑，是否说明他当时就是假起义而逃回了国民党，还是逃到宁波投降了日本侵略者？

这么短短几个月内像变戏法一样翻手为云覆手为雨的“新闻人物”何许人也？

此人名叫向露云。

发生了这么大的事情，乐群奉命急速赶到宁波，布置400小组迅速查明向露云是否投降了日军。

乐群吩咐张黎速把陈婕找来。当时在日军“心脏”内秘密战斗的400小组七位同志，分别住在四个不同的地方。地下斗争的严酷环境，他们基本上是个别联系，很少凑到一起开会，以免暴露和被敌人一网打尽。但张黎和陈婕是女同志，同在一个牢房关押过，出狱后又同在汪伪政治保卫局谋过差事，情同姐妹，常来常往不易引起敌人注意。陈婕应召来到张黎住处。乐群叫她立即去找“402”周斯明，要“402”转告“401”周迪道，晚上在呼童街101号住处等候乐群，并要“406”莫奇做好“望风”，负责安全保卫工作。通过这样“转弯抹角”，晚上乐群与周迪道见了面。

乐群神色严肃地说：四明山出了大事，纵队司令部直属特务大队副大队长向露云和大队部医助杨明，带枪逃跑了。逃跑时还杀害了大队长程松，甚至残酷地割下了程的人头，带走了程的血衣。目前这两个叛徒的去向不明，估计十有八九是投降了日本人。当然也不排除他们起义就是假的，现在又逃回国民党顽固派那里去了。城工委指示你们，要尽快查明这两人的去向。如果投降了日本人，则要设法将他们处决。因为他们了解不少内部情况，对我们威胁太大了！当然也不能因此而暴露你们自己。

说起向露云这个人，他的起义在当时四明山根据地曾一度传得沸沸扬扬，倒也颇有传奇色彩。

1943年12月，四明山上空内战乌云翻滚。国民党第三战区集中10个突击营和3个挺进纵队共约四五万人，从天台进抵奉化一带，妄图将我浙东新四军一举歼灭。一天，第三支队政委林达向宣教股长林晖交代任务，要他带一个中队和八个侦察员前往溪口以北一线游击活动，对国民党10个突击营进行阻击和袭扰，尽量阻止和拖延敌人的进攻。四明山区的12月寒气袭人，清晨遍地霜冻，滴水成冰。一天，两位侦察员在雪窦寺附近捉到两个国民党突击营的便衣侦探，带到林晖面前。林晖一看都只有十六七岁，脸上还带着稚气，就好言抚慰，耐心审问。他俩说自己是突击第一营便衣队派出来的，队长叫向露云，全队20多人，全营600多人。后来这两人又被送到支队部、纵队部。他俩如实讲了国民党顽军的兵力、兵器、作战特点等情况，并要求参加新四军。纵队首长却想通过他俩把国民党军突击营便衣队争取过来。林晖秉承上级意图，修书一封，派他俩带回去面交便衣队长向露云。信上说：玩火者必自焚，搬起石头砸自己的脚。四明军民已做好充分准备，严阵以待。为民族存亡、国家独立而战斗而牺牲，千古传诵；为内战而亡，轻如鸿毛。队长如深明大义，定受四明人民欢迎，并肩战斗，前途无量，望先生当机立断，择善而从……

向露云看信后，又询问了两人被俘后的情况，展开了激烈的思想斗争……最后他提笔给林晖写了一封回信：

“林大队长鉴：来示敬悉。我原系延安抗日军政大学学员，现决心率部起义，请指定行动路线、到达地点，以免误会。请速回复。弟向露云。”

经过一番联系，向露云于1943年12月25日率国民党第三战区突击第一营便衣队17人光荣起义，还带来美式冲锋枪、卡宾枪12支、轻机枪1挺、英国造的装有黄色炸药、由雷管引爆的手榴弹14枚。这些新式武器对四明山新四军来说，是第一次见到。

林晖紧紧握着向露云的手，表示热情欢迎。向露云错把林晖当成第三支队政委林达，主动对林晖说：我父母都在内战时期被国民党军杀害了。抗战开始后，我到延安找到了我的一个叔叔，他在抗大当教育长，要我留在抗大学习。但我吃不了苦，后来跑了出来，进了国民党军队。我想，如果我能当上军官，就把队伍拉到共产党里来。看了你的信，我又受到很大震动，所以就把便衣队带过来了。

林晖好奇地问：你不是姓何吗，怎么改成姓“向”了呢？

向露云说：“何”字紧缩了就是“向”字；“向”字出了头，不就是“何”字了吗！说毕，放声地笑了起来。

林晖见这个二十六七岁的年轻人，能说会道，流里流气的，大概过多地沾染了国民党军队的习气。

浙东区党委书记、浙东游击纵队政委谭启龙，纵队司令员何克希亲切接见了向露云，高度赞扬了他的抗日爱国行动，并任命他为纵队司令部直属便衣大队副大队长。

向露云曾多次对人说：我原名何光化。宣鸣是我的姑姑，曾任湖南少共省委书记，“清党”时被国民党反动派暗杀。淑亚是我的婶母，光球、光鑫是我堂兄弟，1929年（民国十八年）红八军攻克长沙撤出后，他们均被杀害。我祖父、祖母均入狱，后来红军打下华容，他们虽被救出，但在狱中受尽折磨，出狱后未几即死去。光耀是我弟弟，一二八淞沪抗战时死于日本侵略军的坦克之下。定妙是我堂兄，听说已在冀南反“扫荡”中牺牲。光德、汉广是被国民党反动派暗杀的。还有平叮和宁志参加了新四军，但在皖南

林晖（左一），争取向露云起义时任新四军浙东游击纵队第三支队宣教股长，离休前任军委装甲兵杂志社社长。图为1989年4月他陪同上海《大江南北》杂志社副社长周斯明（中）等晋见原国务院副总理兼国防部长张爱萍（右一）

事变中也牺牲了。

向露云还多次对人说，他叔父早年参加了共产党，曾到法国参加勤工俭学，在井冈山时一次被反动派包围，为了掩护毛泽东等同志，他带了部队拼杀到最后，弹尽粮绝，英勇跳崖，幸被老乡救活，但腿成了残废。何家为革命死了这么多人，叔叔总是勉励何光化（向露云）要坚定革命意志前进，以竟死难未成之功。

可是，当林晖问他为什么要离开叔叔、离开延安时，向露云支支吾吾，欲言又止，最后不得不说：我离开延安抗大时，叔叔不知道，我是开小差出来的。

就是这个向露云，大半年前才弃暗投明，脱离国民党顽军，光荣起义参加了新四军，为什么又背叛革命，逃离抗日根据地呢？

当时四明山抗日根据地四面被日、伪、顽包围封锁，物资极端匮乏，军民生活非常艰苦，新四军指战员吃不饱，穿不暖，甚至连香烟、火柴这样的生活用品也很少，加之战斗频繁，终日行军打仗，部队伤亡不断，又缺医又少药，在国民党军队里过惯了花天酒地生活的向露云，哪里吃得了这般苦？他又不是共产党员，没有组织生活的严格约束和崇高的共产主义理想，后来又产生了叛逃的念头……

周迪道经过分析，认为向露云叛逃后投奔国民党顽军的可能性几乎没有，因为他基本上不会是假投降。顽军对投向新四军的“逃兵”、“叛徒”是决不会放过的，他回去不等于自找死路吗？可以肯定他是投奔日本人或伪军来了。可是驻宁波的日军部队、机关和汪伪各类组织及部队很多，他会投靠谁呢？

400小组的所有成员，尤其是周迪道，到处探听着向露云的下落。别以为周迪道当上了宪兵队的“密探”就能知道宪兵队里的一切。日本人鬼得很，对所谓的“八大密探”是分而治之，分头控制，互相制约，又互相保密，

新四军浙东纵队在四明山的医院

谁也不知道别人在干什么。各个“密探”所得的情报、所捕的人员，都分别向日本人汇报，日本人也是严格保密，所以周迪道对日本宪兵队里的情况，常常要通过各种渠道，运用各种方式，才能获知一二。

一天，周迪道来到开明街日本宪兵队，刚走进铃木办公室，就见到了两个陌生人。铃木没有准备，始而一愣，随即装作坦然的样子说：朱先生，来，来，我给你们介绍一下。这两位刚从新四军来，他们弃暗投明，决心与我们大日本皇军携手合作，共存共荣，建设和平。铃木用手指了指二十六七岁的一位瘦而稍高的人说：这位是向露云先生。他又介绍另一个稍矮而微胖的青年人说：这位是杨明先生，还是位医官呢！

铃木又对两人说：这位是朱人达先生，他原先也在新四军，后来参加了“和平”，现在我们皇军宪兵队里的干活。朱先生跟皇军合作得很好，亚西！

周迪道主动抱抱拳，对向露云说：向先生大名，我在四明山早已如雷贯耳，今日方才得见，大慰平生啊！

向露云也向周迪道报拳作揖，说：久仰！久仰！今后还望朱先生多多关照。

向露云起义后不久，周迪道就被日本人抓走了，因此他对周迪道是未知其名更未见其人。至于眼下周迪道的真、假两种身份，他更是一无所知。

周迪道向乐群报告后，乐群咬牙切齿地说：这两条疯狗果真投降了日本人，成了可耻的叛徒卖国贼。城工委有指示，如果他们投降了日本人，你们要想一切办法将他们处决。

领受任务后，周迪道和周斯明、冯禾青、王福林进行了多次密商，设想了几种方案。最佳方案是“借刀杀人”，即采用“离间计”，先让日本人不信任他们，然后借日本人之手将他们干掉。

一天，在翻译程明家里，铃木跟周迪道谈起了向露云和杨明。周乘机进言说：我看这两个人值得怀疑，你调查过没有？

铃木问：你有什么看法？

周迪道“挑拨”说：听说向露云原名何光化，他有个伯父是共产党的大干部。他从国民党投奔共产党以后，他伯父还特地从延安发来了贺电，刊登在《战斗报》上。这么一个大干部的侄儿，怎么会真心实意跟你们皇军合作呢？

铃木冷冷地说：朱先生的话也不是完全没有道理，我们再观察观察研究研究。

过了几天，铃木碰到周迪道，主动说：我们调查过了，向露云和杨明投奔皇军是真心的。他俩早有打算，还暗中策动了大队长程松一起投奔皇军。途中，当过红军的程松后悔了，他说离开新四军去给皇军效劳，太没有良心，还劝向、杨两人半路返回。向露云和杨明是铁了心的，晚上乘程松熟睡之际把他打死。为了证明对皇军的忠心，他们脱下了程松身上的血衣，杨明是医生，利索地割下了程松的人头，以作为向皇军的“晋见礼”。我们已派人去实地勘察过，程大队长的尸体还在呢！

铃木说完后，脸上还露出自信、得意之色。

周迪道想了一下，说：共产党新四军的干部这么轻而易举就跑出来了，是很少有的。这会不会是他们精心设计的“苦肉计”呢？

铃木是一个喜欢拍马奉承的人，一听周迪道唱反调，马上沉下脸色，说：朱先生，你到底是“和平”思想还是抗日思想？难道共产党和三、五支队什么就都好？他们那里难道就没有一个想跟我们皇军合作的人？

见此情景，周迪道心知“离间计”很难成功，连忙掩饰说：铃木先生，我也是出于对“和平”事业的一番好意。万一出了问题，怕你们上当受骗呀！

一旁的翻译程明也帮周迪道打圆场，对铃木说：朱先生也是提醒提醒你嘛！这种事的确是谨慎小心为好。万一真是假投降，出了事情，太君你也是吃不消的。

经程明这么一说，气氛才缓和下来。

400小组在研究时，认为铃木对向露云、杨明的投降看成是真心，加之这两人投敌后又卖力搜捕潜入宁波市区我方同志，为敌人立了功，敌人对他们更深信不疑，再用“离间计”肯定不行了。那么，找个机会将他俩杀掉行不行？大家七嘴八舌分析了一通后达成共识，认为很难找到机会下手。

即使冒风险将他们干掉，日本人也会追查，那样势必暴露了自己，上级要求400小组长期埋伏的计划就落了空。显然这个办法也不行。

议论来议论去，最后大家倾向于先采取拉拢的办法，约束和限制他们对我党我军的破坏，以减少我方的损失，同时创造除掉他们的条件。

经过个别串连，一天，宁波著名的"知味馆"店里陆陆续续来了十个人，都是日本宪兵队特高课、思想课"八大密探"手下的徒子徒孙，正好坐了满满一桌。

"403"冯禾青平时联络面广，朋友多，路子活络，他首先站起来敬酒，说：各位，在江湖上混，单枪匹马本事再大也不行。刘备、关云长、张飞桃园三结义，闯出了一个天下。今天我们十个人在一起聚一聚，今后我们就是互相帮衬、义结金兰的拜把兄弟了。不是同年同月同日生，但愿同年同月同日死，有难同当，有福同享，来，让我们先干一杯！

"十兄弟"的组织就这样成立了。其成员有十一人：400小组中的冯禾青、周斯明、王福林三人是核心，其余人员是："密探"孙桂芳原先的徒弟后自立门户的龚涛和周越生，冒充我三、五支队姚北办事处主任投敌的李诚，原为国民党定海区专员苏本善情报员、投敌后仍与国民党有千丝万缕联系的李之华，"密探"成建手下的"联络员"、原为上海滩小流氓沈瑛、毕业于汪伪军官学校的王志鹏，再就是刚投降日军的向露云和杨明。

"十兄弟"组织成立之前，乐群向浙东区党委城工委副书记丁公量作过汇报，得到了城工委的批准。丁公量指示，要通过我方400小组的三位同志，把这个组织牢牢地控制起来，利用它为我们的反间谍工作服务，通过它及时了解和掌握其他"密探"的活动，及时搜集日军、汪伪和国民党顽固派对我进行破坏活动的情报，使400小组更能眼观六路，耳听八方。至于对叛徒向露云和杨明，则要想一切办法减少他们对我方的破坏活动。

向露云毕竟只有二十六七岁，在旧社会旧军队中混迹时间还不长。杨明更年轻，在新四军是个排级干部，缺乏社会阅历，到了宁波更是连东西南北都晕头转向。他们二人如今面对这八九位"结拜兄弟"，认为都是些"老江湖"，在日本人面前都"吃得开"、"兜得转"，社会经验都要比自己丰富，所以见了这些"兄弟"都点头作揖，不管年纪比自己大还是比自己年轻，开口闭口都尊称为“大哥”，表现得毕恭毕敬，对“大哥”们所说的话，都唯唯诺诺，连声称是。

周斯明、冯禾青、王福林只要有机会，就要“提醒”向露云和杨明：老弟，多个朋友多条路，多个冤家多堵墙，更何况十年河东，十年河西，凡事都不要做得太绝，要多想想给自己留条后路呀！……

此后，向露云和杨明对我共产党新四军的破坏活动逐渐有所收敛。但他俩的存在，对我方仍是一个很大的威胁。

第二十四章

丁公量授意400小组用“时间差”跟日本人大打情报战，使情报工作有了新的突破。叛徒李平成了我方的心腹之患，400小组设计予以处决。

张黎打入汪伪政治保卫局宁波支局后，一天在抄写情报时，发现国民党顽固派邱友三部将于近日袭击鄞县西部抗日根据地庄市区。情况十万火急！他好不容易等到下班后，顾不得吃晚饭，就匆匆忙忙赶到城南陈婕住处，让陈婕速去报告周斯明。

这时，周斯明住在聚奎巷。他接报后，又匆匆赶到周迪道住的呼童街。

周迪道说：邱友三的镇海县自卫队，暗中与日本人和伪军相勾结，常对我根据地进行袭扰，得好好教训教训！城工委庄市区指导赵士忻和冯禾青相识，叫冯禾青迅速派厉瑞华去通知赵士忻，要赵士忻做好一切准备。

厉瑞华是400小组的外围人员，平时不参加小组的活动，以免人多了易于暴露。但在十分紧急的情况下，周迪道可以指定他履行特殊任务。

从宁波市区出城到鄞东北的庄市区，要通过敌人几道封锁哨卡。但厉瑞华熟门熟路，第二天就悄悄通知了赵士忻。

当顽固派邱友三带领他的自卫队到庄市区时，途中突然遭到新四军三、五支队的伏击。邱友三原以为自己这次行动神不知鬼不觉，谁知新四军早有准备。战斗只打了不到半小时，邱友三的自卫队就溃不成军，不少人缴械投降。

一则情报，使根据地军民又打了一次胜仗。抗战胜利后，当赵士忻碰到400小组成员时，一再表示感谢，说要不是你们的情报送得及时，我们就要吃大亏了。

张黎不久后当上了伪政保局情报课的文书。论官职，文书算不上是个“官”，只负责收收发发，抄抄写写，但该局有30多个特务专门搜集共产党方面的情报，每天从四面八方送来的情报都要经过张黎收进、抄写、上报，所以她这个文书是个很关键的职务，使张黎有机会接触到伪政保局掌握的许多重要情报。

一天，400小组中主要负责情报工作的王福林提出：能否利用张黎的有利条件，在情报工作方面来一个新的突破？

莫奇（徐笑奇）2005年荣获抗日战争胜利60周年军功章、纪念章

王福林当过县委敌工部长，在400小组中只有他干过专业的敌军工作，堪称“行家里手”，特别在开展情报工作方面是小组中最有经验的成员，大家对他都很尊重。乐群和周迪道对他更是言听计从，倚为股肱。

大家要王福林谈谈具体设想。

王福林经过多日的深思熟虑，早已成竹在胸。他侃侃而谈，说：我们400小组成员的公开身份，是日本宪兵队的“密探”、“联络员”；秘密身份则是我党我军的反间谍人员。因此我们也可以说是“双栖间谍”。这决定了我们的情报工作既要供给敌人一定的情报，应付和欺骗敌人，藉此取得敌人的信任；又要通过“假情报”迷惑敌人，并在政治上军事上起到调动敌人的作用；还要及时供给我方以可靠准确的情报，藉以打击敌人。这三个方面决定了我们情报工作的复杂性，在政策性和技术性上都不能出一丁点儿的纰漏。

我们的情报来源，有来自日军内部的，有来自各翻译、“密探”、“联络员”、伪军、伪组织、伪特务机关政治保卫局宁波支局、敌伪邮电检查所，以及医院、教会、敌伪群众团体，甚至国民党方面隐蔽的情报人员和工商界头面人物。由于我们小组各人情况的不同，接触对象的各异，在搜集情报方面也就自然地形成了不同的分工，例如：

周迪道同志（401）的公开身份是日本宪兵队的“密探”，搜集情报的主要来源是宪兵队中军曹以上的日本人、翻译、宪佐、其他“密探”以及伪军、伪组织和工商界中的上层人物。

周斯明同志（402）搜集情报的主要来源是打入伪政治保卫局的张黎（407）、陈婕（408）和伪盐务局课长周颐福、敌伪邮电检查所的潘善邦、“密探”高英烈手下的王建品以及日军的“密探”李诚、李之华，新四军军属费祖荫，在某钱庄工作的佘如清等。

冯禾青是宁波本地人，在宁波中学读过书，还在鄞县地下党工作过。除宁波市区外，周围地区均属鄞县。鄞县县政府和不少单位还住市区内，所以冯禾青认识的人多，接触面广，搜集情报的主要来源是各“密探”手下的“联络员”、徒弟以及伪军、伪组织的下层人员、社会上的各方人士。

莫奇（406）是女同志，公开身份是“朱人达”（即周迪道）的“家属”。人称“朱家”内当家，搜集情报的主要来源是“密探”、“联络员”和伪军、伪组织成员的家属。

王福林说：你们把情报汇集到我这里以后，我就负责分析、加工、整理，去伪存真，由表及里，然后分别请乐群（以前是张炎）送给城工委丁公量（粟后）同志，有些则交周迪道送给日本人铃木以迷惑敌人。几个月来的情况证明，我们的情报工作已经收到了很好的效果。现在，我认为应该利

丁公量（前排左二）和抗日战争时期浙东老同志顾德欢（前排左三、浙东区党委宣传部长，后为坚持浙东斗争的临工委书记）、张光（前排左四）、乐子型（前排左一）、袁啸吟（后排左一）、周斯明（后排左二）、王福林（后排左三）摄于杭州

用张黎同志的有利条件，在她复写伪政治保卫局报送给其上级和日军的情报时多复写一份，必须早于上交前一天交到我手中。这样，我们就可以跟敌人“打时间差”、“玩情报战”了。

大家听了很感兴趣，都赞同王福林的所思所言。

一天，张黎送来一份情报，内容是伪政保局已侦悉我浙东首届军政大会刚结束，谭启龙、何克希率纵队机关离开袁马，去向不明。

乐群和周迪道、周斯明、王福林等商量后，一方面叫张黎把情报先压一压，找份内容差不多的先上报，同时乐群匆匆返回根据地，向丁公量作了汇报。

丁公量沉思后，对乐群指示说：你马上赶回宁波，告诉周迪道，叫他速向铃木提供一则“最新情报”：浙东首届军政会议结束后，谭启龙、何静

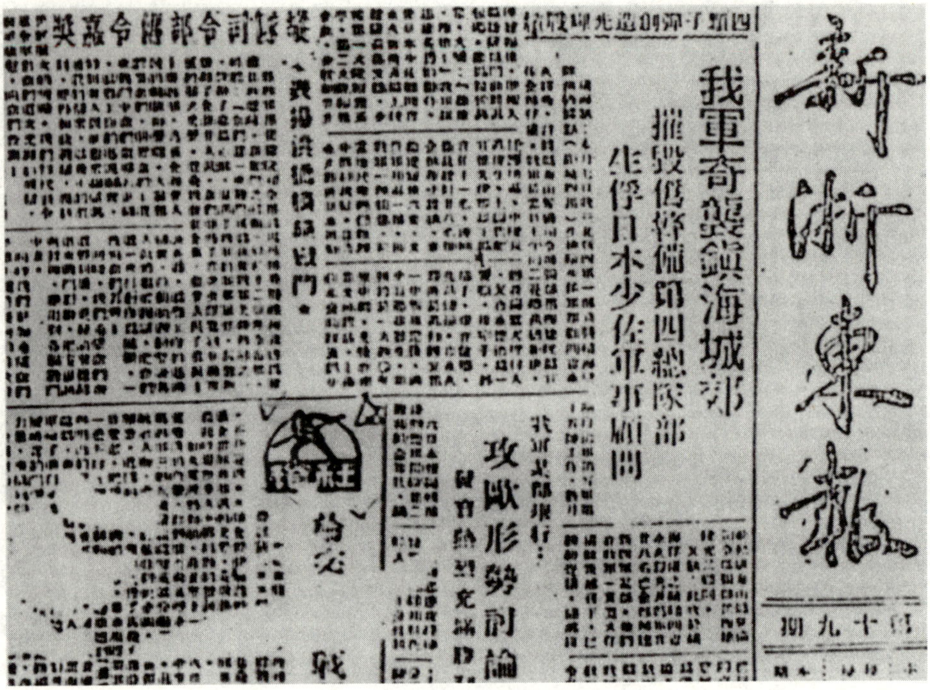
新浙東報

我軍奇襲鎮海城郊

摧毀偽警備第四總隊部

生俘日本少佐軍事顧問

攻歐形勢剖論

（何克希化名）已离开袁马，返回梁弄镇。然后我们再在《新浙东报》用显著位置发表一则消息，报道浙东纵队领导机关在梁弄镇召开大会，纪念苏联十月社会主义革命27周年和自卫反击战胜利一周年，谭、何首长出席了大会。日本人内部规定，相同的情报，谁先送就算谁的功劳。铃木对照伪政保局上送的情报和周迪道上送的情报，再对照截获的《新浙东报》，一定会夸奖周迪道的情报及时、准确、详细。铃木心目中对你们400小组周迪道、周斯明、冯禾青、王福林等人，就会另眼相看，这更有利于你们站稳脚跟，取得敌人的“信任”。

果然，后来铃木看到周迪道以后，面露笑容，拍拍周的肩膀，高兴地说：朱先生，你的，亚西！

在丁公量的统一安排下，400小组运用“时间差”的方法，多次给铃木提供“情报”，如“×月×日何静带精干小分队渡过姚江去三北”、“谭启龙昨天在梁弄召开大会，号召浙东军民自力更生抗击日本侵略者”，等等。铃木看到这类“情报”后，很快又会在从邮局查获的《新浙东报》上发现类似消息。这使他确认“朱人达的情报又快又多又准确”。不过，城府很深的铃木一般不轻易表露他内心的想法。

一天，铃木把一个名叫李平的人带来交给周迪道，吩咐说：李先生原先也在新四军，是庄市区的一个干部，他主动前来投奔皇军，愿意参加“和平”，思想大大的好！今后你们就带他一起干吧！

周迪道仔细打量李平，见他只有20多岁，中等个子，看样子长得很机灵，心想你怎么甘心当叛徒？老子今后不会给你好果子吃！但碍于铃木的面子，只得表面上跟他虚与委蛇。

这个李平投敌后，为了拍铃木的马屁，取得日本人的信任，搞到情报后不是先向周迪道汇报，再由周上报铃木，而常常越过周迪道，直接向铃木报告。周迪道心想：这小子想丑表功，抢头功，对我们400小组的反间谍工作来说，是个很大的威胁。一天，他跟李平“摊牌”了，警告说：你是我手下的人。宪兵队有规定，你的情报由我统一上送给铃木先生，你怎么可以越级上报呢？

竺扬，1939年5月任中共宁绍特委委员、宁波鄞县中心县委书记

李平自恃有铃木的信任，竟当面顶撞说：朱先生，你

我都是替日本人做事，有饭大家吃，有功劳你也分点给我嘛！

周迪道岂能受得了这样的抢白，直气得两眼发白。依他的脾气，真想狠狠地揍李平几个耳光！但想到小不忍则乱大谋，为了不暴露自己，还是“心字头上一把刀——忍了吧！”

400小组研究后，决定对铃木进行挑拨离间，借刀杀人，通过日本人之手干掉李平。

一天，周迪道找了个机会，对铃木说：根据我的观察了解，李平这小子十有八九是来假投降的，是新四军派他专门来刺探我们的情报的。他在中间这么一搅和，弄得我手下的人现在难以开展活动了。

铃木听了摆摆手，淡然一笑，说：朱先生，我知道你跟李先生合不到一块。你们中国人有句名言：宰相肚里好撑船。为了大日本皇军的利益，希望你宽容大度，跟李先生精诚团结，好好合作。

“离间计”开头虽然没有成功，但后来铃木经不起多次撺掇，终于同意让李诚干掉李平。

经过周密研究，决定由周斯明和冯禾青协助李诚执行这一任务。

一天傍晚，周斯明和冯禾青“热情邀请”李平到一家餐馆吃晚饭。冯禾青还亲切地与李平“拉老乡”，说一些鄞县庄市的风土人情、民俗民风，边说边劝酒，把李平灌得醉醺醺的。

暮霭降临，天色昏暗，周斯明和冯禾青将李平骗到郊外，两人一把将李平推倒在地上，喝道：你这个可耻的叛徒，背叛祖国，投降日军，今天你的末日到了，我们代表人民将你处决！说毕，周斯明拔出手枪对准李平“砰！砰！”连开两枪，李平猝然倒地，一动也不动了……

谁知周斯明是个书生，参加新四军后一直在报社和印刷厂工作，从来没有开枪处死过人。他这两枪并未打中李平要害。等他们两人离开后，李平又慢慢苏醒过来，他想宁波是回不去了，于是又逃回了庄市。400小组很快获知了这一情况，马上转请庄市区将叛徒李平予以处决。

铃木几天没有见到李平，问周迪道是怎么回事？周迪道说：我早跟你说这个人是假投降，听说他又跑回新四军三、五支队去了。

铃木“嗯、嗯”了两声，满头雾水，没有再说什么。

第二十五章

日军大队人马赶到宁波地下党联络站，经理吴唐华早已得到通知人去楼空。鄞县地下党特派员竺扬被400小组机智营救出狱。

日本宪兵队的“密探”、“联络员”等特工成天在宁波市区、交通要道和轮船上出没，搜捕共产党新四军的地下工作人员。一天，叛徒向露云和杨明在轮船上突然发现了化装成小商人的一个“可疑人物”。杨明压低声音对向露云说：你看那个戴黑色礼帽、拉低帽檐、穿灰布长衫的人，像不像浙东纵队后方医院的指导员竺扬？

向露云仔细端详后点点头，说：就是他。

轮船靠岸后，正当竺扬上岸之际，向露云和杨明突然窜到他面前，吆喝说：指导员，你好呀！你该认识我们吧？请你跟我们到宪兵队走一趟。

铃木听说抓到了新四军后方医院的一个指导员，就亲自审讯，问他来宁波干什么？

竺扬是个老同志，早在土地革命战争时期就入了党，参加过八一南昌起义。后因叛徒出卖，宁波及各县党组织被破坏殆尽，他也失去了组织关系。抗日战争爆发后，他的老师朱镜我回到鄞县老家。朱镜我曾任中共中央上海局宣传部长，他指示竺扬等人到上海去找八路军办事处，终于接上了党的组织关系。上级还批准建立浙东临时特别委员会，朱镜我任书记，竺扬是委员之一。1938年5月，竺扬又被任命为奉化县工委书记，重建了被破坏的奉化党组织。1940年11月，竺扬到皖南参加了中共中央东南局召开的浙江组织部长会议。根据党中央关于“隐蔽精干，长期埋伏，积蓄力量，等待时机”的方针，他奉命撤退到苏中抗日根据地。后来为开辟浙东，竺扬又“打回老家去”——回到浙东工作。1944年8月，浙东区党委为加强城市点线工作，指派竺扬任城市工作特派员（又称二线工作特派员）。但他这个身份是秘密的，在不同的公开场合，他有不同的公开身份。

竺扬面对铃木的审讯，知道向露云和杨明这两个叛徒已经出卖了自己，共产党员、医院指导员的身份想瞒也瞒不住了，于是心一横，说：你们不是已经知道了吗，我是共产党员，医院的指导员。

铃木又问：指导员阁下，你到宁波来干什么？

竺扬心想，好在向露云、杨明这两个叛徒并不知道自己党内的真实职务，那就按医院指导员这个身份继续蒙骗敌人吧！于是他说：医院里伤病员多，缺医少药，我到宁波是来采购医药用品的。

新四军浙东游击纵队后方医院遗址

铃木不愧是个日本特务，他仔细审视竺扬，见其年近40，虽然戴了顶礼帽，但气宇轩昂，眉宇间透出一股英气，回答有条不紊，态度沉稳，心想此人决不只是个小小的医院指导员，于是嘿嘿一笑，说：采购医药用品区区小事，何劳你指导员阁下亲自出马？我看，你是新四军三、五支队派来的情报人员吧？你必须老实交代你到宁波来有什么特殊使命？

竺扬面不改色，沉着地说：救死扶伤，实行革命的人道主义是我们的最高职责。对于我们医院来说，没有比抢救伤病员的生命更为重要的了！这是头等大事，我身为指导员，新四军的政工干部，我不冒险亲自出来，谁来？

铃木见竺扬说得振振有词，眼下也没有凭证断定他是情报人员，于是下令将竺扬押送牢房严加看管。

第二天，铃木问周迪道：朱先生，三、五支队有个叫竺扬的人，你认识吗？

周迪道大吃一惊，心想竺扬难道也被宪兵队抓来了吗？但他脸上不露声色，摇摇头，说：不认识。

铃木说：向露云、杨明告诉我，竺扬原先在三、五支队医院工作，职务是指导员。我对他审讯时，他毫不隐讳地承认了，但我总有点不相信。

周迪道任南山财经委主任时，知道竺扬的党内职务。他俩都是1927年参加革命活动的老党员，原先就相识。周迪道庆幸竺扬没有暴露自己的真实身份。为了试探铃木的口气，他故意问铃木：依你之见，你认为他是个什么样的人？

铃木诡秘地一笑，很自负地说：依我的判断，他不是来采购医药用品的指导员，很可能是三、五支队的情报人员，是负有重要任务来宁波的。接着，铃木要周迪道审讯竺扬。

下午，竺扬被单独带到一个审讯室里。周迪道故意装作不认识竺扬，待日军离开后，见室内旁无他人，周迪道对竺扬说：你怎么在小鬼子面前暴露了自己的党员身份了呢？

竺扬长期从事党的地下工作，从周迪道的神色和说话的底气中，感到他是可以信赖的，于是说：我住医院较长，临时兼任了病区的指导员，还参加了党支部，任支部委员，常给大家上党课。杨明是医助，也是党员，怎能瞒得了他呢？好在他并不知道我的特派员身份。但我随身带有几份重要材料，鬼子尚未对我搜身，请你帮我把它们处理掉。这样，敌人如施以酷刑逼供、搜身，我也无所顾忌了。

说毕，竺扬从所穿长袍夹缝中，取出了几小张书写得密密麻麻的小纸条，交给了周迪道。

周迪道接过放好后，对竺扬说：铃木已判定你不是医院指导员，而是我党我军的情报人员，依我看，你就这样承认好了。其他的我来想办法。

周迪道心想：日本人最近多次要我们调查几家书店，怀疑他们与共产党新四军有联系。日军还特别怀疑开明书店是我党我军的一个地下联络点，准备很快就要动手逮捕书店老板吴唐华。他和这个联络点肯定是"保"不住了。自己今天晚上就通知他们转移，不会造成什么损失的。但我要借此作点"文章"。

"提审"完竺扬，周迪道回到住处后，即令周斯明把竺扬随身携带的秘密材料加以销毁，同时派冯禾青迅速通知宁波地下党转告吴唐华立即转移。

原来，吴唐华早在1938年3月就参加了中国共产党。根据组织决定，他以个人积蓄和同志们的资助，创办了新生出版社（亦称新生书店），作为党的秘密联络点之一。1939年4月，吴唐华任鄞县城区（宁波市区）区委书记，曾机智勇敢地掩护杨思一、应起、王文祥等领导同志多次脱险。1941年4月宁波沦陷，吴唐华奉余姚中心县委书记应起之命，在开明街以"浙江文具店"（人们习惯地称为开明书店）为掩护，暗中进行党的地下工作。1944年夏竺扬曾秘密进入宁波，要吴唐华为浙东纵队采购运输物资，吴唐华克服艰难险阻，出色地完成了任务。不久后，浙东行署要发行抗币，急需印钞票的高级纸张。吴唐华想方设法，把国民党"浙江地方银行"撤出宁波时遗留在仓库里的印钞纸搞到手，并机智地运送到了四明山根据地。

吴唐华个子较瘦，但西装革履，戴一副近视眼镜，很有派头。当时，宁波城里日、伪特务多如牛毛，敌人对这位书店老板产生了怀疑。正当敌人准备对他抓捕时，他得到通知，立即带全家连夜离开了宁波。

周迪道到宪兵队找到铃木，诓骗说：奉你之命，我提审了竺扬，他说这一次是奉命来与开明街“浙江文具店”的老板吴唐华联系的。吴唐华是共产党在宁波城里的一个情报人员，是专门搜集皇军情报的。这个人知道皇军的许多情况。我建议迅速派人去把那个吴唐华抓起来。

铃木迅即报告了宪兵队长大场敬次。大场立即下令逮捕吴唐华。

可是，当日本宪兵、翻译、密探等赶到“浙江文具店”时，只见店门虚掩，日本兵一脚踢开店门闯进店里，哪里还有什么人影，早已人去楼空了。

没有抓到吴唐华，铃木一脸沮丧，他怀疑有人走漏了风声，但没有想到这是周迪道施展的计谋。他问周迪道：朱先生，你看会是什么人泄露了皇军要抓吴唐华的秘密？

周迪道灵机一动，凑到铃木跟前附耳低言：我看八成是向露云和杨明这两个小子。我早就怀疑他们是来假投降的。至于竺扬嘛，他一下船就被抓来了，一直关押在宪兵队里，他压根儿不可能去通知吴唐华的。

铃木“唔、唔”了两声，没有再说什么。

周迪道又说：铃木先生，竺扬既然承认了是三、五支队的情报人员，关在牢房里也没啥意思，我建议把他放了。你把他交给我，我可以试试做他的工作，劝导他留下来跟皇军合作，参加“和平”大业，然后把他派回四明山去搞情报。

400小组又通过徐章翠去劝说铃木释放竺扬。铃木见“徐家姆妈”亲自出马来替周迪道说话，心想不妨做个顺水人情，然后让周迪道把竺扬派到根据地去搞情报，于是同意将竺扬释放。

竺扬出狱后，悄悄返回四明山根据地，投入了新的战斗。

第二十六章

侦缉队长依仗“梅”机关权势不买宪兵队的账。周迪道调动密探联络员70余人砸了侦缉队，放走全部犯人，轰动了宁波。

一天，乐群从四明山根据地来到宁波，向周迪道传达了城工委的指示：我军有位指导员的父亲，在宁波城里开了一家小商店。前几天日本人侦悉他的儿子在新四军，就把他关进了监牢，我们要尽力把他营救出狱。

周迪道经过一番调查，了解到抓捕这位军属老大爷的不是宪兵队，而是侦缉队。侦缉队不属宪兵队管辖，而属驻宁波的日本特务机关“梅”机关管辖。

据说日本侵略者在中国的特务组织，有“梅”、“兰”、“竹”、“菊”四个系统，其中以“梅”机关最为庞大，最有权力。它成立于1939年8月，以影佐祯昭为机关长，亦称影佐机关。其任务是扶植、操纵汪精卫卖国集团。1940年3月汪伪国民政府成立后，影佐祯昭出任最高军事顾问，梅机关的不少日本人均身居要职，权力大得很。不过，当时驻宁波的日军，警备队、宪兵队是公开的，“梅”机关是隐蔽的，但它可以指挥一切，权力比宪兵队还大。

一天，周迪道找到铃木，有意“挑拨”说：铃木先生，我了解到侦缉队抓捕了一个小店老板，他儿子虽然是新四军，我认为这样不大恰当。如果家属统统要抓，这不是逼着他们都倒向新四军吗？宁波城里不就乱了套吗？

宪兵队与侦缉队本来就有矛盾，经周迪道这么一撺拨，铃木也有点来气，说：朱先生言之有理，我打电话向侦缉队问一问。

周迪道第二天见到铃木时，不料铃木摇摇头说：侦缉队长不好说话。

其实，周迪道早就知道这个侦缉队长是台湾人，又是“梅”机关机关长的干儿子，平日里目中无人，根本不把宪兵队放在眼里。他早就估计铃木很可能说不上话。但这样一来会增加日本人之间的内部矛盾，对我们是有利的。

周迪道一听，故意装出十分气愤的样子，说：这个侦缉队长太不象话了，竟然连您的面子也不给。继而以打抱不平的口吻说：铃木先生，我找人去给你把面子争回来好不好？

铃木哪里受得了一个台湾籍侦缉队长的奚落，心里早窝了一肚子火，很想出这口恶气，他问周迪道：朱先生，你打算怎样去替我争回面子？

周迪道拍拍胸脯，说：这您就甭管了，一切交给我来办。

铃木没有吭声，既没有摇头也没有点头。周迪道心想这个鬼子狡猾狡猾的，不愿承担责任，但看得出他内心已经默许了。

傍晚时分，周迪道发动和串连了“八大密探”和他们手下的“联络员”共约七八十人，每人带一支短枪，吩咐周斯明和冯禾青负责率领，浩浩荡荡直往侦缉队驻地杀奔而去。但周迪道自己却不出面，躲在幕后指挥，出了问题也便于协调处理。

侦缉队里的不少人，跟400小组成员平时常有往来，厮混得很投机，可说得上是“酒肉朋友”。为了减少阻力，周迪道派人先悄悄跟熟人打了招呼，叫他们“骂不还口，打不还手”。

冲击侦缉队的七八十人手提快慢机，飞步冲进侦缉队的大门。看门的卫士连忙退避三舍，很多侦缉队员躲到一旁作壁上观。大队人马如入无人之境，把侦缉队的桌椅板凳和玻璃窗砸破，把电话机摔在地上，最后冲到监牢，一不做二不休，干脆砸破牢门，把“犯人”都释放了。那个指导员的父亲，当然也在释放之列。

这一件事一传十，十传百，很快轰动了整个宁波城。

侦缉队长事先毫无思想准备，被周迪道的突然袭击打得措手不及，只得慌慌张张从后门逃出了侦缉队。他逃到“梅”机关，找到干爹边哭边“告状”，说宪兵队“密探”朱人达派人把侦缉队给砸了。

侦缉队长的“干爹”是个日本人，他拿起电话机打到宪兵队找铃木，把铃木狠狠训斥了一顿，责成铃木“严加追究”。

铃木心知肚明，在电话里对侦缉队长的“干爹”满口答应“追究”，但心里却暗暗高兴，知道此事因自己而起，对朱人达感谢还来不及，哪里还能再“追究”他？但“梅”机关也不能得罪，于是铃木灵机一动，想出了一个两头不得罪的应付之策。

第二天，他把参加攻打侦缉队的“密探”和主要骨干召集起来，一口一个“八格牙鲁”、“死了死了的”，把大家骂了个狗血淋头。但他却把为首分子朱人达（周迪道）故意没有召来。

有一个人找到周迪道通风报信，说：朱先生，大事不好了，铃木大发脾气，正在训人，看来今天都要“吃生活”了（宁波土语，意谓要被打被关了）。好汉不吃眼前亏，你还是快点躲一躲吧！

周迪道毫不畏惧地说：事情是我干的，好汉一人做事一人当，我去见铃木！他心想：在这种情况下，我不是勇敢地站出来，而是像缩头乌龟那样躲着不敢出来，甚至逃之夭夭，今后在众“密探”和他们的喽啰面前，就会被他们瞧不起，就会失去“威望”，怎么还能开展工作呢！

铃木正在大发雷霆、厉声训斥之际，周迪道突然闯了进来，众人一见，都惊愕不已，为他捏了一把汗。

周迪道走到铃木面前，双手抱拳一拱，昂然地说：铃木先生，这件事是我请他们去的，跟他们没有关系，要关要罚，就关我罚我好了。

铃木成竹在胸，一面令众人退出，一面拿起电话机要侦缉队。他对侦缉队长说：队长阁下，请你过来一下，我已把朱人达扣在我的办公室，请你过来亲自问问他。

侦缉队长一听喜出望外，就兴冲冲地赶到了宪兵队。

铃木对侦缉队长说：这位朱人达先生，你过去认识吗？

侦缉队长说：朱先生，久闻大名，如雷贯耳，但少会、少会。

铃木介绍说：朱人达原先在新四军，现在真心实意参加了“和平”，是我们宪兵队的“密探”，跟皇军合作得很好。

侦缉队长连连点头，说：那是，那是。

周迪道接过话茬，说：铃木先生打电话向你们问一个人的情况，是你接的吧？

侦缉队长又连连点点头，说：是我接的电话。当时铃木太君要我们放一个人，但我想那个老板的儿子是新四军，不能放他。

周迪道正色说：队长阁下，这就是你的不是了！新四军是中国人，难道中国人都是新四军？儿子是新四军，难道老子也一定是新四军？你们凭什么抓他？如果这样的人都要抓，岂不把很多人逼到共产党新四军那边去了？这点道理难道你都不懂？

一席话，把侦缉队长说得哑口无言。

周迪道又说：铃木先生跟你打电话，你如果能给太君一点面子，答应把人放了，也就没有昨天的事了。可是你连铃木先生的面子都不肯给，只能说是祸从己出，咎由自取。

身在日本宪兵队里的侦缉队长，心想自己只不过是个台湾人，日本人不能随便得罪，更何况是宪兵队里的“长官”铃木，惹火了他，吃不了也得兜着走。想到这里，他满脸堆笑，连声说：朱先生说得在理，万望铃木太君海涵，多多原谅。

铃木顺势说：好，好，你们中国人有两句俗话：“不知者不罪”、“不打不相识”。来，来，来，我给你俩拉拉手，今后做个朋友。

周迪道主动伸出了手，说：队长阁下，不打不相识，打后成朋友，咱俩今后就是好朋友了。

侦缉队长见这般架势，还能再对周迪道兴师问罪吗？于是不得不伸出手来，跟周迪道握了握手。

铃木对侦缉队长说：你们侦缉队有钱，今天晚上你们做东，在中央大酒楼请客，把朱先生和“密探”们都请去聚一聚，今后大家互相关照，更加尽心竭力为“大东亚共存共荣”效劳。

侦缉队又挨打又花钱设宴赔礼，铃木的“面子”被周迪道“挣”了回来，新四军指导员的父亲被营救出狱，而周迪道在众“密探”及其喽啰中的“威望”，也就更高了。

完成了组织上交给的营救任务，周迪道内心喜滋滋的。但是，从四明山根据地回来的乐群，却向他兜头浇了一盆冷水。原来，周迪道为了进一步迷惑敌人，站稳脚跟，认为取得日本人铃木的信任是个关键。加上最近几次营救任务虽然得手，但也存在不少困难，带有一定的冒险性，随时都有暴露的可能。他想，铃木这鬼子对自己虽然多次夸奖，但内心深处对自己的不信任感根深蒂固。为了蒙骗鬼子，必须进一步装成对鬼子“赤胆忠心”、“毫无二心”。

一天，铃木与周迪道谈话说：朱先生，希望你马上给我制订一个“以毒攻毒，以共反共”的工作计划，这是木场队长亲口向我交代的。

周迪道脑子转得快，为了应付铃木，他边想边说：我有个计划先说给你听听，计划的要点有三：一是通过软化三、五支队的人，使其对付三、五支队；二是通过教化共产党人之心，使其对付共产党；三是凡宁波市区和附近各县抓到的共产党新四军一律送交宪兵队，再交由我审问。我则分别情况，该杀的杀，该关的关，该放的放，该留的留。如能这样，我们的工作将会干得更好。

铃木边听边点头，他想朱人达的这个计划，非常符合大日本帝国“以华制华”总的战略意图，并足以证明此人对皇军的“忠贞不二”；另一方面又感到绝不能把抓到的共产党新四军都交给朱审讯，这会形成尾大不掉的局面，对此人就难以驾驭了；何况这还会引起其他“密探”的群起反对，是万万不行的。

想到这里，铃木脸上露出笑容，对周迪道说：朱先生，你的“以毒攻毒，以共反共”的计划大大的好！你快把它写下来，我马上去向木场队长报告，队长阁下一定会大大的夸奖你。说毕，就从抽屉里取出纸笔要周迪道当场就写。

周迪道说：待我回去后再找人充实充实，然后再写了呈报给你。

周迪道回到住处，将自己今天在铃木面前说的“反共计划”讲了一下，不料却引起400小组同志的强烈反对。

丁公量听了乐群的汇报，也感到周的做法甚为不妥，对敌人要求的制订这种全面的“反共计划”，不能轻易地随意答应，可先做表面应付，随后由小组研讨出一个初步的应对方案，其内容应以既可引起敌人兴趣，以迷惑敌人；又可进一步为我利用，更方便我们的活动。同时，也要反映有一定困难，并要求敌人给我们一定的条件和权力，对派出人员要给予更多方便。然后将计划内容报送城工委研究同意后，方可送交敌人。而现在周迪道未经集体研究和组织批准，随意答应敌人的计划内容，极易造成自己被动，有违组织原则，今后应注意。

周迪道听了批评，开始还感到有些委屈，心想当时情况紧迫，哪有时间先汇报请示；再说，我的前两条是为了应付日本人，第三条才是关键。日本人如能按我的计划做，把抓到的我方人员先交给我审讯，也不至于出现向露云、杨明的情况。但转念想想，丁公量的批评也有道理，跟日本人斗，必须依靠组织，依靠党和人民的集体智慧，光凭自己心血来潮，一个人单枪匹马，再有能耐也绝非长久的取胜之道。思想通了，他愉快地向小组人员和城工委表示：我虚心接受批评，今后一定注意改正。

第二十七章

一只沉甸甸的皮箱里装满炸药。周迪道进入火车站时遭到严密盘查，他灵机一动，交给同行的宪兵曹长木场，曹长笑问：朱先生，你做金子生意发财呀？

一天，周迪道接到指示：四明山根据地军工部门为了生产手榴弹，急需钢铁原材料，速从宁波搞一批送去。

浙东抗日根据地是从无到有、从小到大一步步发展壮大的，军工部门亦如此，刚开始时只有一个八九个人的修械所，只能修理一些枪械。后来，军工队伍逐步壮大，增加到上百人，并开始制造手榴弹、地雷、长短枪子弹、枪榴弹、掷弹筒、六〇炮弹、迫击炮弹，以及黑色火药、炸药等等。周迪道任南山财经委主任时，还曾提供过经费支持。

浙东根据地是全国19块抗日根据地中最小的一块，但也是受到敌、伪、顽四面包围夹击最严重的一块。由于战斗频繁，弹药、炸药、手榴弹消耗量极大，武器弹药的来源十分匮乏，特别是弹药奇缺，即使是主力部队，通常每个战士也只有十来发子弹、一二颗手榴弹。因此，解决武器弹药供应成为浙东新四军的一个迫切问题，否则无法保证战斗力。

四明山根据地制造武器弹药的原材料，主要靠宁波、上海、杭州等敌占城市的地下工作人员秘密采购供应。但400小组主要任务是搞情报，这次要他们负责采购军工材料，说明情况十分紧迫。

周迪道与组内同志密商后，决定全组和所有外围人员，分头通过关系采购。所需经费从“敲竹杠”所得中支取。

当时日本人对战略物资严加控制，要采购到能够用于浇铸手榴弹外壳的原材料，几乎难于上青天。怎么办？有的同志提出购买一批自来水管，再雇人把它敲扁，然后由外围人员周庆用小船运往根据地。事情很快办成了。

周迪道1959年刚从部队转业到地方时

从宁波敌占区往根据地运送物资，要闯过多道关卡和层层封锁线。周迪道取出自己的名片交给周庆，叮嘱说：凡遇日本人和伪军盘查，你就说是“宪兵队朱家的货”，同时多准备一些伪钞和香烟，主动“孝敬”他们。俗话说：钱能通神。多花点钞票，常常能化险为夷。

这批原材料运到根据地后，新的任务又下来了，要尽速采购一批紧缺物资，以供制造弹药之急需。

无论是日军或国民党顽固派，对运往抗日根据地的战略物资都严加控制，特别是直接用于制造武器弹药的军用材料，更是“滴水不漏”。在当时购买这些物资，一旦被敌人发现，随时都有掉脑袋的可能。

400小组进行了多次研究，仍感到束手无策。

一天，周斯明到叔公周颐福家去跟陈婕联系，心想，通过周颐福，能不能搞到这些紧缺的军工原料？

但是，周斯明又想到，过去周颐福虽然也向我们提供过情报，但这只是把他所知道的告诉我们，不必假手他人，相对来说风险小一些；现在，如果要搞到这些紧缺物资，周颐福必须再另外托人。转手的人多一个，就多了一分泄露秘密的可能。万一哪个环节上泄了密，他周颐福就要人头落地了，那我这个侄孙怎么向老人家、向年近半百的叔婆以及他们的家人交代呢？

周斯明反复权衡，仍下不了向周颐福开口的决心。

周颐福仍像往常一样热情款待周斯明，并叫妻子多烧了几个菜，留周斯明吃晚饭，说：今天天气冷，我们爷孙俩喝点绍兴老酒暖暖身子。陈婕也陪同他们一起吃饭喝酒。

新四军浙东纵队枪械所旧址之一的余姚县晓云乡陈天龙村枪械所

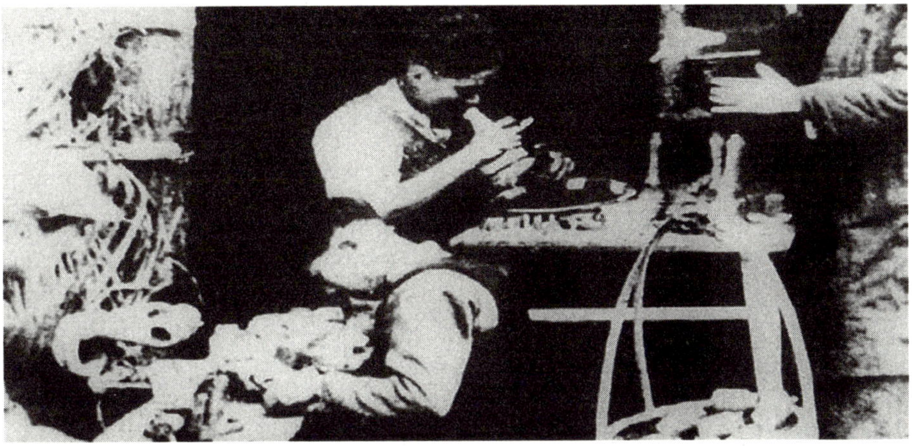

浙东纵队枪械所工人在生产武器弹药

酒过三巡，周颐福打开了话匣子，把他近日来在伪盐管局的所见所闻一五一十详细告诉了周斯明。

周斯明下决心作点试探，遂问道：叔公，你们盐管局有没有下属工厂呀？

周颐福说：有呀！

周斯明又问：下属工厂里有没有原材料呀？

周颐福说：应该有吧。

话说到这个份上，周斯明心想干脆挑明了说吧！于是他问周颐福说：叔公，如果我们想搞点军工生产的原材料，你看行不行？

周颐福一听，立即放下手中的筷子，警觉地瞪大了眼睛。他深知日军对军工生产的原材料控制极严，是很难搞到手的。周斯明见周颐福脸色严峻，沉默不语，知道他有难处，也就不再多问。

室内一下子变得悄无声息，气氛肃然，只有时钟滴滴答答走动的声音。

最后还是周颐福打破了沉默，说：大侄孙，你说的我全明白了。这件事万一被日本人发觉了，你我都会以“资敌”、“通共”的罪名被处以极刑。但是，我们中国人是从来不怕死的，更何况不知有多少中国人被鬼子杀害了，你们新四军为了替中国人报仇雪恨，为了救人民于水火，勇敢地扛起了抗日救国的大旗，我从心眼里敬佩共产党新四军！好吧，我想想办法，尽量给你们搞一点，但数量不可能很多。

听了周颐福这席话，周斯明激动地举起了酒杯，并邀请陈婕一起恭恭敬敬地向周颐福夫妇敬酒，说：我代表新四军指战员，代表四明山根据地抗日军民，向叔公表示感谢！

过了几天，周颐福打电话给周斯明说：大侄孙，晚上请你到我这里来吃饭。从他轻松喜悦的语气中，周斯明预感到大功告成了。

果然，周颐福搞到了十分紧缺的军工材料，虽然数量不多，但这是“身在曹营”的他对抗日事业献上的一份忠诚。

周斯明又找到了费祖荫。他知道这位50多岁的费家娘舅跑单帮生意，门路很多。他有个女儿在新四军，所以他对新四军有感情。经周斯明悄悄说明情况后，费祖荫冒着巨大风险，搞来了一些紧缺物资。

搞到这些紧缺军工材料后，怎么运出宁波敌占区，仍是一个大问题。

周迪道找来了周庆，把这个艰巨任务交给了他，并叮嘱说：这次运送任务关系重大，务必做到万无一失。光运送这些军工材料，目标太大。我另外给你一笔钱，你再购买一些日常生活用品，如食盐、火柴、香烟、老酒、豆腐乳等等，把这些军工材料藏在空坛里，把空坛夹在老酒坛、豆腐乳坛中间，这样就不易被敌人发觉了。

周迪道又问周庆打算走哪条路线？周庆想了想，说：我还是打算走你上次打通的那条路线。伪中央税警队的王科长和他手下的那些伪警，我已打过几次交道，比较熟悉了。再说王科长贪心重，多塞给他几张钞票，他就放行了。

经过400小组的周密计划，一些紧缺的军工材料顺利地运到了四明山根据地。

400小组在采购和运送军用物资方面，故事多多，其中最有传奇色彩的，是巧借日本宪兵队曹长之手从上海运出了一箱炸药。

一天，上级通知周迪道：上海地下党为浙东纵队搞到了一箱炸药，但无法运出，命令周迪道速去上海，务必设法将炸药送到四明山根据地。

400小组开会商讨，周迪道提出了几套方案，但无论采用何种方案，都必须由他本人亲自出马去上海见机行事。

但身为宁波日本宪兵队的“密探”，周迪道去上海总得找个“理由”，才算“师出有名”呀！

真是无巧不成书，一天，周迪道在翻译程明家里闲聊时，忽听他老婆无意之中询问程明：去上海白相穿啥衣服呀？

程明回答她说：就穿你新做的那件小桃红缎子旗袍吧！

周迪道一听“去上海白相”五个字，忽然心中一亮，真是天上掉下好机会，何不趁机跟他们夫妻一起去趟上海，顺便取回炸药！

短短几秒钟时间，周迪道就作出了反应，他装作漫不经心的样子，问道：程先生准备和程太太一起去上海白相？

程明脸上露出得意之色，说：是宪兵队特高课长木场太君想去上海白相，他邀我们夫妻俩陪他一起去，盛情难却呀！由于受到日本主子的宠信，程明显得很高兴。

周迪道以央求的口吻说：程先生，我和太太从来没有去过上海，听说那里五光十色，灯红酒绿，是有钱人的天堂，我这个土包子日思夜想，也想去开开眼界呀！我带上太太跟你们一起去好不好？至于开销嘛，程先生和程太太的我也统统包了！

程明哈哈大笑，高兴地拍拍周迪道的肩膀，说：朱先生你想去上海，还不是闲话一句！让我跟木场太君说说，我想他一定会同意的。至于开销嘛，朱先生不必客气，到了上海我请你到百乐门去开开洋荤！

就这样，周迪道终于争取到了去上海的一次“合法”机会。

为了掩护，他有意带上莫奇同行。到上海后，按照事先约定的暗号和地点，周迪道顺利地取到了一箱炸药。

为了做好伪装，周迪道另外买了一只较大的新皮箱，把炸药放入其中，上面再放置几件衣服。回宁波那天，他手提新皮箱，挽着莫奇，紧紧跟在木场和程明夫妻后面，来到了火车站。

在上海北站，进站、出站、候车的人熙熙攘攘，不少人手提肩挑，看得出是跑单帮的小商人。车站入口处两旁，站着全副武装的日本兵，戒备森严，还有几名宪兵对进站乘车的旅客逐个检查，命令乘客把手中的箱子、包裹一一打开，仔细翻检，一个不漏。

周迪道见此情景，不禁大吃一惊，暗暗叫苦，心想这样进站势必露馅，但临时也无退路，怎么办？他紧张地思考着对策。

这时，走在周迪道前面的是宪兵队的曹长木场重雄。他身穿日本军官服，头戴皮帽，脚蹬长筒黑皮靴，腰挂一把长长的指挥刀，而他的行李则由一旁的翻译程明代拿。

周迪道见此情景，突然急中生智，快走两步，捱到木场跟前，巴结地说：木场先生，请您帮我把这只箱子拎上火车，谢谢您了！边说边把新皮箱交给了木场。

木场毫无思想准备，好在他两手空空，边接皮箱边问周迪道：朱人达，你怎么不自己拎上车呀？

周迪道苦笑一声，说：你看看我这身中国服装，你们日本人一定要找我麻烦，叫我打开检查，岂不耽误了您上车的时间？

木场用手掂了掂皮箱，感到分量很重，于是皱了皱眉头，问道：朱人达，你这个家伙，搞什么名堂，是不是在做金子生意发财呀？

周迪道故意扮了一个鬼脸，说：木场先生，我不做点生意，哪来的吃、哪来的喝呀！你看我和太太这次来上海逛了一趟，花的钱还少吗？所以带点“黄货”补贴补贴呀！

木场听了，哈哈一笑，也就不怀疑他了。

一行五人来到盘查的日本宪兵面前。有道是：官大一级压死人，日本军队同样如此。负责检查的宪兵毕恭毕敬地向木场立正，行军礼，然后示意让他进站。木场只点点头，算是还礼，随即提着那只新皮箱，大摇大摆地进了站。

周迪道莫奇随后也进了站，跟着木场上了火车。他悬着的心终于落了地。

汽笛一声长鸣，离开了上海。车到杭州后，杭甬铁路不通车，改从公路回宁波。一路上，尽管还碰到过多次检查，但由于那只装炸药的新皮箱一直放在木场身后，检查人员都未加过问。

就这样，周迪道情急智生，巧妙地让日本宪兵木场“亲自”“护送”我地下党搞到的一箱炸药，顺顺当当地把它运到了宁波。然后400小组又将炸药送到了四明山根据地。

第二十八章

内部绝密情报不慎登上了《新浙东报》。突发事件使400小组面临全军覆没险境。乐群紧急潜入宁波传达城工委三条应急对策。

一天，周迪道接到铃木打来一个电话，只听得铃木怒气冲冲地大声说：朱人达，你马上到宪兵队来一趟，我有急事找你。

周迪道不敢怠慢，立马赶到了开明街宪兵队。刚走进铃木的办公室，铃木一句话也不说，两眼逼视着周迪道，足足瞪了十几分钟。

周迪道丈二和尚摸不着头脑，不知发生了什么事，于是小心翼翼地问道：铃木先生，出了什么事？

铃木怒气更盛，说：王福舟（王福林化名）大大的坏！你回去后马上把他监视起来！

周迪道问：他出了什么事？

铃木用手指着周迪道说："你不必问！他跑了我找你算账！

周迪道不知道王福林出了什么事，更不知道铃木为什么发这样大的火，只得表态说：请铃木先生放心，我回去后立即照办。

刚回到住处，在日军"邮检所"工作的潘善邦给周斯明送来了一则刚"邮检"出的《新浙东报》，大家像往常一样打开一看，突然看到第四版上用醒目大标题刊登着一条消息：

害怕盟军迫近中国
宁波敌兵纷纷逃跑
敌官铃木军曹未死先备后嗣

宁波讯：美军日益迫近中国大陆和日本本土，宁波敌兵见到前途只有死亡，乃纷纷逃跑。21日上午10时许，驻北大路商校旧址敌警备队逃跑一个二十二岁的敌兵。据说该敌兵能说北平话。事后敌宪兵队、警备队和密探立刻四出搜查，结果没有寻到。22日上午又有敌兵两名逃跑，当日下午驻槐树路槐树坊敌军也逃走四名，其中三人躲在槐树路铁厂内，被搜索到捉去。另一人逃到浮石亭修船厂旁边一只破船中，天黑后他因肚饿走出来买饼，遂被伪第五区公所巡逻队捉去，敌兵流泪恳求说："不要捉我，请你借我一套中国衣服，我有父母妻子儿女，打仗不喜欢。"但他们去报告了敌人，敌队长将他押去后，立即枪毙。此后，宁波街上时有敌宪兵巡车队巡逻，不准敌兵单独出门、买东西、看影戏，至少三人或整队出来，有班长带着，防止逃跑。

又讯：驻宁波敌宪兵队思想课负责人铃木军曹，因鉴于时局紧张，并自知无法回国，厌战情绪使其苦闷成病。他曾向其干娘表示情愿死去。最近将其本人的大衣及西装出卖，把所得之款，寄回日本国爱知县碧海郡爱人原谷芳子处，嘱其领一他人之子，作为己子，以续后嗣。

几个人一边看一边脸色大变，大家又惊又怕，万分惊愕，都说这是我们小组向城工委提供的内部情报，怎么会在报纸上公开刊登出来？这不是既要了铃木的命，又要了我们400小组的命吗？

周迪道将刚才铃木大发雷霆，要求扣押王福林的情况说了一遍。

大家分析说：铃木肯定是从邮检所看到了这份《新浙东报》。他怀疑这是王福林捅出去的，所以才那么气急败坏并迁怒于王福林，但不知队长大场看到了报纸没有？他有什么反映？

周斯明遇事沉着冷静，善于思考，他说：目前我们面临的处境非常险恶。我估计宪兵队长大场敬次肯定也会看到报纸。他一定会下令追查是谁

1945年4月6日出版的《新浙东报》，刊有《敌官铃木军曹未死先备后嗣》的报道

泄露出去的。铃木这种严重的厌战情绪，在宪兵队里是大逆不道的，宪兵队长以及他的上级也不会轻易饶恕了铃木。所以这可说是一个“大地震”，必然会在宪兵队内部包括密探、翻译、联络员等人中间引起一次大的追查、整肃行动。它绝不仅仅是对王福林同志一个人的。我们小组对此必须高度重视，并采取相应的对策。

大家正说着，奉命站岗放哨观察动静的莫奇进门来说：刚才接到“二姐”的电话，她刚到宁波，今晚八点钟来我们这里，有急事要与小组同志商量。

“二姐”是指乐群。她第一次到宁波和王福林接头时，就冒充是王的二表姐。那次和铃木不期而遇，王福林也向铃木介绍说她是我的二表姐。此后大家就习惯称她为“二姐”，她的代号400则很少有人提起。

在400小组成员心目中，乐群既是政治交通，同时又是小组的“政委”，当此紧急时刻，“政委”从根据地亲自赶来，一定带来了上级的重要指示。

入夜，暮色沉沉，灯火稀疏，周迪道、周斯明、冯禾青、王福林四人从安全出发，分头在几条路口等候乐群的到来。

等呀等，一直等到八点钟左右，乐群才匆匆赶到聚奎巷12号徐章翠家。她说：太早了怕在这里撞见铃木。

徐宅平常进出走聚奎巷后门，中山南路是店面房子，其时宁波市面萧条，原来的商店早已关闭，正门也被堵死了，聚奎巷也就成了前门。乐群担任政治交通后，常通过侧门，再经过一条隐蔽的小过道进来，神不知鬼不觉。

周迪道已吩咐莫奇做好接待乐群的准备：在自己的住室里挪出一张方桌，再放上一副麻将牌，装出打麻将的模样，实际上是开会研究问题。这是小组经常使用的一种碰头和开会方式。

大家坐定后，乐群见大家正在传看《新浙东报》，就说：城工委副书记丁公量同志看到这份报纸后，认为这是一起严重的泄密事件，事态严重，情况紧急。他让我和他一起到城工委书记王文祥同志住处，和王起、王槐秋、陈明华一起进行了紧急磋商。领导上要我立即赶来宁波。下面，我们先把事情的来龙去脉搞清楚，然后我再传达城工委的指示，大家共同商量下一步怎么办。

周迪道把铃木的激烈反应和下午大家研究的情况向乐群作了汇报。

王福林详细汇报了编写这则情报的经过。他说：月初的一天上午，莫奇兴冲冲地对我说，昨天铃木在徐家姆妈房间里，居然提出要徐老太太代他把西装和大衣卖掉，把钱寄回日本老家去。铃木是独子，没有结过婚，所以叫他未婚妻领一个小孩养养，好传宗接代。他说这话时莫奇也在场。我一听，感到这是一则非常重要的情报。再联想到这些日子以来，铃木脸色一直不大好，情绪很抑郁，人也消瘦，好象思想包袱很重。又从其他密探、联络员处，得知了日本兵逃跑的一些情况，我把这些情况和当前总的战局联系起来，认为德国法西斯即将总崩溃，日本法西斯在太平洋战场节节败退，美军已接近中国大陆，离日本本土不远的硫黄岛已被美军攻占了，雅尔塔协定已要求日本无条件投降。战局的发展对我们十分有利，而对日本侵略军十分不利。在这种形势下，日军内部人心浮动，厌战情绪不断滋长，而铃木的思想动向更有典型意义。

王福林喝了几口水，又点燃了一支香烟，继续说：正当我准备动手整理时，铃木又来到徐章翠家，我与他来了个不期而遇。我内心颇为愕然，但表面上装出一副巴结的笑容，向他欠身问好。他看了看我，突然叫我的化名：王福舟，你有没有信纸信封？我连忙说：有，有。他跟着我来到我住的房间里，我将信纸信封交给他。铃木看我桌上放着笔墨，索性坐了下来。我一看，连忙替他磨墨，一边悄悄观察他的动静。铃木用毛笔蘸了墨水，先写信封，上写：日本国爱知县碧海郡××路×号原谷芳子收。接着他开始写信。我本想看看他写些什么，转念一想，还是避嫌为好；何况我也不懂日文（信封写的是中文加日文），所以磨好墨后我就告辞了。当天晚上，我就把亲眼所见和莫奇对我说的，再加上从其他渠道搜集到的日军警备队的情况，综合成一则专题情报，交给了乐群同志。

接着，乐群讲了送情报的经过。她说：我回到根据地后，将情报亲自呈交给城工委副书记丁公量同志。谁知负责处理情报的技术书记，是新从沿江区区委书记的岗位上调来的，她不了解敌伪军工作和情报工作的有关规定和纪律，就把这则情报改了一下，作为一般稿件投交给《新浙东报》，因她原先就是报社的通讯员，报社常向她约稿催稿。恰恰报社负责处理此稿的同志也认为此稿很有新闻价值，有利于揭露日本侵略者即将失败的重大事态发展，所以很快见了报。丁公量见报后，大吃一惊，知道此事非同小可，必然引起严重后果，城工委紧急开会研究，并确定要我今天就赶来宁波，与你们一起研究应急措施。

周迪道一听，插话说：丁公量不愧是个老敌工，他对铃木的反应可说是未卜先知。

乐群说：丁公量同志把问题看得很严重，他分析认为，日本宪兵队长大场一定看到了这份《新浙东报》，绝对不会允许内部出现这种厌战情绪，更不会让其蔓延，一定会采取严厉的措施进行内部整肃，并可能会对400小组的人员下毒手。因此，丁公量同志还设想了可能出现的多种情况，提出了三个应急方案：第一个方案是王福林同志可能是敌人主要怀疑对象，如情况紧急，可设法让他立即单独撤回根据地；第二个方案是，如果敌人追查得紧，400小组处境危殆，全组人员统统撤退；第三个方案是，根据

丁公量，时任中国人民解放军第六十军一八一师政治委员，大校军衔 摄于1957年

你们的具体情况，如认为确有把握可以采取有效措施挽回危局，则力争一个不撤。具体怎么办，下面我们深入研究一下，再作决断。

乐群说完后，大家一片静默，都感到事发仓促，关系大局，陷入了沉思。几个男同志只是一个劲地抽烟，满屋子烟雾腾腾，空气窒息得使人透不过气来。

最后还是王福林首先打破了沉默。他发言说：这件事因我而引起，铃木下令监视的是我，下一步杀头坐牢首先是我，城工委指示先行撤退的也是我，因此我必须先表个态。我反复考虑后，认为让我单独撤走肯定是不行的。如果铃木忽然发现我不见了，就更证实了他的推断是正确的，那样，不仅要追查周迪道为什么不监视我，为什么让我逃跑，而且必然会怀疑到"朱家"的所有人员，这无异于告诉敌人："此地无银三百两，隔壁王二不曾偷"，欲盖弥彰，反而把我们整个小组都暴露了，所以第一个方案绝不可行。

乐群点点头，说：王福林同志言之有理，你的表态是好的，但不能说此事由你而引起，你编写的情报极有价值，这一点城工委是肯定的。应该说此事系由那位不懂情报工作纪律的技术书记而引起。

周斯明接着说：我同意王福林的看法，他一个人单独撤走肯定不行；而且我认为第二个方案即全组统统撤走，也不适宜。经过大家的努力，我们400小组坚决贯彻敌工委——城工委为我们制定的“十六字”方针，局面已经打开，工作基础已经奠定，为党做了大量工作，证明在日军内部开展反间谍的秘密斗争不仅很有必要，而且完全可能。目前日军的失败已成定局，抗战最后大反攻的时机即将到来。在此关键时刻，400小组更需发挥其特殊的作用，因此绝对不能撤走。其次，目前日本人只是要把王福林监视起来，尚未采取进一步的行动，我们小组的处境固然十分危险，但还没有到无路可走的绝境。我的意见是，400小组的战斗阵地——日本宪兵队这个“心脏”地带绝不能轻易放弃！只要有可能，我们应想尽一切办法战斗到抗战最后胜利。

王福林1952年在上海解放军某部驻地

周斯明一席发言，有力地鼓舞了全组同志的战斗激情，周迪道拍案而起，坚定地说：402（周斯明代号）说得太好了，完全代表了我想说的话。当务之急是，我们要立即设法向铃木解释，这则消息不是王福舟捅出去的；其次，还要想办法迷惑敌人，争取铃木和宪兵队长大场的信任。只有先走好这两步棋，我们小组才能转危为安。

大家都赞同周迪道"走好两步棋"的方案，接着又深入讨论了具体办法，大家你一言我一语，一直讨论到东方晨曦初露，香烟头和火柴梗堆满了烟灰缸，才把乐群送走。

拖着一夜未眠的疲惫身子，乐群又急匆匆地赶回四明山根据地汇报。

第二天吃过早饭，周迪道就踅到徐章翠住处，对她说：徐家姆妈，那天铃木先生跟你谈起卖大衣卖西装的事，王福舟（即王福林）在场吗？

徐章翠并不知道发生了什么事，见周迪道来问，就说：那天只有徐国芬（即莫奇）和乡长阿比在场，王福舟没有在场。

周迪道一听，心中顿生一计：何不将泄露铃木所言这件事推到阿比身上！阿比家住余姚农村，为了谋生，常到宁波城里来做裁缝。他是个"两面派"乡长。古代三十六计中有一计为"李代桃僵"，我们也可以用阿比来代替王福林呀！

回到住处后，周迪道将徐章翠所言和个人想法跟大家说了后，大家一致赞同。但冯禾青认为必须立即设法通知阿比乡长，叫他最近务必不要到宁波做裁缝。否则，被敌人捉住了，双方一对质，就可能露"馅"了。这是关键的一步棋，不能有丝毫闪失。

但阿比远在四明山根据地，也搞不清他哪一天会来，400小组经过商议，决定立即行动，周斯明、冯禾青加上外围人员林永发（公开身份也是朱人达手下的联络员），三人分头到江北岸余姚小轮船码头守候，如阿比来宁波，就让他立即返回，说日本人正在捉拿他，叫他最近一段时间内不要再来宁波。

三个人在码头一直守候到夕阳西下，从余姚开来的末班轮船上的乘客全部上岸后，也未见到阿比乡长，大家才离开，并约定明天上午再来守候。

这一天就这样在忐忑不安中过去了。

乐群通常每星期到宁波一次。这回她在去后第三天又从四明山根据地来到宁波，天黑后再次秘密进入聚奎巷12号召集400小组开会。乐群传达了城工委的指示，同意先按第三个方案执行。为了迷惑敌人，骗取铃木信任，丁公量还亲自动手编制了几则假情报，让王福林抄写后送交铃木，以减轻敌人对我们的压力，渡过危机。周迪道将计议中的“李代桃僵”——用阿比代替王福林受过一事，向乐群作了汇报。乐群问道：徐章翠是否知道《新浙东报》刊载了铃木卖西装之事？周迪道说：我还没有告诉她。这两天也未见铃木来看过她，估计她尚不知道。乐群沉吟了一下，说：你明天就把这件事告诉她。还要请她出面跟铃木说明此事绝非王福舟所为，很可能是阿比乡长回家后传出去的。这样说符合情理，又通过徐章翠亲口告诉铃木，有了当事人做证明，估计铃木是会相信她的话的。

大家都同意乐群所言，并请她回根据地后务必设法通知阿比，叫他千万不要来宁波。只要阿比从此销声匿迹，铃木也会感到阿比可能心虚了，会认定他就是把这件事传出去的罪魁祸首。

王福林接过丁公量亲手编制的假情报，一看多达五六个，而且个个“精彩”，“情报价值”极高，不禁大喜过望，心想我每天只要送一二则给铃木，包管他就会高兴得眉开眼笑了。

说干就干，次日一大早，周迪道就兴冲冲地跑到开明街宪兵队办公室，将一大张纸交到铃木手中，说：这是王福舟刚刚整理好的情报，请您过目。

铃木脸上露出将信将疑的神色，接过一看，只见上面写道：

据四明山新四军内线告称：何静司令与国民党挺进第四纵队司令田岫山、挺进第五纵队司令张俊升，最近在姚南谢公岭签订了《共同抗日协定》，准备联合对付皇军。

又：新四军三、五支队一支主力部队从三北五磊寺转至四明山袁马一带，企图不明。

铃木看后，心想这两个情报太重要了，如果不是在新四军有内线，是绝对搞不到的。但转念一想，还需与其他渠道的情报进行对比核实，才能判定其真实性。不过，朱人达和王福舟对皇军的忠心，看来是应该肯定的。

为了进一步笼络铃木，400小组经过研究，决定在徐章翠家里设宴款待他。

翌日，周迪道又找到铃木，说：我请您到徐家姆妈家吃饭。届时老太太将亲自为您烧制一道日本名菜“斯季耶季”，这在宁波可是难得一尝的正宗日本名菜呀！

铃木高兴得眉开眼笑，连声说：亚西！亚西！

徐章翠经过400小组“交朋友”，已和小组成员建立了较好的关系，曾多次在铃木面前为他们说好话。这一天，周迪道又特别吩咐莫奇采购了丰富的原材料，让她一展手艺。徐老太太跟随丈夫在日本侨居30多年，还开过“料理棚”，能烧出好多道日本菜。思乡心切的铃木自从到宁波后，是很少有机会吃到本乡本土菜肴的。

铃木进门后，对徐章翠喊了一声“干妈”，先到她房间坐了坐。徐章翠说：你的事，我听说了。我敢肯定，一定是裁缝师傅阿比说出去的。你难道忘记了，那天你叫我卖西装大衣，在场的只有阿比和徐国芬，王福舟并没有听到。阿比这个人尖头鼠脑的，不是个好东西，而王福舟平时沉默寡言，蛮老实巴交的，哪里会说你不好呀！

铃木听了默然。

徐章翠又以关切而带点嗔怪的口吻说：那天你不该用华语跟我说话。今后你有什么心里话，最好用日语跟我交谈。

铃木连连点头，说：谢谢干妈关心。

酒宴由周迪道和王福林（王福舟）两人作陪，殷勤劝酒，铃木边品尝日本菜肴，边开怀畅饮，三人边谈边喝酒，觥筹交错，气氛融洽，竟一连喝了12瓶啤酒。

铃木喝得醉醺醺的，他坐在中间席位，先跟周迪道碰杯，再跟王福林碰杯，说：朱人达，王福舟，你们两个人，今后好好的干！

一场对王福林、对400小组生死攸关的《新浙东报》事件，就这样初步得到了缓解。

铃木走后，周迪道对王福林说：酒后无真言，铃木点子很多，下一步会干些什么，让我们拭目以待。

第二十九章

铃木反复考察王福林是否忠心，两次派其潜往国统区搜集美军准备登陆的情报。王福林派人撕回一张机场征地布告，骗取了铃木的信任。

果然不出周迪道所料，铃木酒醒后，对王福林还是心存怀疑，几天后他又对周迪道说：据皇军得到的情报，重庆军（指国民党顽固派）在姜山设有秘密电台，你叫王福舟速去姜山查明情况向我报告。

周迪道回到住处后，召集周斯明、冯禾青、王福林一起研究，大家一致认为《新浙东报》事件虽然度过了危机，但事情并未完全了结，铃木对我们，尤其是王福林还是不放心，因此，必须进一步迷惑敌人，争取敌人的“信任”，花大力气改善400小组的处境。

但王福林斩钉截铁地说：姜山我不能去。

周迪道颇感诧异，问王：铃木指名道姓叫你去。你不去，我怎么向他交代？

王福林反问周：你呀，真是贵人多忘事！你难道忘了，三个多月前你派我到姜山干什么去了？

周迪道一拍脑门，说：噢，想起来了，1月份我是派你去过一次姜山。

原来，国民党著名上层人物、当地颇有声望的士绅斯旺为庆祝60岁大寿，1月间在姜山大摆筵席。斯旺是国民党第六专署专员俞济民的老师，而俞济民当时的势力范围很大，从临海一直延伸到宁波外面的鄞县、奉

王福林

化，再加上俞济民的哥哥俞济时当过七十四军中将军长，眼下又荣任蒋介石的侍卫长，所以俞济民在新东成为炙手可热的国民党顽固派头面人物。

400小组经过研究并报城工委批准，决定派王福林前往姜山参加斯旺的祝寿活动，目的是搜集国民党顽固派勾结日伪，伺机进攻四明山抗日根据地的最新情报。

去国民党统治区活动，王福林当然不能暴露真实身份，但也不能公开说是日本宪兵队的人员，怎么办？周迪道找到了他的好朋友、诸暨同乡徐少颖。他问徐少颖：听说斯旺是你舅舅？

徐少颖说：对呀！可是你怎么知道的？

周迪道诡秘地一笑，说：如果我没有这点本事，那就枉为周迪道了，也枉为日本人的“密探”朱人达了。我今天找你，听说你要去给你舅舅斯旺祝寿，我想请你替我带个人一同去——他就是你也认识的王福舟。别的你什么也不要说，就说王福舟今年才21岁，是你做生意的小伙计，带他一同来姜山是让他捎带一些寿礼。但你要绝对保证他的安全。至于你在宁波，生意上有什么事要我们帮忙，你尽管说。

就这样，周迪道和徐少颖达成了一笔“交易”，王福林也就顺利地完成了姜山之行，搜集到了不少情报。

周迪道沉思了一会儿后，说：这次你王福林不去肯定是不行的，但去了后很可能会被人认出，风险也很大，我想了个两全其美的办法，既可完成铃木交给的任务，又没有风险，怎么样？

大家一听来了劲，敦促他快说葫芦里卖的灵丹妙药。

周迪道笑道：我的办法说穿了也很简单，即由王福林带陈瑞华夫妇一同前往姜山。陈妻在姜山有个表姐，你们三人去后可借住她表姐家，然后王福林就地隐蔽，陈瑞华和他妻子则外出搜集情报。回宁波后，王福林就着手编写出一份情报呈交铃木，我也可以向铃木交差了。

说干就干，第二天王福林就和陈瑞华夫妇直奔姜山。

几天后，王福林等人从姜山返回宁波，并将姜山所行编写成一份情报，说什么重庆军（指国民党军）在姜山确有电台，并架有长长的天线，部队正在集结，有进攻宁波或四明山新四军模样，云云。

王福林感到去姜山的情报分量不够，于是从丁公量亲自编写的情报中，又选出两则一并呈交铃木。

一则情报是：苏北新四军粟裕部已进至浙西天目山地区，浙东纵队已改编为苏浙军区第二纵队，何静任纵队司令，谭启龙任纵队政委。近日已在梁弄开大会庆祝。

另一则情报是：重庆军为了肃清三、五支队，占领四明山，以配合盟军进攻宁波，最近重新成立归三十二集团军指挥的省保安司令部前进指挥部，由省保安副司令王云沛任指挥。

其实，这些情报已是昨日黄花，铃木看后却立即向宪兵队长大场敬次报告。大场平时看到的文件、电报并不很多，对于最近发生的大事也若明若暗，知之不详，所以大大的表扬了铃木一番。原先因《新浙东报》上登载铃木厌战的消息，大场曾暴跳如雷，准备对铃木严肃处理，近日见铃木不断上交“高质量”的情报，印象有了很大改变。

铃木在上司面前总算挽回了一点面子，对王福林的印象也有了好转。

过了十几天，铃木又出新招对王福林作进一步的考察。

新四军浙东游击纵队领导人和被营救的美军飞行员，左起：刘亨云、何克希、托勒特、谭启龙、张文碧

铃木对周迪道说：皇军得到情报，美军和重庆军正在临海修建飞机场，你速派王福舟前往侦察。情况搞清后，叫他迅速返回。

临海是古代台州的府治。台州辖有临海、黄岩、温岭、仙居、天台、宁海、象山（今属宁波）等县。临海现为国民党第三十二集团军李默庵的驻地。从宁波到临海有100多公里，中间要途经宁海县城。

王福林接受任务后，仍和陈瑞华夫妇一同出发。他们打扮成做生意的小商人，携带一些货物。先到宁海县桥头坞住下。陈瑞华妻子在宁海有不少亲戚，这里也有她的一家表亲。那时在国统区和沦陷区之间跑单帮、做小生意的人络绎不绝，容易混迹其中。

王福林对陈瑞华夫妇说：我1939年到1940年期间在临海做过党的地下工作，后来面目暴露了，不得不撤走，所以我是不能去临海的。你们带上一些货物先去宁海县城，你们是本地人，说的是本地土话，一路上不会有什么麻烦，不容易暴露。你们也不必去临海。从宁海县城到临海县城还要走数百里路，你们何必去受这份罪，冒这份风险。你们对宁海城里的情况比较熟悉。我估计美军和国民党如果在临海修筑机场，很可能要征用土地。你们到宁海后，要大力寻找他们张贴的征地布告。只要你们能撕回一张征地布告，就算大功告成。其他的“文章”，就由我来做了。

秉承王福林的旨意，陈瑞华夫妇加上他们一个表姐，捎带了一批货物，装作跑单帮的小生意人，从桥头坞出发前往宁海县城，而王福林则假装生病，隐蔽在桥头坞。

五天以后，陈瑞华等人从宁海返回，果然撕回了一张国民党征地的布告，王福林喜不自胜。

翌日，王福林等人返回宁波，向周迪道等人作了汇报，共同商定了一个诓骗铃木的计划。

铃木没有想到自己不放心的王福舟会直接来到宪兵队找他。但一想正是自己交代他去临海搜集美军修筑机场的情报，所以就让他坐下，问道：王福舟，你到临海去了吗？

王福林很自然地回答：按照你的命令，我已去过临海了，并且掌握了美军修筑机场的基本情况。

铃木一听大喜，说了声：你的，王福舟，亚西！

接着，王福林问铃木：我是把情报写一下，还是口头向你报告？

铃木想了一下，说：你写个书面报告，我还要呈报大场队长。

王福林又问：我是以综合的方式写，还是按日程一天一天地写？

铃木脑子一转：说：不要综合写，你将这次去临海的经过，按日程，用日记形式一天一天地写清楚，特别到临海后的所见所闻，要写详细。

王福林心想：铃木这个鬼子真狡猾，他对我还是不放心。好在自己早就料到他会来这一手，道高一尺，魔高一丈，他还能斗得过我们！于是连声应允，说：一切按铃木先生吩咐办，今天下午就交稿。

王福林为什么底气十足？因为他在1943年1月从临海撤退到四明山根据地时，就是从临海出发先到宁海再到鄞西的，每天所走的路程和所到之处的地名，都熟记在心，各地驻有哪些国民党军队和哪些伪军也大体了解。至于他们的兵力、工事构筑、火力配备等等，王福林就发挥充分的想象力，适当加以胡编了。

关于铃木最需要了解的美军在临海修筑机场的情况，王福林写道：我到临海后，先打听到美军草拟在葭藏（地名，在台州海门以西约3华里）利用重庆军原有的一个小机场加以扩建，后来考虑到机场一片平川，容易暴露，故又另外选地，最后确定建在临海县城东北的大田镇（离城约20华里）附近。该处群山环抱，易于机群的隐蔽，东靠东海，地域比较开阔，便于飞机起飞和降落。但该机场目前尚未动工兴建，正在征用土地，民工也尚未集中……王福林不仅写得言之凿凿，而且还随报告附上当地政府的一张“征地布告”，更使铃木不由得不信。王福林编写的情报不仅在内容上，而且在编写的文字水平上，在日本宪兵队的密探中，堪称佼佼，这使铃木也颇感得意。

当时，美军已日益逼近中国大陆，美机已多次轰炸日本本土，日军判断浙东沿海必定是美国登陆作战的重要地域，因此把搜集美军这方面的情报作为头等大事，铃木把王福林撰写的“情报”上报宪兵队长大场后，受到了表扬，不久后还被升了官。

经过一个多月充满风险的斗争，400小组终于摆脱了《新浙东报》事件造成的被动处境，迎来了新一轮的战斗。

第三十章

两支伪军部队在宁波城内大打出手。挑起“火并”事件的周迪道，却故意邀请宪兵队长在翻译家中喝酒观虎斗。对宁波城内潜藏的国民党特务，分别采取团结、争取、打击的不同方针。

乐群曾多次向400小组传达城工委副书记丁公量的指示：要多了解并尽量利用日、伪、顽之间的矛盾，以减少敌人对我四明山抗日根据地的“扫荡”和“围剿”，并设法扩大他们之间的矛盾。周迪道心领神会，把这种斗争方法通俗地称之为“用铁拳头打石狮子”。

一天，伪军头目宋清云跑来找周迪道，气呼呼地说：谢文达真他妈的狗娘养的，依仗他人多枪多，常常骑到老子头上来拉屎拉尿！

见宋清云满脸怒气，周迪道笑了一笑，说：宋老兄，你何必跟谢文达这种人生气，来，快坐下，喝杯茶，再慢慢说。

宋清云前几年在慈溪县任国民党县自卫总队总队长时，周迪道曾几次跟他打过交道。那段时间，周迪道所在的新四军打的公开番号是“国民党第三战区淞沪游击队第五支队”，这是为了灰色隐蔽，以便在国民党统治势力强固的浙东地区立足生根。

1942年5月25日，国民党慈溪县国民兵团第四大队突然对我第五支队第四大队发动偷袭，枪杀我古窑办事处主任。事件发生后，中共浙东军分会委员兼五支队四大队工委书记蔡群帆、急派四大队副官周迪道前往交

新四军浙东纵队第三支队政委蔡群帆
（后任金萧支队支队长）

涉，周迪道向国民兵团大队长钱正铭提出三条要求：一、惩办凶手；二、赔偿损失；三、保证今后不再发生类似事件。钱正铭假惺惺地一再对周迪道说：误会，误会，这纯粹是一场误会！并答应第二、三条都可照办，但冲突因系误会所引起，不便对任何人进行惩办，云云。

谈判没有结果，周迪道表示回去向领导汇报后再答复。但周迪道在该部一进一出之间，已将该部的兵力部署、工事和营地设置、武器装备、岗哨位置以及周围的地形地物等，看了个一清二楚。回到部队后，他向蔡群帆同志建议说：人不犯我，我不犯人。这次是国民兵团先犯我，理在我们这一边，应予坚决回击。

蔡群帆说：他们有500多人，我们只有100多人，这个仗能打赢吗？

周迪道把看到的敌情详细作了汇报，建议说：现在他们正在等待我们答复，疏于戒备。我们乘其不备，打它个措手不及，必操胜券。

战斗发起后，我第五支队第四大队将国民兵团一举歼灭。战斗结束后，将俘虏及其残部改编为新国民兵团，蔡群帆派周迪道出任大队长。

时任国民党慈溪县自卫总队总队长的宋清云，和国民兵团里的顽固派，都是坚决的反共分子。他因此对周迪道怀恨在心。宋清云曾一手制造过“慈东事变”，残杀了几十名共产党员，是浙东共产党和新四军的死对头。后来，宋清云叛国投敌，成了可耻的汉奸。日军将他带去的部队收编为伪军，给他划了一块活动地盘，封他为伪军的大队长。

周迪道成为宁波日本宪兵队的“密探”后，宋清云多次向日军进谗言，说周迪道是个“铁杆”共产党，决不会真心投降日本人，目前替“太君”做事是“身在曹营心在汉”，是“吃里爬外”，为了消除“埋在太君身边的定时炸弹”，建议把周迪道“枪毙”。

不过，铃木并未听信宋清云的谗言。因为周迪道交给日本人大量“可信情报”，以及周迪道对共产党新四军表现出来的“决绝态度”，使铃木相信周迪道对皇军还是“忠诚可靠”的。

见扳不倒周迪道，宋清云遂一反常态，跟周迪道变得“亲近”起来了。

宋清云此番跑来找周迪道，一是向周迪道诉苦；二是向周迪道讨个办法。

周迪道边听边想：城工委指示我们要利用日、伪、顽之间的矛盾，扩大他们之间的矛盾，这不是一个绝好的机会吗？思谋既定，他乘机对宋清云“火上加油”，撺拨说：我们诸暨老家有句俗话，叫石板地上摔乌龟——硬碰硬。他们硬，你要比他们更硬！他们凶，你要比他们更凶！他们就不敢欺负你了。

宋清云听后连连点头，说：你说得对！此仇不报非君子，老子非要给点颜色让他们看看。

果然，“匪气”十足的宋清云说干就干，抓住一个“由头”，真的跟谢文达的伪十师进行了一次“火并”。

两支伪军部队竟然在宁波城内大打出手，这还了得！日军立即出兵弹压。一时间，宁波街头日本人如临大敌，人奔马嘶，枪声四起，形势十分紧张……

事后，日本人“审问”了宋清云。流氓成性的宋清云覆手为雨，把责任一股脑儿推到周迪道身上，说是周指使他干的。

铃木立即找到周迪道，询问事情的来龙去脉。

巧于心计的周迪道对此早有准备。他在两支伪军火并的那天，故意邀约了日本宪兵队长大场敬次和翻译程明，一起在程明家喝酒。当铃木问及此事，周迪道双手一摊，正色说：铃木先生，请你明鉴，宋清云跟谢文达打起来的时候，我和大场队长、程明先生一起在程先生家喝酒闲聊。这完全

冯禾青离休后在上海

是宋清云血口喷人，恶意诬陷，以便逃脱罪责。

周迪道精心撺拨而引发的伪军火并事件，进一步加深了日、伪之间和伪军之间的矛盾，使日军在宁波的阵脚更加混乱。

日、伪和国民党顽固派互相勾结，对四明山抗日根据地进行围困、封锁。国民党第三十二集团军总司令李默庵还气势汹汹地下令“彻底肃清四明山奸军”，并出动了万余人“围剿”四明山抗日根据地。新四军浙东纵队和抗日军民处于非常困难的境地。

如何利用日伪和国民党顽固派之间的矛盾，粉碎日“伪、顽互相勾结夹击我党我军的反革命“神圣同盟”，成为400小组经常思考和研究的课题之一。

周斯明被关押在日本宪兵队狱中时，结识了同室关押的两个“难友”，一个名叫李诚，一个名叫李之华。

当时宪兵队监牢里并不禁止犯人之间互相交谈。站岗的日本宪兵不懂得中国话，犯人们说些什么他听不懂，只要犯人不大声喧哗，他也就不来过问。这使周斯明有机会对同室“难友”进行考察了解。

李之华悄悄告诉周斯明，他原先在国民党舟山专员公署谍报队当队员。宁波沦陷后，专员苏本善派他潜入宁波市刺探日伪军的情报，同时也搜集共产党新四军方面的情报。他认识军统、中统潜伏在宁波市区的不少情报人员，并向周斯明作了透露。

李诚对周斯明坦言，他原先也在国民党军队里工作过，还是个少校大队长。后来感到部队腐败黑暗，互相倾轧，再干下去没有意思，遂弃职而去，靠跑单帮做生意过日子，住在开明街35号。日本宪兵队把35号误认为“三、五支队”，将他逮捕入狱。他也将错就错，说自己是新四军三、五支队姚北办事处的主任，投降了日军。原以为既然是共产党新四军的“官”，日本人也应封自己一个什么官当当。谁知日军见他“供”不出共产党新四军的任何情况，不但不给他奖赏，反而狠狠打了他一顿，并长期关押不予释放，后来还是周迪道向铃木说情，才释放了他。

冯禾青是宁波本地人，社会关系多，通过“交朋友”，结识了曾在重庆兵工厂当过技师的周酋官。两人常在一起吃喝玩乐，“交情”颇好。周酋官又介绍他和设在北大路的无线电专科学校校长伍瑞荷相识。后来，伍又介绍冯禾青跟四明电话公司女接线员林绮泙相识。

一天，林绮萍下夜班后回家，途中突然遭到一个自称是宪兵队“密探”的小流氓调戏侮辱。林绮萍哭哭啼啼告诉了冯禾青。冯禾青一听怒从心上起，大喝一起“这还了得！我一定为你报仇！”经过打听，这个小流氓名叫王道，是个小汉奸，但并非宪兵队的“密探”。经周迪道批准，冯禾青带人到王道家中狠狠教训了他，打了他十几个耳光，并将他家中的家具砸了个稀巴烂。

林绮萍对冯禾青千恩万谢，还特地在家中设宴答谢。席间，冯禾青又结识了作陪的伪宁波青少年团书记长郑文穆和李奇伟等人。

经过暗中调查，周酋官、李奇伟是军统特务，伍瑞荷、林绮萍、郑文穆以及伪时事公报社社长贺祖安，都是中统特务。他们潜伏在宁波市内，任务是刺探日、伪情报，同时也搜集共产党新四军方面的情报。

400小组经过多次商讨，感到如何对待国民党在宁波市内的潜伏特务，是个政策性很强的工作，遂通过交通员张炎、后来又通过政治交通乐群，多次向敌工委——城工委汇报。

城工委书记王文祥1930年9月被国民党逮捕后，被判处无期徒刑，长期监禁，受尽酷刑，对国民党反对派有着深仇大恨。副书记丁公量在皖南事变中被俘后，关押在国民党顽固派的集中营，饱受敌人的残酷迫害，还差点儿葬送了性命。他对国民党特务不共戴天。但是，富有政策头脑的王文祥和丁公量，却并不以个人恩仇来对待国民党军统、中统特务，他们多次指示400小组：国民党和我党结成了抗日民族统一战线。蒋介石在皖南事变中虽然宣布共产党新四军为“奸党”、“奸军”，悍然撤销了新四军的番号，但我们还是要以民族大义为重，只要国民党抗日，他们仍然是我们的友党、友军。至于他们跟日伪暗中勾结，对我党我军和四明山抗日根据地进行封锁、“围剿”，不断向我进犯，对此我们绝不能示弱，必须坚决还击。在这种错综复杂的三角斗争形势中，400小组对宁波市内一些原国民党政府、军队和特工人员及其和日、伪的关系与动向也应了解。而对宁波市内的国民党潜伏特务，则应区别对待。他们搞日本人和伪军的情报，我们应予配合、支持。他们搞共产党新四军的情报，勾结日伪反对我党我军，则应毫不留情予以反击。

斗争方针明确了，400小组在这方面开展了卓有成效的工作。

周斯明、冯禾青、王福林三人结拜的“十兄弟”之一国民党情报人员李之华活动能力较强，400小组就适当分派给他一些任务。汪伪政治保卫局局长手下有一个汉奸，名叫张勇，绰号叫“小霸王”。此人原先是日本宪兵队翻译刘斌的门徒，因和刘斌的一个小老婆通奸，被刘斌发觉后予以“开除”。他摇身一变，又投靠了伪政治保卫局局长，还当上了伪政保局“外围行动组”的组长，干了不少伤天害理的坏事，当地群众恨之入骨。400小组专门作了研究，决定教训教训他。

一天，冯禾青带着李之华来到张勇的办公室。李之华是个老牌特务，对“黑吃黑”那一套很在行，又有力气，人高马大，上去就给了张勇几记响亮的耳光，还把张勇身上的手枪也缴了。事后，冯禾青向铃木汇报说：张勇大大的坏，原先是我们宪兵队刘斌先生手下的人，这支枪原先就是我们宪兵队的。铃木说了声“哈依”，这支手枪就成了400小组的战利品。

冯禾青在跟军统、中统潜伏特务周酋官、伍瑞荷、李奇伟、林绮萍、郑文穆、贺祖安等人来往过程中，经常深入观察，发现他们搞的是日、伪方面的情报，对我党我军危害不大。于是经400小组研究并报上级批准，不但没有将他们的活动情况向日本宪兵队告密，反而暗中加以保护，充分表现出共产党人以民族大义为重，与国民党合作抗日的诚意。

但是，对勾结日伪反共反人民的国民党顽固分子，400小组则毫不手软，坚决予以打击。

一天，冯禾青从李诚处得悉一个情况：日本宪兵队“八大金刚”之一的原军统特务李明耀的手下有个联络员，是国民党第三战区特工部门委派的潜伏人员，家中还藏有一部电台，跟日伪勾结，刺探我党我军的情报。400小组决定对其下手。周迪道对铃木说：这个人跟“重庆军”有关系。日本人对密探、联络员暗通国民党本来就十分恼火，深具戒心。特别到了1945年，日军在太平洋战争中节节失利，就更为警惕。特高课长木场曾多次提出警告说：“如有通敌应自知趣而引退，不然将不客气！”当获知密探孙桂芳与国民党暗中勾结，宪兵队即将其开除。今天铃木听周迪道这么一说，立即同意他前往“查处”。

第二天，周迪道和冯禾青带领人马赶到此人家中，从夹壁墙中果然搜查出秘藏的电台一部和新式快慢机一支，还有委任他为大队长的委任状一张，从而消除了我方的一个隐患。

与周斯明、冯禾青、王福林结拜的“十兄弟”之一的原国民党军的大队长李诚出身行伍，沾染了一身坏作风。周迪道将他从日本宪兵队监狱中保释出狱后，为了感谢周的“救命之恩”，他拜周为“先生”，对周迪道的话奉为“圣旨”。这样，他就根据400小组的意图，做了一些对抗日有利的事。

但是，长期养成的坏作风，又使他瞒着400小组到处敲竹杠，从而得罪了不少伪商会的大商人。于是他们不断地向日本人告状，历数李诚的种种恶行。日本人为了“安抚”这些伪商会的上层人物，决定杀掉李诚。

消息传到400小组，大家研究后认为，李诚固然瞒着我们敲了不少竹

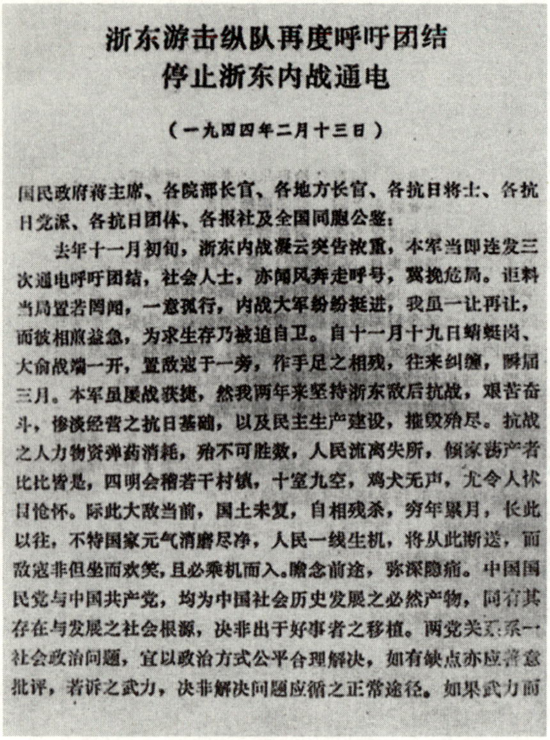

浙东游击纵队再度呼吁团结
停止浙东内战通电

（一九四四年二月十三日）

国民政府蒋主席、各院部长官、各地方长官、各抗日将士、各抗日党派、各抗日团体、各报社及全国同胞公鉴：

去年十一月初旬，浙东内战凝云突告浓重，本军当即连发三次通电呼吁团结，社会人士，亦闻风奔走呼号，冀挽危局。讵料当局置若罔闻，一意孤行，内战大军纷纷挺进，我虽一让再让，而彼相煎益急，为求生存乃被迫自卫。自十一月十九日蜻蜓岗、大俞战端一开，置敌寇于一旁，作手足之相残，往来纠缠，瞬届三月。本军虽屡战获捷，然我两年来坚持浙东敌后抗战，艰苦奋斗，惨淡经营之抗日基础，以及民主生产建设，摧毁殆尽。抗战之人力物资弹药消耗，殆不可胜数，人民流离失所，倾家荡产者比比皆是，四明会稽若干村镇，十室九空，鸡犬无声，尤令人怵目怆怀。际此大敌当前，国土未复，自相残杀，穷年累月，长此以往，不特国家元气消磨尽净，人民一线生机，将从此断送，而敌寇非但坐而欢笑，且必乘机而入。瞻念前途，弥深隐痛。中国国民党与中国共产党，均为中国社会历史发展之必然产物，同有其存在与发展之社会根源，决非出于好事者之移植。两党关系系一社会政治问题，宜以政治方式公平合理解决，如有缺点亦应善意批评，若诉之武力，决非解决问题应循之正常途径。如果武力而

杠，也违反了我们小组的原则，但绝不能让日本人杀掉。如果这个门一开，那么日本人随便找个什么借口，今天杀李诚，明天也可以对我们下手了。于是周迪道主动找到了铃木，说：你们只给我们每个密探两石大米，每个联络员一石大米，每月连花销都不够，更不要说养家糊口了！因此，每个联络员都难免要搞点外快，敲点竹杠。如果你们因此杀了李诚，会搞得人心惶惶，人人自危，大家都没有心思替皇军效劳了。

铃木当然知道密探、联络员几乎人人都敲竹杠、捞外快，平时也是睁只眼闭只眼。听了周迪道一席话，低头沉思了一会儿，最后表态说：好吧，李诚的事就算了吧！不过宁波他是待不下去了，你让他离开吧！

李诚得知是周迪道为他说情才使自己死里逃生，一再对周表示：大恩不言谢！朱先生的“再造之恩”我永远不会忘记。

其他国民党潜伏人员得知后，也都佩服“朱人达讲义气，够朋友”，400小组在他们心目中的地位得到了进一步提升，对开展工作创造了更有利的条件。

第三十一章

帮会头子金廷荪脚踏日本人、国民党两只船。冯禾青被铃木派入国统区搞情报，源源不断的情报送到了城工委，日军得到的却是假情报。

1945年的春天来到了浙东大地。“日出江花红胜火，春来江水绿如蓝”。四明山的杜鹃花漫山遍野，姹紫嫣红，展现出一派喜人的春光。

抗日战争的形势也发展得很快。德国法西斯即将最后覆灭。美国飞机频频轰炸日本本土，美军已接近中国大陆，日本法西斯也面临总崩溃的前夜。浙东沿海是美军选定的登陆地区之一。为此，日军侵华总部、国民党统帅部和中共领导层都把目光投向了浙东。

在重庆的蒋介石密切注视着他的老家浙东，决心把这个具有重要战略意义的地区牢牢控制在自己手里，而新四军浙东纵队则是他的心腹大患。为此，早在1944年11月16日和12月12日，他就电令第三战区司令长官顾祝同派出得力部队“剿灭四明山奸军”，并重新成立了前进指挥部，归第三十二集团军总司令李默庵和浙江保安副司令王云沛统一指挥，调集了三个纵队主力和田岫山、张俊升两个挺进纵队，虎视眈眈地准备进攻四明山抗日根据地。

侵华日军为了防止美军在浙东沿海登陆，也加强了守备兵力，并命令日特机关和宪兵队加强对美军、国民党军和共产党新四军的情报、侦察工作。

具有远见卓识的毛泽东一直关注着华中的斗争形势。早在1944年9月27日，毛泽东代表中共中央起草电报指示华中局：为了准备反攻，造成配合盟军的条件，对苏浙皖地区工作应有新发展的部署，特别是浙江应视为主要发展方向。10月9日，华中局指示浙东区党委：浙东部队应向天台、临海以南发展，与坚持浙南的游击队打通联系。潜伏在宁波日本宪兵队内部的400小组，当然不可能了解高层这些指示内容，但作为战斗在特殊战场第一线上的尖兵，他们也从日军的动向中，感觉到敌人某些重大的变化。

一天，有个从上海来的跑单帮商人告诉冯禾青，他在原先的租界里，曾亲眼看到一件趣事：有个美国人神气活现坐在黄包车上，车夫累得满头大汗。不料被街上巡逻的日本宪兵看到后，立即喝令美国人下车，而叫车夫坐到黄包车上，命令美国人拉着车夫满街跑，引来很多人围观。冯禾青认为，日军一反过去欺压中国老百姓的常态，表面上是对中国人表示“友

冯禾青转业到地方后

好”，而对美国则视之为当前的“大敌”。

最近，日军下乡“扫荡”，冯禾青也去了。有个警备队的日军牵着一条狼狗，进村后，日军放出狼狗去咬一个怀孕的妇女。宪兵队长大场敬次看到后，立即上前命令把狼狗收回来，并且训斥了那个日军。冯禾青心想：难道大场队长发“善心”了？当然不是！他这样做，是为了收买中国老百姓的“民心”。

400小组的同志交换情况后，一致认为这些细小的迹象表明，日本人在新的形势下，正在大力设法笼络中国人，以便达到他们“联华反美”的图谋。

一天，城工委副书记丁公量对乐群指示说：你立即去宁波，要求周迪道速派人去宁海、临海、天台方向，了解国民党顽固派的兵力部署和准备进攻我四明山根据地的情况，并及时报告。乐群赶到宁波后，到聚奎巷12号跟周迪道见了面，传达了丁公量的指示，并提出必要时可让去的同志长期埋伏在那里。周迪道听后笑了起来，说：这真是无独有偶，巧得很，前两天铃木也叫我派人到宁海去搞情报，了解国民党军准备配合美军登陆所做的各项准备工作。乐群说：这样一来，你派人去就“师出有名”了，可以不至于引起日本人的怀疑，这不是很好吗！

派谁去宁海呢？周迪道跟乐群商量后，认为代号403的冯禾青是最适当人选。因为王福林不便再去那里，周斯明并非当地人，语言不通，对社情、民情都远不如冯禾青来得熟悉，加上冯当过地方党的负责人，活动能力强，社会经验丰富，派他去执行这一具有双重身份的特殊使命，定能圆满完成任务。

周迪道找冯禾青谈了话，详尽地布置了任务，并指定由400小组的外围人员陈瑞华跟冯保持密切联系，冯搜集到的有关国民党顽固派的情报资料，交陈瑞华带回，由王福林整理上报城工委；冯搜集到的有关国民党准备配合美军登陆的情报资料，则由陈瑞华面告周迪道，周“过滤”后再面告铃木。

有一件事颇费思量，那就是冯禾青在没有任何社会关系可以掩护的情况下，到宁海后如何立足并开展工作？

正在为难之际，一天铃木把周迪道找去，问他准备派谁去宁海？周说：我准备派马鹤九（冯禾青化名）去，你看怎么样？铃木听了表示同意，说：马先生的，亚西！接着铃木谈了冯禾青到宁海后，如何开展工作的设想，他说：宁海城里有个著名人物，名叫金廷荪，是翻译官程明的师父。马鹤九到后就持程明写的引荐信直接去找金廷荪，金会负责安排的。周迪道心想：原来宪兵队早对派人去宁海侦察美军动向之事作了周密计划，这说明日本人对此事非常重视，冯禾青的任务很重呀！

冯禾青在和铃木、周迪道三对六面一起商谈时提出：万一金廷荪不肯接待我，甚至翻脸不认人，怎么办？铃木一听此言，阴险的脸上露出了得意的笑容，说：金廷荪的老婆和孙儿现住上海，由我们皇军宪兵队负责保护，金难道会对他们撒手不管？马（铃木只知冯禾青化名马鹤九）先生此去尽管放心好了！冯禾青心想日本人果然厉害，他们手中掌握着人质，不怕你金廷荪不就范，自己此去估计风险不会很大，就答应铃木准备起程。

从宁波到南边的宁海县城，有好几条路可走。但不管走哪条路，中途都要经过国民党游击队的许多道关卡。冯禾青经过反复考虑，选定的路线是从宁波新码头坐船到鄞县南边的横溪，再步行过裘村到黄贤埠，然后乘船渡过六合洋面，转桥头胡抵达宁海城关。

当时国民党游击队五花八门，就像京戏《沙家浜》里描写的胡传魁那样，十几个人七八条枪就自封司令，表面打着抗日旗号，常常干一些打家劫舍、杀人越货的土匪勾当，当地老百姓对他们恨之入骨，称其为“烧毛部队”。冯禾青身上带了一些活动经费，为了顺利通过游击队的哨卡，他穿了一身笔挺的花呢毛料中山装，打扮成一个颇有“身份”的商人。途中，他还有意地结识了两个从绍兴到宁海跑单帮的小商人。这两人带了不少货物，多次走过这条路线，熟门熟路，跟他们搭伴同行，冯禾青省了不少心思。途中，凡遇到国民党游击队检查、收税，冯禾青就大模大样地走上前去，用大拇指一翘，拍拍胸脯，说：这些东西都是我的！游击队大都是当地人，没有见过多少世面，平常都“只认衣衫不认人”，他们见冯禾青穿的这身“高级服装”在宁海一带几乎绝无仅有，吃不准此人是哪路“神仙”，就乖乖地“免税”放行。

好不容易到了宁海城关，冯禾青先到一个远房亲戚家里落脚，第二天一大早就去找金廷荪。对于这位“久闻大名，如雷贯耳”的流氓头子，冯禾青想象中是个威赫赫的魁梧大汉，各方面一定非同寻常，否则，怎么会有大批门徒服服帖帖拜倒在他的门下？可是一见面，冯禾青心中吃了一惊，原来此人是个瘦瘦高高、双眼充血、手掌发红、病态毕露的干瘪老头子。

金廷荪对于冯禾青的到来似乎早已知道。他对这个才21岁的小青年表现得颇为热情，态度和善，一点没有江湖上流氓头子的威严和架势。他和气地对冯禾青说：平常你就待在我家里，不要随便外出，不要一个人上街去转，有什么事你就对我说。

金廷荪住的是一幢新造的房子，但只有几个仆人，没有内眷。冯禾青心想铃木的话果然不假，金廷荪的家眷大概都被迫留在上海给日本人当“人质”了。

初步安顿下来后，冯禾青思考着怎么完成城工委交代的任务，并对鬼子铃木表面上也得作些应付。金廷荪不知出于何种考虑，主动向冯禾青提出：你是不是和第三战区的俞处长一起去做生意，并说这样路子活络，能发大财。冯禾青立即婉言拒绝。他想自己的任务是搜集宁海地区国民党的情况，如果去做生意，势必要在从宁海与第三战区驻地江西上饶之间来回跑，即使能发财，也绝不能为之。

金廷荪时年50岁出头，冯禾青只有21岁。对外怎么介绍两人之间的关系？金廷荪对冯禾青说：不能说你是我徒弟，因我早已不收门徒；说你是我的亲戚吧，也不妥；只有把你的父亲算是我的兄弟辈老朋友，你是我的子侄辈，对外才能摆平，不致引起人们怀疑。

在金廷荪家里住了半个月，冯禾青不听金廷荪的劝告，经常上街“闲逛”，乘机把国民党第三战区长官司令部设在宁海的机构，宁海县国民党的党、政、军机构，驻在城郊的编制杂乱的国民党部队、忠义救国军，还有美国顾问人员等等，都作了实地调查了解，并写成情报资料由陈瑞华送回宁波交给周迪道。

周迪道交王福林整理后，请乐群将情报呈交给城工委。

但搜集到的情报大都是表面材料，冯禾青感到很不满足。他想只有打入到对方内部去，才有可能了解到更有价值的情报。于是冯禾青向金廷荪提出，要求金介绍自己到宁海县国民党的党政机关去工作。金廷荪爽快地答应了。他当着冯的面给国民党第六专员公署秘书主任章鸿宾打电话，说要介绍一个从沦陷区来的老朋友的儿子进专署工作，请他务必帮忙。

当时，国民党第六专员公署设在宁海西郊的黄坛镇，是宁波沦陷前迁移过来的。专署秘书主任章鸿宾接到金廷荪电话后马上就办，很快派了一个副官带着一顶轿子来到金廷荪家，把冯禾青接到了黄坛镇，在专员公署的秘书室旁边腾出一间房子让冯住下。

冯禾青在专员公署“任职”并居住了一个月左右。人们只知道他是秘书主任章鸿宾的“贵宾”，进门出门哨兵向他敬礼，去城里有轿子接送，并不知道他是驻宁波日本宪兵队秘密派来的，更不知道他共产党新四军的真实身份。

利用这个有利条件，冯禾青搜集到了宁海地区的政治、军事、经济、文化等方面不少原始资料，特别是了解到国民党第三战区长官司令部的后勤部与日军暗中勾结，将国统区的一些重要产品、原料等销到沦陷区，提供给日军；日军特务机关又将大量伪造的“关金券”（国民党政府发行的以海关金为单位的一种专用支付手段。1942年4月以1关金券折合法币20元的比例投入流通），通过第三战区后勤部门带到国统区使用，使广大老百姓受到很大损失。冯禾青气愤之余，将这些情况写成材料，交给陈瑞华送到400小组。

正当冯禾青卓有成效地开展工作之际，忽然有一天，他无意中被一个中学同学所发现。此人知道冯参加了共产党新四军，遂告诉了他的父亲。其父时任国民党流亡的鄞县县政府建设科科长，政治上很反动，乃迅速报告了专员俞济民。

俞济民是个反共顽固派，一听说共产党混进了专员公署，这还了得！遂下令要章鸿宾“追查”。

章鸿宾立即觉察到冯禾青的“来路不明”，但又不敢得罪金廷荪，于是向金通报。

在金廷荪心目中，冯禾青是日本宪兵队“介绍”来的，现在忽然又说

王福林1951年在朝鲜前线中国人民志愿军第二十军

他是共产党新四军，真是一头雾水，吃不准这个21岁的小青年究竟是哪路“神仙”？转而一想，日本人也罢，共产党新四军也罢，他感到都得罪不起，于是要章鸿宾立刻把冯禾青“安全”送回金府。

章鸿宾不敢耽搁，连夜派副官用轿子悄悄将冯禾青从黄坛镇送到宁海城内金府。金廷荪对冯禾青说：马先生（冯化名马鹤九），真不好意思，为了你的安全，我立即送你回宁波。说毕，送给冯3万元法币，并用一辆人力车连夜从陆路闯过好几道国民党部队岗哨，将冯禾青送回到鄞西的横波桥。

冯禾青仓促离开宁海后的第二天，宁海县城全城“戒严”，说是“捉土匪”，结果当然是一场空。俞济民得知“共匪”曾住在专署达一个月之久，遂对章鸿宾进行追究。章老奸巨猾，一股脑儿把责任推给了金廷荪。俞济民曾拜金廷荪为“师父”，知道金的“门徒”遍布第三战区司令部、宁海城内外以及沦陷区宁波、上海等地，势力很大，不便开罪，也不愿失去金廷荪的“利用价值”，只得不了了之。

400小组听取冯禾青的汇报后，对他宁海之行的工作成效表示满意。

但是，铃木对冯禾青却不满意，说：你的，马鹤九，你从金廷荪那里没有搞到多少对皇军有用的情报。下次你还要准备去宁海。

转眼到了“麦随风里熟，梅遂雨中黄”的初夏季节。

5月2日盟军占领柏林，希特勒已于4月30日自杀身亡，5月7日德国法西斯宣布无条件投降。在太平洋战场上，美空军连续轰炸日本本土，海军和陆军攻占了菲律宾群岛、冲绳岛，步步向中国大陆进逼。为了集中兵力，缩短战线，驻宁波日本侵略军决定派出部队占领宁海和临海一带，以迎接并掩护从温州一带撤退的日军。

铃木找到周迪道交待任务说：你派马鹤九（冯禾青）和王福舟（王福林）两人跟我出发，去南边执行任务。

出发前，大场敬次队长把周迪道、冯禾青叫到宪兵队开会，他一再强调说：中、日两国共同的敌人是美国；中日不是敌对关系，而是盟友关系。这次去宁海，就是为了准备对付美国人。

出发那天，冯禾青和王福林看到宪兵队队长大场敬次和曹长铃木、木场及军曹西原等人全副武装，如临大敌。随同他们出发的有宪兵队的翻译、密探、联络员等共12人，冯、王两人亦在其中。他们心里预感到这次行动一定非常重要。

城工委对日军此次行动早有情报，并认真作了研究，指定乐群在日军临出发前赶到宁波，向周迪道传达了城工委的指示，明确此去任务有两条：一是到宁海、临海县城后，要注意搜集国民党留下的档案及有价值的情报。二是要设法最大限度地减轻老百姓的损失。冯禾青和王福林商量后，深感在日军的眼皮底下要完成这样的任务，难度很大。

在这次战役过程中，惯于跟共产党新四军搞磨擦的国民党军一触即溃，对日本侵略军的进攻简直是望风披靡，拔脚就跑。日军如入无人之境，没有遇到什么抵抗。到达奉化县城后，冯禾青和王福林被分配到一所颇有气派的房子里过夜。一打听，才知道是蒋介石的侍卫长俞济时（六专署专员俞济民的堂哥）的一幢住宅。

晚上，利用十几个密探、联络员同住一处的便利条件，冯禾青和王福林根据城工委的指示精神，向大家提出：这次去宁海和临海，“发洋财”的所得要大家统一分配，普通老百姓苦兮兮的，就不要向他们下手了，多数人表示同意。

第二天出发，冯禾青和王福林商量后，决定两人分到不同的两个组里，以便“掌握”动向，不让这些密探、联络员去坑害老百姓。

日军占领宁海县城后，密探和联络员们四处活动“发洋财”。冯禾青和王福林则来到国民党县党部，查找档案室中的重要档案，特别是有价值的情报资料，以完成城工委交代的任务。一看，档案已运走，地上只有一些残纸碎片。

正当他们查看时，铃木突然出现在他们的面前，他诡谲地一笑，说：别人都去发洋财了，你们在这里找废纸干什么？

为了不致引起铃木的怀疑，冯禾青以巴结的口气对铃木解释说：我和王福舟想从他们丢下的废纸中，找出对皇军有用的情报呢！王福林也帮着说：他们逃走得很匆忙，说不定会留下很有价值的情报资料，即使找到一件情报，也不枉了我们跟你铃木先生出来一趟。

铃木听了，脸上立马“阴转晴”，满意地点点头，表扬说：你们想得真周到。

在临海期间，还发生过两件事，使冯禾青、王福林捉摸不透。

一次，冯禾青与日军西原上街。天气已比较热，西原到一处水果摊上随手取了一个西瓜，切开后邀冯禾青一起吃。冯禾青见他没有付钱，便说：“西原先生，人家是小本买卖，可怜兮兮的，我们应该付钱给他。”并装作掏钱的样子。西原听了，开始一脸不高兴。吃完西瓜后，他望望冯禾青，不得不勉强地付了钱。

又一次，西原与冯禾青、王福林在街上碰到一个跑单帮的商人。西原既贪色又贪财，他一把抓住这个商人，威吓说："你的，美国人的奸细，大大的坏！"边说边动手搜查，很快搜出了12枚银元。商人点头如捣蒜，连连鞠躬，一再申明自己是"大大的良民"，但西原还是把12枚银元统统攫为己有。

正在这时，铃木走了过来。他听冯、王言及此事，非常恼火，立即打了西原几记耳光，并责令他把银元如数退还给商人。事后，西原还受到了队长大场的斥责。

西原虽对冯禾青、王福林怀恨在心，但也无计可施。

在宁海住了几天，从温州一带撤退下来的日本侵略军已到达宁海县城。一天，铃木对冯禾青和王福林说：你们先回宁波去吧！说毕，取下身上佩带的一支簇新日式驳壳枪交给冯禾青，还将几张钞票塞到冯禾青口袋，说：你们带着路上用。

当天晚上，铃木跟冯禾青住在一户老百姓家里。主人早已逃走，室内只有一张木床。铃木一反常态，执意要冯禾青睡在床上，自己则睡在地上，还说："马先生，你的，大大的辛苦了。"冯禾青再三推让，铃木还是坚持要这样做。冯禾青心想：铃木搞这样的小恩小惠，无非是要笼络自己为他卖命。

入夜，冯禾青听到铃木辗转反复，久久未能入睡，似乎有无限心事。

第二天，冯禾青对王福林言及此事，并说：铃木这鬼子真有耍不尽的花招，不知他心里在想些什么？

王福林深沉地一笑，说：铃木是个聪明人，他心里很清楚，他们日本人的日子不长了……

第三十二章

详细调查宁波城防工事、兵力、火力配备及政治、军事、经济、社会情况，为我军攻打宁波作准备。

1945年6月11日，具有历史意义的中国共产党第七次代表大会在延安闭幕，大会号召放手发动群众打败日本侵略者。抗日战争的形势到了一个新的转折点。

浙东的抗战形势也越来越好。粟裕率新四军一师主力南下，成立了苏浙军区，浙东游击纵队改编为苏浙军区所属的第二纵队，何克希任司令员，谭启龙任政治委员。新任副司令员张翼翔还带了一批干部到浙东，加强了纵队的领导。

在总的国际国内形势影响和浙东纵队的有力打击下，驻宁波地区的日、伪更加人心惶惶，军心动摇，先后有十几名日军士兵主动携械投奔新四军浙东纵队。国民党顽固派一手挑起的浙东第三次反共内战，不到10天就被浙东纵队所粉碎。

新的抗战形势，预示着最后战胜日本侵略者并解放浙东首府宁波，为期不远了。

一天，丁公量把乐群找来，指示她立即赶赴宁波向400小组布置新的任务。丁公量强调说，毛主席号召我们努力打击日本侵略者，并且还要准备攻入城市，收复失地。党中央和华中局都指示我们，浙东是配合盟军作战有重大战略意义的地区，尤其是宁波，日本人派有重兵驻守，伪军也很多，伪组织更是多如牛毛，数不胜数。孙子兵法曰：知己知彼，百战不殆。我们要准备组织地下军，里应外合，接收和解放宁波，就要了解宁波各方面的情况，尤其是敌人的军事、政治、经济情况，还要全面收集宁波的商店、工厂、学校、钱庄、银行、户籍等等各种社会情况。只有这样，将来我们才能稳操胜券。400小组长期埋伏在敌人内部，敌人实行的是愚民政策，不会向其下层官兵和群众公布抗战的事实真相，400小组的同志对抗战大局总的来说也不大清楚。因此，你去宁波后，要向400小组的同志介绍当前总的抗战形势，提高他们的胜利信心；同时要向他们交代新的任务，立即迅速、全面、深入、细致地调查宁波的敌情、社情，特别是敌城防部署，并写成书面材料上报城工委。

乐群受领任务后，立即马不停蹄地赶到了宁波。入夜，她悄悄来到聚奎巷12号，向周迪道当面作了布置。

经过研究，400小组确定了如下分工：

周迪道主要负责调查日本宪兵队、警备队以及驻宁波日军正规部队的情况，重点是敌城防工事的设置、兵力兵器的部署等等。

周斯明主要负责调查伪政府、伪党部、伪警察、伪政治保卫局、伪盐务管理局，伪《时事公报》、伪邮检所等伪组织和银行、钱庄的情况。

冯禾青主要负责调查伪军以及日本宪兵队所管辖的密探、联络员和国民党在宁波市内潜伏人员的情况。

莫奇通过伪军、伪组织人员的家属，调查有关情况。

王福林负责调查材料的分析、综合，并整理成文字材料。

张黎在伪政治保卫局工作，她是个年轻的女同志，随时都有遭受敌人侮辱的危险，不久前伪局长的一个亲信看上了她，死皮赖脸地一定要张黎嫁给他，遭到了张黎的断然拒绝。张黎向乐群汇报后，乐群说："汪伪政治保卫局这块阵地很重要，可以获得很多有价值的情报，丢了很可惜，你要坚守阵地。"

张黎不无担心地说："我一个年轻女子，如果他用暴力，我怎么办？"

乐群想了想，说："你要想尽一切办法避免出现这种情况。当然，到了万不得已时，我会报告上级，待批准后你再撤出。”

后来，伪局长的亲信步步进逼，张黎的处境越来越险恶。

400小组研究并报城工委批准后，同意张黎辞去伪政治保卫局的工作。这虽然断绝了我方获取情报的一个重要来源，但从保障张黎的人身安全，不致遭受坏人的欺凌出发，这样做是完全必要的。

张黎离开伪政治保卫局后，转入伪商会工作。那里也可以获得日伪方面经济活动的不少情报，所以分工她重点负责调查经济情况。陈婕则予以协助。

分工明确后，乐群强调说：“分工不分家，虽然各人有所侧重，但只要是有价值的情况，人人都要注意调查了解，认真思考，并统一汇集起来，再分门别类加以整理。”

任务安排完，各人就分头进行工作。

宁波是浙东最大的城市，与上海一水相隔，与杭州更是近在咫尺，当时人口已达20万人以上，商业较为繁荣，文化教育事业也比较发达，虽然沦陷后饱受日军铁蹄的蹂躏，但作为浙东地区的首府，无论军事、政治、经济、文化、教育等社会情况，尤其是日伪军的城防部署，要调查清楚也非一日之功。400小组除了本身力量外，还动员陈瑞华、周庆、周颐福等外围人员也积极参与其事。

周迪道利用日本宪兵队密探的公开身份，平时跟日本宪兵队、警备队中的翻译接触较多。经过一段时间的深入调查，比较全面地弄清了驻宁波附近的日本侵略军的情况：驻宁波地区的日军属第十三军指挥，约一个旅团，总兵力约4000—5000人，最高指挥官为旅团长宁野少将，下辖五个大队，驻宁波城内约500人，其余分别驻在余姚、慈溪、丈亭、奉化城内、蒋介石老家溪口、镇海、象山茅巷等处。最近为防备美军在象山方向登陆，增调数百人驻在奉化栎社机场。由于不断遭到我抗日军民的打击，日军的士气已大为低落，许多日本兵常唉声叹气，愁容满面。兵员组成上也发生了变化。有的老兵已40多岁，最近又补充了一些新兵，年纪轻的只有十五六岁，看上去还是娃娃脸，根本没有多少战斗力。总的看，日军的战斗力大大下降了，已远非刚入侵宁波时可比。

周迪道和周斯明、冯禾青、王福林等冒着风险，巧妙地一处一处察看了日军的城防工事，碉堡的数量和具体位置，碉堡里的兵力、兵器配备，回到驻处后绘制成草图。

冯禾青是当地人，伪军中有一些关系，根据平时了解和这一次共同调查，进一步弄清了驻宁波伪军的基本情况：城内驻有伪中央系第十师师部和特务营，还有地方系伪军浙保第六专署保安司令部，第六大队一个中队驻江东，第九大队两个中队驻城内、北门等地。宁波附近的鄞县、镇海、余姚、慈溪等地驻有伪十师3个团，伪中央税警团以及各县保安队，总计浙东地区有中央系伪军4000余人和地方系伪军近5000人。

周斯明通过在伪盐务管理局任课长的周颐福，伪时事公报社的潘善邦，以及佘如清和费家娘舅等人，掌握了日伪在浙东最大的经济实体——盐管局的详细资料和日伪邮检所以及银行钱庄的详细资料。

此外，400小组对宁波伪党部、伪储备银行、伪禁烟局以及伪警察在宁波城区的江北、江东、西郊、鼓楼、唐塔等五个派出所，还有文教、医疗机构及重要的工厂、企业、交通运输和中等以上学校的情况，都作了广泛的调查。

张黎和陈婕提供了日伪在浙东和宁波市区及鄞县、慈溪、奉化、镇海、余姚的特务机关的有关情况，以及伪商会和受敌伪控制的各同业公会、各大商店、工厂、钱庄的全部名册，以及营业税收、水产合作社等有关情况。

莫奇通过与伪军家属和密探成建、傅侠、李明耀、顾瑞大的家属接触，了解到了伪军、密探的许多隐蔽的思想情况，并巧妙地告诉她们抗日战争的形势，以动摇军心。

王福林除参与调查了解外，重点负责把每个人汇报的点滴情况及时作记录，尔后逐步进行搜集，最后综合成比较系统完整的材料，特别是日军和伪军重点设防的地段，还绘制了碉堡工事构筑情况、兵力兵器配备情况的地图，交乐群送呈城工委。

为了做好政治策反工作，根据乐群传达的城工委的要求，400小组把平时点滴的了解经过分析综合，对宁波市区比较有地位的伪职人员，每人写了一份100多字的小传，报送城工委。

丁公量从各种渠道了解到，近来驻宁波地区日军的战斗力已大不如前，尤其新近补充关东来的相当数量的新兵，武器装备很差，已发现用七九步枪和捷克机枪，士兵给养不足，甚至饭都吃不饱，每日两餐稀饭，一餐洋芋艿，因此士气低落，厌战空气浓厚，逃亡者多达几十人，有的士兵竟逃亡11次之多。一般士兵自知死亡期近，尸灰不能还乡，于是生活愈放荡，常过度酗酒，乱搞女人，大部士兵均染有梅毒，如在慈溪设立之“慰安所”，内有中国妇女4人，每人每日均需接待日本兵30余人，甚至宁野少将也要翻译介绍妇女淫乐，以致军队纪律败坏。为防止士兵逃亡，规定上街须三五人同行，互相监视。长官与士兵待遇亦相差甚远，更引起士兵不满，军心动摇。

王福林全家在一起（1957年）

丁公量非常注意分析敌情。因此，他每次接到乐群送呈的400小组有关宁波市的调研材料，都高兴地说：你们做了大量工作，对敌伪的军事、政治、特工及经济等作了比较全面的调查，特别对敌伪军的番号、主官姓名、驻地和兵力部署等了解得比以前有了很大进展，为我军进攻和接管宁波创造了一定条件。

第三十三章

日本宣布无条件投降。乐群赶到宁波召开紧急会议，部署400小组尽量争取更多敌伪人员向我军投降，并做好里应外合准备，配合部队解放宁波。

1945年8月12日。

时值盛夏，赤日炎炎，宁波大街小巷的青石板路被烤得火烧火燎，街上行人稀少，人们挥汗如雨，躲在家里扇着大芭蕉扇苦捱酷暑。

周迪道刚刚和周斯明、王福林、莫奇等人在聚奎巷12号议论了当前形势，正准备外出，突然，电话铃急遽地响了起来。

一年多来，宪兵队为了及时向“大密探”朱人达（周迪道化名）下达命令，特地给“朱家”安装了一部电话机。

“内当家”莫奇走到电话机旁，拿起耳机一听，对方是日本宪兵队思想课长铃木，他问道：朱先生在吗？

莫奇机灵地用眼色询问周迪道接不接电话。

周迪道返身走到电话机旁，拿起耳机答道：是铃木先生吗，我正准备到你那里去呢！

铃木急切地说：你马上就来开会。

周迪道边走边猜测铃木为什么如此急切地找自己前往？他想铃木近来情绪低落，愁容满面，不时唉声叹气，见了自己有时似乎想说点什么，但

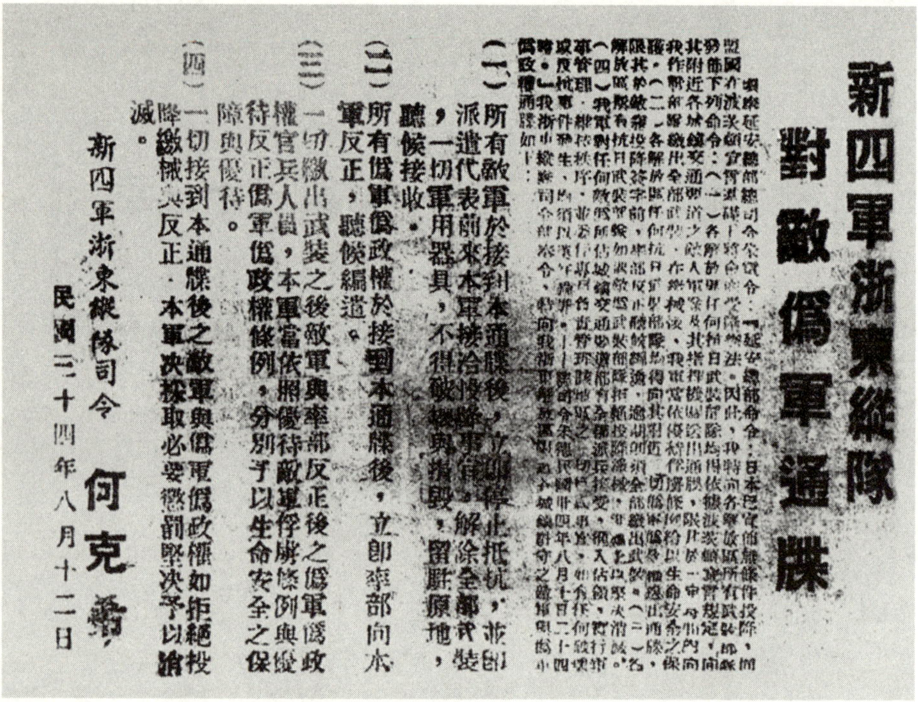

新四軍浙東縱隊對敵僞軍通牒

（一）所有敵軍於接到本通牒後，立即停止抵抗，並即派遣代表前來本軍接洽投降事宜，解除全部武裝，一切軍用器具，不得破壞與損毀，留駐原地，聽候接收。

（二）所有僞軍僞政權於接到本通牒後，立即率部向本軍反正，聽候編遣。

（三）一切繳出武裝之後敵軍與率部反正後之僞軍僞政權官兵人員，本軍當依照優待敵軍俘虜條例與優待反正僞軍僞政權條例，分別予以生命安全之保障與優待。

（四）一切接到本通牒後之敵軍與僞軍僞政權如拒絕投降繳械與反正，本軍決採取必要懲罰堅決予以消滅。

新四軍浙東縱隊司令 何克希

民國三十四年八月十二日

1945年8月12日新四军浙东纵队向敌伪军发出的最后通牒

常常欲言又止。联想到不久前他变卖衣服，捎钱回家，要未婚妻领养孩子以续香火等等言行，可以肯定他的厌战情绪已发展到相当程度。但日军内部思想控制极严，铃木会不会出事？如果出了事，会不会牵连到自己和400小组？还有，近来日军调动频繁，气氛紧张，戒备森严，会不会对我四明山抗日根据地或国民党统治区发动新的军事行动？……

周迪道怀着惴惴不安的心情，来到了开明街宪兵队。铃木正在思想课办公室里等他和别的翻译、密探。人到齐后，就带他们走进了宪兵队的会议室。

参加开会的不过二三十人，日本人有十几个，其余都是宪佐、翻译、密探及其手下的联络员。人到齐后，宪兵队长大场敬次一反常态没有穿军装佩军刀，而是穿一身便服来到会场。他脸色阴郁语气低沉地宣布说：天皇陛下已正式下达诏书，宣布停战，跟中国人和美国人讲和。从今天起，战争结束了。

这不啻是一个晴天霹雳，大家都惊呆了！

周迪道听后心中又惊又喜。喜的是长达八年之久的抗日战争终于胜利了！小日本终于被我们打败了！自己在魔窟中扮演的这种非人非鬼的生活终于可以结束了！但是，使他吃惊的是，想不到胜利会来得这么突然，战争会结束得这么快，这使他内心波澜汹涌，欣喜若狂。

周迪道（1983年任杭州锅炉厂副厂长时摄）

但老练的周迪道想到大场所言是否是真？此时此刻日本人不知会干些什么，他们会不会狗急跳墙进行最后的杀戮？一定得小心提防呀！故此他端坐在那里，装得若无其事，脸上丝毫不露欣喜之色。

在场的日本人则不同了，他们都低着头一声不吭，有的竟呜呜咽咽地低声啜泣起来。不过，这些平日“武士道”精神十足的日本宪兵，却没有一个上演“切腹自杀、效忠天皇”的闹剧。他们不得不无可奈何地接受了“战败投降”的这个残酷而可悲的现实。

大场敬次继续说：战争结束了，我们不久后就要回国了。各位跟我们一起合作了这么些年，原希望大家和我们一起去日本，但又考虑到这样有许多不便，因此决定还是让各位留在中国好。

大场敬次用目光扫视了全会场，见在场的所有中国籍的翻译、密探都睁大两眼紧张地注视着他，静听他的下文，于是干咳了几声，郑重其事地宣布说：在座的各位和你们手下的联络员，凡是和重庆军（指国民党）方面有联系的，都可以回重庆军去。凡是和四明山三、五支队（指新四军浙东纵队）有关系可找的，都可以回三、五支队去。跟双方都没有联系的，则悉听尊便，由你们自己决定。

说至此，大场敬次又一次用目光扫视全场，看大家的反应。会场上静得出奇，连一根针掉在地上都听得出声音来。

翻译、密探们一个个神色尴尬，面面相觑，谁也不敢表态，最后都说回家后考虑考虑再说。

散会后，宪兵队长大场召集铃木、木场等课长作了研究。面对战败的可悲结局，大家神情沮丧。铃木几个月来已对这场战争表示了强烈的厌战情绪，而在实际工作中又了解到共产党新四军的政策，因此他提出，对于宪兵队里的密探和联络员，应该按照他们本人的愿望分别对待。原先从新四军三、五支队来的，如果他们要回去，又有关系可以回去的，就应予大力支持。他还说，南京大本营鉴于美军可能在东南沿海登陆，而这一带基本上都是新四军的活动区域，因此要想办法与新四军方面拉关系。现在日军战败了，更应对三、五支队表示充分的友好……

铃木把周迪道单独留下，一改过去颐指气使的傲慢态度，亲切友好地问道："朱人达先生，你有何打算？如果需要，我可以帮助。"

周迪道很想探探铃木的口风，试探性地问道："我是新四军三、五支队过来的人，又给你们干过事，怕他们记恨，容不得我。去重庆军那边，我没有后台，很难站得住脚。所以，我还没有打定主意呢！不知铃木先生有何见教？"

铃木苦笑着摇摇头，说："我自己目前也是前途未卜。不过，等你拿定了主意，需要我帮助之处，只要能办到，我一定帮助你。"

周迪道急匆匆地返回聚奎巷12号住处，见周斯明、冯禾青不在，于是就赶到王福林的住处，见王正在埋头整理情报资料，就欣喜地对王福林说：告诉你一个特大喜讯：小鬼子投降了！

一向沉稳的王福林立即高兴得跳了起来，连声问道：这是真的？你哪里来的消息？

周迪道把刚才在宪兵队开会的情况，一五一十地告诉了王福林。

老练的王福林又问了一句：鬼子是不是在演戏？这其中是否有诈？

周迪道肯定地说：从整个会议的情况分析，我看不会有诈。日本投降是天大的事情，他大场队长即使吃了豹子胆，也不敢扯这么一个弥天大谎呀！

王福林建议晚上召集全组开个会，深入分析一下目前的形势，研究下一步对策。

当天下午4时许，莫奇突然接到乐群的电话，说她刚到宁波，晚上8时要来聚奎巷12号召集400小组全体人员开紧急会议。

周迪道不敢怠慢，为了保证乐群的安全，他打电话找来王福林，布置周斯明、冯禾青、王福林三人晚饭后提前在有关路口一边警戒，一边迎接乐群的到来。

夏日天长，晚8点多钟，乐群才借着苍茫暮色的掩护，来到了聚奎巷12号。在周斯明、冯禾青的引导下，通过原来做柴草间的秘密通道，人不知神不觉地来到楼上一间卧室。那里早已摆好一副麻将牌局，于是四人装做打麻将，其他人坐在一旁"观战助阵"，召开了400小组的全体会议。

乐群喜滋滋地低声说：同志们，告诉大家一个特大好消息：日本鬼子投降了！抗战胜利了！这是昨天下午谭启龙政委给王文祥和粟后同志的急信中告知的。粟后命我立即赶来这里，进行传达、研究和部署。

大家情不自禁地高兴得热烈鼓掌欢呼起来。是啊，从抗战开始到进入四明山根据地，又奉命在日本宪兵队长期埋伏，历尽了无数艰难险阻，特别是为了完成党交给的任务，使敌人误以为是心甘情愿受其驱使，真心实意效忠于"大东亚共荣圈"，从而在自己同胞的心目中变成了"汉奸"、"民族败类"，人人嗤之以鼻，各种滋味，只有亲身经历过的人才能体会到。现在，这样的屈辱生活终于结束了。

周迪道用手一按，示意大家小声点，并说：现在情况很复杂，我们大家要提高警惕，防止日本人和国民党顽固派搞我们一手。

乐群继续说：最近国际国内形势发展很快。苏联红军已经出兵东北，号称百万的日本关东军迅速土崩瓦解。美国人还在日本的广岛、长崎投下了两颗叫做“原子弹”的最新式炸弹，听说威力很大，炸死了几十万人。毛主席和党中央发表了《对日寇的最后一战》的重要声明，八路军新四军和全国军民发起了全面大反攻。在这样大好的形势下，日本天皇不得不宣布无条件投降。我们住在四明山的大山沟里，对外面情况不甚了解，这真可谓：山中方数日，世上已千年哪！

周斯明说：我们虽然住在宁波这样的大城市里，但日军一向对战局的发展十分保密，特别对他们不利的消息更是严密封锁，不让下层官兵知道，以免动摇军心。当然更不会让中国老百姓知道，以免激起更大的抗日浪潮。

正如乐群和周斯明所言，400小组的同志对最近迅速变化发展的整个形势，确实知之很少，例如：

8月10日，日本政府向苏、中、美、英四国政府请求投降，表示愿意接受波茨坦宣言，并把这一决定通过中立国通知了各国政府。当天晚上，蒋介石就匆匆发出训令，要求日军驻华最高指挥官冈村宁茨转饬所部，即就现态势停止一切军事行动；并警告辖区内日军不得向他指定之军事长官以外的任何人缴械投降。这就表明，蒋介石一手剥夺了艰苦抗战八年的共产党八路军新四军的受降权。

8月11日，蒋介石又接连发出三道命令，一是命令国民党军加紧作战，积极推进，“对伪军要宽大为怀，对八路军新四军受降则断然剿办”；二是命令八路军总司令朱德“所属各部应就地驻防待命”；三是命令日伪军“各就现地负责维持地方治安良好秩序”，“作有效的防御”。三道命令的实质是妄图一口鲸吞抗战胜利果实。

中国共产党采取了针锋相对的斗争方针，指示八路军、新四军和各地抗日武装集中主要力量使日伪向我投降，不投降者按具体情况发动进攻，猛烈扩大解放区，占领一切可能占领与必须占领的大中小城市与交通要道，夺取武器和资源，并放手武装基本群众，不应稍有犹豫。

根据中共中央指示精神，新四军军部命令各部队进占各城市，解放一切沦陷区，解除敌伪武装，摧毁一切伪政权，如遇抗拒，就坚决消灭。各大单位要向所属地区各地日军发出通牒，着令其停止抵抗，向就近新四军部队投降。

对于上述最新事态发展，处在四明山深处的浙东区党委和浙东纵队领导机关，通过中央和军部的电报，以及收听到的广播，是一清二楚的。

谭启龙还于11日中午给城工委书记王文祥、副书记丁公量（粟后）专门写了一封亲笔信，并附来一张《新浙东报》刚出的《号外》。信全文如下：

文祥、粟后同志：

一、日本已无条件投降，详见号外。此间已在拟印对敌伪通牒，下午可到。希即准备人员通过所有敌伪军现有工作关系要日本军队及各机关伪军伪组织向我军投降。我们保证其安全，予以特别优待，说明共产党的宽大政

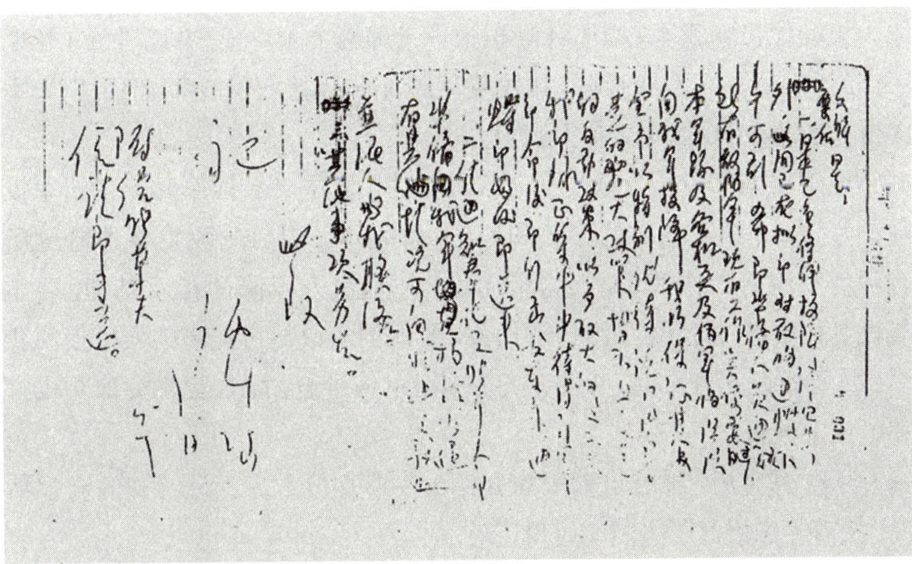

谭启龙给城工委书记王文祥、副书记粟后（丁公量）的亲笔信（1945年8月11日）

策，以争取大的发展。我部队正集中，待得到军部命令后即行出发东来。通牒印好后即送来。

二、请通知奉化及张华夫部准备与我军接洽。如遇有其他情况，可向我地区转进，并派人与我联络。

三、其他事项另告。

此致

礼、

谭（启龙）　何（克希）

十一日午

附给张华夫信请即专送。

伪军张华夫部，原来是第七九三〇部队直辖自卫团，后改为浙江省保安第二大队，是杭州外围地区实力较强的伪军，近来驻在浙西靠近杭州北郊。浙东区党委敌工委——城工委已有秘密关系，所以谭启龙令城工委速派人策动他投降我军。原先计划拉张华夫部两个团反正，并已进行了长期工作。不料日军刚宣布投降，国民党就抢先一步接收了该部，但张华夫本人带了家属及100余人投奔了新四军。

城工委副书记丁公量当面向乐群传达了党中央新四军转来的日军投降的喜讯，介绍了当前的形势和任务，特别讲了谭启龙政委要求通过所有敌伪军现有工作关系，大力策动日伪军向我方投降的指示精神，要她星夜赶往宁波，向400小组传达任务，要他们争取尽可能多的人枪投向我军。并要做好充分准备，多方进行联络，里应外合，配合我主力部队攻打和解放宁波。

乐群讲完后，周迪道向大家介绍上午参加日本宪兵队召开的会议情况。接着大家展开了热烈的讨论。

经过三个多小时热烈的分析讨论，最后大家一致认为日本侵略者被打败了，被迫无条件投降了，这是确定无疑的事实。这对包括大场在内的所有宪兵、特工，都是不得不承认的现实。因此，作为战败者，他们不可能再像以往那样趾高气扬、不可一世的了。日本侵略者虽然跟国民党顽固派暗

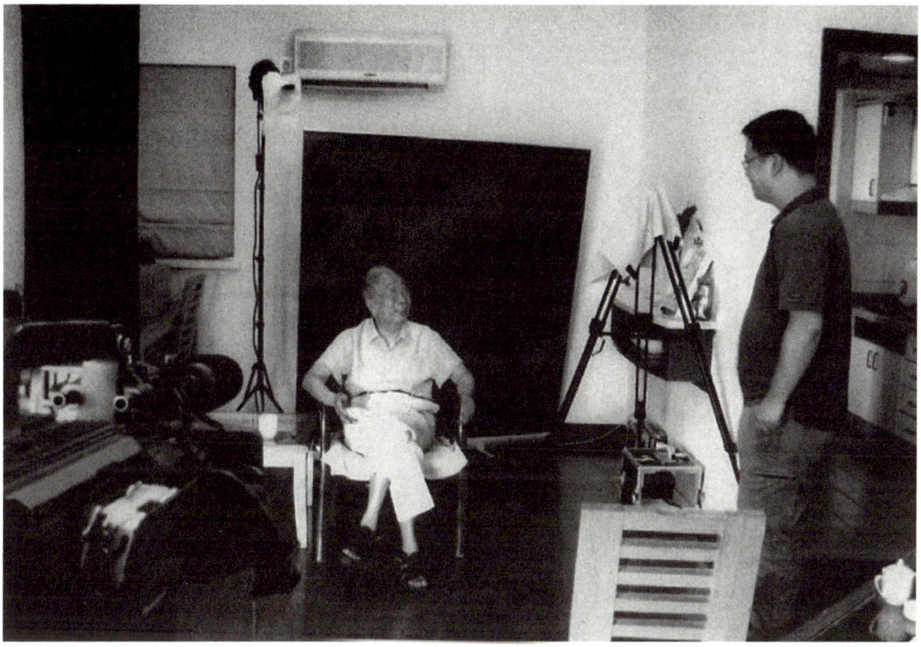

丁公量在接受中央电视台采访（2009年）

中勾结反共，但从平时宪兵队中有些人的言谈中，也流露出他们对国民党的贪污腐败，营私舞弊，内部互相倾轧，排斥异己，搞得人民怨声载道等等劣迹，是反感的、不屑于齿的。而对中国共产党的清正廉洁，与群众同甘共苦，从而获得广大人民的衷心拥戴，加之华中抗日敌后战场（包括浙东）新四军节节胜利，解放了大片国土，抗日根据地建设欣欣向荣，人民安居乐业。所有种种事实，他们都从所收集到的情报中获得了证实。因此，大场宣布愿意回三、五支队的可以回去，这是他经过长期比较、观察、分析，基于大量事实得出的结论，是对我们新四军不再持敌意的由衷之言。

大家讨论最关键的问题是：怎么做好里应外合的准备，配合主力部队攻打宁波？怎么向日本人表态说我们要去三、五支队？万一中了日军的圈套怎么办？应该采取什么样的防范措施？

会议一直开到第二天拂晓，东方露出了熹微的晨光。

乐群作结论说：大家要多联络和策反敌伪人员。周迪道同志可以去宪兵队，通知日本人我们几个人要去三、五支队。反正他们早已知道你们原先就是三、五支队的人。但也要防止日本人向你们提出：你们几个人是共产党的叛徒，回去后共产党还会要吗？即使这样，你们也决不应暴露你们反间谍小组的真实身份。这一点务必注意。因为万一日本人知道了你们的真实身份，很可能恼羞成怒，会对你们下毒手。总之，有一定风险，但在日本已宣布无条件投降的情况下，估计他们还不敢这样做。

大家提出：请乐群同志再辛苦一趟，天亮后立即赶回四明山去向城工委汇报。乐群愉快地说：这是我责无旁贷的事，请大家放心。

临散会时，周迪道要求乐群向城工委请示：如果别的密探、联络员提出要投奔三、五支队，我们要不要？

乐群肯定地回答说：党中央和新四军军部总的精神是争取更多的日伪军向我们投降。我想不管是日本人、翻译、密探、联络员，不管他们过去罪恶多大，只要向我们投降，都应表示欢迎。在城工委具体指示前，你可以先做工作。

第三十四章

60多名密探、联络员跟随400小组投奔共产党新四军。敌宪兵还赠送电台、机枪、步枪、弹药，并派一个排护送前往四明山根据地。

送走乐群后，周迪道虽然一夜未眠，但心潮澎湃，精神亢奋，毫无睡意，匆匆吃过早饭，就去宪兵队“表态”。

滨海城市宁波的盛夏，每到晚上至早晨，海风习习，仍颇为风凉。周迪道大步流星地来到开明街宪兵队，走进队长大场敬次的办公室，向他点点头算是打了招呼，然后说：大场先生，经过征求意见，周列平（即周斯明）、马鹤九（即冯禾青）、王福舟（即王福林）等人决定回到新四军三、五支队去，今天特来通知阁下。

周迪道边说边密切注视着大场的表情，随时提防着他翻脸无情，对自己下毒手。

出乎周迪道的意外，大场敬次满脸堆笑，不假思索地说：好！我们支持他们回三、五支队。继而关心地问道：朱先生，你不回三、五支队，那你准备怎么办?

周迪道故弄玄虚，说：大场先生，你知道，我是共产党的叛徒，又帮你们做了许多事。如果我回四明山，三、五支队会把我当叛徒处决。但我又不能跟你们走。留在宁波呢，国民党来了，也不会要我。你看我该怎么办？

大场想了想，问道：你自己有什么打算？

周迪道胸有成竹，说：我想了好久，感到只有一条路：独立为王，做山大王去。但打游击需要人、枪啊！

周迪道这一“招”的目的很明确：贯彻城工委的意图，从日军手里多搞些人枪。

大场默默沉吟了一会儿，最后表示说：今天我跟你说句老实话，我和铃木、木场等认真研究了新四军浙东纵队的通牒，都认为这是他们的一贯政策。根据我们长期对新四军的观察，他们所说的话是可信的，他们一直说到做到。所以我们想，你们能回去还是回去好。其他密探、联络员如果愿意跟你走的，你可以统统带走，我看不会有危险。我们还可以给你一部电台、一挺机枪、几十支步枪。短枪反正你们人人都有，可以随身带走。

听了大场这番话，周迪道内心有说不出的高兴。

周迪道告辞出门时，大场敬次客气地说：朱先生，明天晚上你能不能请客，宴请宴请大家？

周迪道爽快地答应说：可以，那就定在东门口的南华酒楼，时间在我们临走前一天晚上，届时请队长和宪兵队各位光临。

人逢喜事精神爽。周迪道从宪兵队出来，心里有说不出的高兴。他想，当年大诗人杜甫喜闻官军收复河南河北，连夜收拾行装准备还乡，还作诗说：“白日放歌须纵酒，青春作伴好还乡”，喜悦之情溢于言表。如今抗战胜利了，党交给自己的在日本宪兵队长期埋伏，开展反间谍斗争的艰巨任务胜利完成了，自己和同生共死、艰苦斗争的战友很快可以作伴归队了，一别经年的妻儿很快可以团聚了……他越想越感到喜不自胜。

正想着，突然感到一颗子弹“嘶”的一下从耳畔擦过，随即听到“砰”的一声枪响，身后又传来了“快抓住他！”“别让他跑了！”的叫喊声，回眸一看，原来是潜伏在宪兵队的国民党军统特务李明耀，正带着几个人向自己奔来。周迪道反应敏捷，立刻拔出短枪边跑边还击，并拐弯抹角转了几个弯，很快摆脱了敌人。他随身带着的一条大狼狗，紧紧地跟在后面，不时呲牙咧嘴，向追来的特务狂吠，使他们不敢靠拢。

新四军浙东纵队第三支队支队长林达

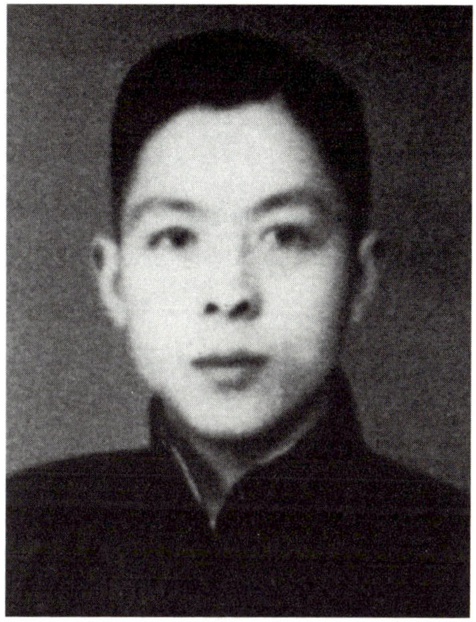

新四军浙东纵队海防大队政委吕炳奎

原来，日本宣布投降后，国民党军随即向宁波开进，早就潜伏在宁波城内的国民党特务纷纷浮出水面，与国方早有勾结的伪军也摇身一变，成了国民党的“先遣军”。宁波地区的日、伪、顽很快合流，沆瀣一气，联合起来对付共产党新四军。因此，400小组面临的形势更加险恶。刚才的一幕，就反映出国民党特务欲置周迪道于死地的罪恶用心。

说起周迪道随身带的那只大狼狗，还有一段小故事。

冯禾青5月间跟随日本宪兵队去宁海，迎接从温州一带撤退下来的日军。冯禾青看到日军警备队带了4条大狼狗，其中一只狼狗的毛色和大灰狼一样，体态高大，足足有40公斤体重，据说是温州一个大地主从德国买来后养大的。这只狼狗落到日军手中后，就成了警备队的一只鹰犬。

这条大雄狗十分凶悍，常把其他三条狼狗咬伤，回宁波途中又咬死了老百姓的20多条狗，因此温州警备队和宁波宪兵队一起回到宁波后，干脆把这条狼狗送给了铃木。一天，铃木把这条狼狗带到聚奎巷12号，送给了周迪道。周迪道就交给冯禾青豢养。

新四军浙东纵队第五支队政委邱相田

说来也怪，这条大狼狗对主人绝对服从。当一个主人把它交给另一个主人时，只要作一个手势，说一声“跟他去”，它就老老实实、俯首帖耳地跟住了新主人，对铃木、对周迪道和冯禾青都是如此。

冯禾青训练大狼狗给400小组把守大门。从此，没有400小组的成员陪同，陌生人休想走进聚奎巷12号。一天，汉奸成建带着一帮徒子徒孙大摇大摆来看周迪道。刚推开大门前的木栅门，大狼狗就呼地一下冲上前去，成建急忙掏出枪来恐吓它，谁知它一口咬住了枪，吓得这帮汉奸呼爹喊娘急急忙忙地逃走了。这次，大狼狗又协助周迪道脱离了险境。

周迪道随即返回宪兵队，立即打电话通知聚奎巷12号，要周斯明、冯禾青、王福林、莫奇等同志提高警惕，并说军统特务很可能冲击聚奎巷12号400小组的住地，要他们当晚转移到“大中公司”（日本宪兵队开设的商业性机构，用以掩护其特务活动）。

此后两天，400小组成员分头联系各人熟悉的密探、联络员及有关人员，动员他们投奔新四军浙东纵队。

周迪道着重找了大密探傅侠。此人原系军统镇海站站长，后因对国民党不满及内部倾轧等原因，投降了日军。半年前他曾悄悄告诉周迪道，他的手下碰见途经宁波的浙东纵队海防大队政委吕炳奎。但他瞒过了日军，将政委隐蔽在自己家中一个多月，并接受了吕炳奎政委对他的教育，尔后又将吕炳奎秘密护送回新四军。傅侠还坦诚地说，根据他多年的观察，从大量事实中认识到国民党太黑暗腐败，已丧失民心，而共产党受到人民的真心拥戴，将来的天下必定是共产党的。傅侠原先吸鸦片，整日里花天酒地，周迪道经常对他进行规劝，使他有所收敛。日本投降的消息一传开，周迪道找到傅侠后，动员他投奔新四军，傅侠立即满口答应，并表示带领所属的人员一起反正。

周迪道策反的第二个对象是密探顾瑞大。此人码头工人出身，与国民党没有什么瓜葛，跟周迪道的关系一直比较好，经周动员说服后，表示愿率手下人马投奔新四军。

周迪道策反的第三个对象是密探周越生。此人年纪比较轻，思想比较单纯，在国民党方面没有靠山，是日本宪兵队秘密派到日本警备队的密探。现在日本人一垮台，除了跟周迪道投奔新四军，此外别无出路。经周迪道说服策动，立即答应率手下人弃暗投明。

新四军浙东纵队第五支队支队长王胜

但周迪道在策动密探成建反正时，却遭到了拒绝。原先，周迪道跟成建交往甚密，周还有意在他经济困难时动用“敲竹杠”所得对他进行资助。两人还达成“君子协定”，双方有关的人员遭到日军逮捕后，相互设法营救保释。平时他还向周透露过一些他侦悉的共产党新四军方面的情报。可是，当周迪道动员他投奔新四军三、五支队时，他推心置腹地说：朱先生，如果我早知道你真的是共产党，我是绝不会放过你的。过去，铃木曾多次问过你是否通共产党？我说朱人达先生不是那种人。今天才知道你真的通共产党，我从心底里佩服你的能耐！但你要我投奔共产党新四军，我是决不会去的，因为坦白告诉你，我跟国民党第三战区早有联系。至于我手下的人，如果有人愿意去四明山三、五支队，我也不会阻挠。

当时，国民党军正在迅速向宁波城推进，先头部队和特工人员已进抵市区到处活动，潜伏在伪军伪组织的军统、中统特务纷纷公开露面，中央系伪军第十师已公开打出国民党先遣军的旗号，在城内各要害地区站岗放哨，按照蒋介石的命令“负责维持地方治安”。市内还到处盛传国民党第六专署专员俞济民在鄞县甲村召开的群众大会上公开宣布的一段话：我进城后要把投降日本人的汉奸统统杀掉，把人头从新江桥挂到老江桥（这两座桥均在宁波市区，相距约五六百米）。

一些密探、联络员听了俞济民的讲话后，议论说：俞济民进城后，杀的是谁？伪军都成了国民党的先遣军，伪警察伪组织成员大都被中统特务所收罗，剩下的就是我们这些当过密探、联络员的人了。俞济民扬言要杀的，就是我们这些人。我们除了投奔新四军，别无出路可寻。

龚涛原是密探孙桂芳手下的一等联络员。投敌前，他是国民党第六专署所属第六大队郭青白部的税卡人员，家住我鄞西根据地。后来他从孙桂芳处分裂出来，自立门户，成为日本宪兵队的“八大密探”之一。但他积习不深，被冯禾青、王福林以“交朋友”的方式吸收参加了“十兄弟”组织。王福林动员他投奔新四军，他考虑两天后，才下了决心。

还有个密探高英烈，被日军派驻在镇海县执行任务。他家住四明山根据地内的浒山区高家村，兄弟三人均投降了日本。老大在伪余姚保安队，老二在伪中央税警总团，他排行第三，开始在密探成建手下当一等联络员，后来日军将他提升为密探。当地群众称他们为“高家三虎”，可见其兄弟三人作恶之多。这样的人有无争取的可能？冯禾青诚恳地对高英烈说：

目前的形势是明摆着的，国民党那边你投靠无门，共产党新四军的政策你很清楚，你手下的联络员大都家住四明山抗日根据地，他们都愿意投奔新四军。你不去四明山，岂不成了孤家寡人？那时你就悔之晚矣！最后，高英烈迫于形势，亦表示愿意率所属人员投奔新四军。

经过劝导，有七个密探衡量了利害得失，相信共产党新四军的政策，信任周迪道他们的为人，决定率其手下的联络员等共约60余人，和周迪道等一起投奔共产党新四军。这使400小组的同志喜出望外。

14日傍晚，周迪道向铃木正式宣布说：昨天我向大场队长说要上山打游击，后经我派人跟新四军的一位粟后科长联络，他同意我回去。这样，我们决定尽快去三、五支队。今天晚上我以个人名义在南华大酒楼宴请愿意一起去三、五支队的所有人员，欢迎你和大场队长及木场、土屋、西原等先生也来参加。为了防止国民党特务的破坏，周迪道商请宪兵队派人在门外布了岗哨。

夜幕降临，南华大酒楼灯火通明，周迪道站在门口迎接，应邀前来的共有六七十人，熙熙攘攘，显得颇为热闹。

周迪道首先讲话，他说：我派人跟三、五支队联系后，他们热诚欢迎我们反正。共产党新四军的政策大家都是知道的。像我这样的人，原先是三、五支队的人，后来成了宪兵队的密探，可是他们对我仍然表示欢迎，并声明对我既往不咎。这不是光对我一个人的，是共产党新四军对所有愿意幡然悔悟、弃暗投明的敌伪人员的一贯政策。今天抗战胜利了，共产党新四军已郑重宣布欢迎大家光荣反正，听说他们的谭启龙政委和何克希司令还承诺给予反正人员以特别优待，并参加革命的行列。这一点大家尽可放心。

周迪道在讲话中对400小组长期埋伏日本宪兵队的事，守口如瓶，滴水不漏。这既基于策略的考虑，也出于安全的考虑。他着重强调的仍然是党的政策，目的是为了落实党中央和新四军军部的号召，以及谭、何首长的指示，力求争取日伪方面更多的人枪归向我党我军。

大场敬次队长代表宪兵队祝酒。他庆贺大家去三、五支队，并宣布：临行前邀请大家到开明街“大中公司”楼上餐厅聚餐，为大家送行。

乐群于15日又从四明山根据地赶到宁波，向周迪道等同志传达了城工委的指示。她说：城工委热烈欢迎400小组的同志光荣凯旋，同时也欢迎你们策反和争取来降的所有敌伪人员。可以向他们明确宣布我党我军对一切起义投诚人员的政策，说明既往不咎，爱国一家，以打消他们的顾虑。

周迪道、周斯明、冯禾青、王福林、莫奇等人向乐群汇报了三天来策动敌伪人员投降的详细情况，乐群听后表示赞许，并说：短短几天时间能动员这么多人枪投奔我军，是很大的成绩，这也表明400小组在贯彻城工委“广交朋友”这一指示方面，平时就打下了很好的基础。

周迪道和妻子陈月明、长女奋进（左二）、次女建国（左一）、幼女也印（左三）、次子卫国（左四）1954年春摄于山东曲阜。（长子勇进时在南京上学）

乐群特别提出，纵队政治部主任张文碧交代，一定要把叛变投敌的向露云和杨明这两个叛徒带回去。

周斯明和冯禾青汇报说：对向露云和杨明，我们通过吸收他们参加“十兄弟”组织，平时已基本上控制了他们，减少了他们对革命的危害。日军投降后，我们一再跟他们谈话，向露云说他原先是国民党突击营的侦察队长，后起义投奔了新四军。如果他回国民党那边去，必遭杀身之祸。考虑再三，最后决定还是跟我们一起回四明山。

乐群说：很好。但你们还要采取必要的措施，防止他半途变卦逃跑，投奔到国民党那边去。那样，我就不好向张文碧主任交代了。

接着，乐群宣布了回归和反正人员去四明山根据地的时间、路线、登陆地点，并说：届时丁公量同志将亲率人员前来迎接。

周迪道问乐群：目前宁波城内已出现了许多国民党人员，伪十师已奉国民党之命在市区站岗放哨，我们的登船地点以及轮船必须通过的新江桥，都已由伪十师把守。国民党特务公然袭击本人的事件，表明他们决不会顺顺当当地让我们带了这么多敌伪人员投奔新四军，我们该怎么办？

乐群沉思了一会儿，反问周迪道：你们拉了这么多人投奔新四军，日本人竟然表示同意并帮助你们这样做，这中间会不会有什么名堂？特别对铃木这个日本人，他有多少可信度？他们会不会做成圈套让我们往里钻？这个问题尚须三思。

周迪道和周斯明、冯禾青、王福林交换意见后，郑重地说：我们认为铃木等几个日本人这样做，并非有诈，而是从内心表示对我党我军的崇敬。平时我们早就感觉到，有些日本人对卑躬屈膝投降他们的汉奸不屑于齿，从骨子里就轻视他们。对国民党的腐败，也是有看法的。而对爱国、正直的共产党人，他们私下里是很尊敬的。至于铃木这个人，他早就存在厌战情绪了，卖掉西装寄钱回日本要未婚妻领养一个孩子，就是有力的证明。因此，我们意见干脆向铃木说明我们的回归日期和行动路线，并要求他派日本士兵保护，以免遭到国民党特务和伪军的拦击。

乐群是个细心的领导人，她权衡再三，最后拍板说：好，就这样办！请周迪道同志明天就去跟铃木联系此事。但防人之心不可无，你们要做好应付一切突发变故的充分准备。

16日上午10时许，400小组大部分成员和愿意投奔新四军的密探、联络员等60余人，如约到达开明街“大中公司”。宪兵队摆了六桌酒席。队长大场敬次在祝酒时说：我们不久就要去南京集中，然后就要遣返回国了，现在跟各位分手，祝大家前途光明，希望日后有机会能够重逢。他还宣布：凡是去三、五支队的人，各人原先携带的武器和自身物品，都可以带走。

下午1时正，周迪道率400小组成员以及所有反正人员在开明街宪兵队门前集合。铃木等人搬出准备好的2部电台（其中一部需稍加修理后即可使用）、2挺轻机枪（捷克式和勃朗宁式各1挺）、4挺手提式机枪、11支英制半自动步枪，送给周迪道、周斯明、冯禾青、王福林和所有投奔三、五支队的人员，还说这是送给你们的“临行赠礼”。

周迪道以昂扬的声调下达了“出发”的口令。60多名人员扛上机枪、手提轻机枪、新式英制步枪，身佩自己原有的短枪，成一路行军纵队浩浩荡荡向乘船埠头出发。为防止国民党特务袭击，经事先协商，木场和铃木带了日本宪兵一个排护送。很快，队伍来到日本警备队驻处门前不远处的一个埠头，乘上2艘汽艇。铃木对周迪道说：前面要通过新江桥，桥上站哨的是谢文达的伪十师，他们已成了重庆军先遣队。为了安全，你们的人坐在船舱内，我派宪兵站在船头，他们就不会开枪了。

跟随大家一同到四明山根据地的，还有八九个家属，她们也上了船。

周迪道下令开船。汽笛一声长鸣，2艘汽艇沿着滚滚姚江上溯而行，直驶四明山抗日根据地……

第三十五章

谭启龙亲笔写信欢迎400小组胜利归来。丁公量总结了取得胜利的成功经验，主要是我党我军对敌伪方针政策的正确。

日本侵略者无条件投降的消息传到浙东抗日根据地后，广大军民无不欢呼雀跃，多日来到处是锣鼓声、鞭炮声，洋溢着欢庆胜利的热烈气氛。

丁公量喜悦的心情更是难以用笔墨来形容。作为区党委敌伪军工作的直接负责人和新四军浙东纵队敌工科长，几年来他殚精竭虑，花了不知多少心血，在隐蔽战线上指挥着地方和军队的几百名无名英雄，以各种方式打入敌伪内部，取得了重大的战绩。今天，终于迎来了胜利，这使他无比喜悦。同时，党中央和新四军军部一连串的紧急指示，又使他强烈地感到目前正是敌伪军工作的一个关键时刻，是千方百计争取更多日伪人员向我方投降的决战时刻。机不可失，时不再来。丁公量充分意识到任务的光荣、艰巨和责任的重大。几天来他日以继夜地工作着，几乎没有睡过一个安稳觉。

14日一大早送乐群去宁波后，丁公量在部署好各个方面的工作后，于16日上午亲率一支短枪队赶往一个小山村，以便迎接400小组的同志们胜利回归。

时值盛夏，天气炎热。微风吹来，清澈的姚江江面上泛起涟涟微

新四军浙东纵队政治部主任张文碧（前排左一）

波。汽艇顺利通过伪十师哨卡后，周迪道站到船头指挥这次非同寻常的航行。

极目远眺，逶迤的四明山脉青山隐隐，嶂峦起伏。周迪道想着自己的足迹曾经踏遍无数个山头，到过无数个小山村，在抗日烽火中跟广大群众结下了深厚的战斗情谊，那是自己日日夜夜梦萦魂牵的“娘家”啊！

周迪道还不由得回想起一年多以前那个噩梦般的深夜，自己成了突然闯入的日军的俘虏，被五花大绑押上姚江的一艘小轮船。那时，望着波涛滚滚的姚江水，自己是多么想纵身一跳投江自尽，以保全共产党人的名节。可是不能呀，敌人紧紧地捆绑着自己，不容许自己有丝毫的动弹。应该感谢党的领导，感谢谭启龙政委和何克希司令，是他们给了自己重新为党工作的机会和勇气！应该感谢敌工委——城工委的粟后（丁公量）同志，是他具体地指挥和领导我们400小组埋伏在日本宪兵队内部，进行了长达一年零三个月之久的反间谍艰巨斗争。如今，日军被我们彻底打败了！不得不低声下气地向我们投降了！这两船的人员和武器，不就是我们的“战利品”吗！

想到这里，周迪道不由得心潮澎湃，充满胜利的豪情。

船行迅速，很快到达了城工委指定的登岸地点——姚江的青林渡口。

汽艇靠岸后，周迪道、周斯明、冯禾青、王福林、莫奇等400小组成员首先登岸。丁公量出于安全考虑没有亲自到渡口迎接，他派出城工委的工作人员带了十几名短枪队员到渡口接应。

60多名投奔新四军浙东纵队的敌伪人员，随带武器装备鱼贯下船。铃木和木场在船上船下忙个不停，指挥护送的日本宪兵把笨重的弹药和电台、轻机枪、英制步枪等从船里一一搬到岸上。

回归和投诚人员全部上岸后，铃木、木场和护送的日本宪兵即乘汽艇返回宁波。

周斯明夫妇和王福林夫妇在南京

临分别时，铃木将随身携带的军用皮包等两件物品送给王福林，以赎前愆，并表示友好。然后又对周迪道说：我早就听说粟后先生是三、五支队情报工作的领导人，很想当面拜见他，不知粟后先生今天来了没有？我能否见见他？

周迪道说：粟后同志是我的领导人，估计他一定很忙，今天没有来。

铃木听了长吁一声，表示很失望的样子。接着他找出纸笔，当场给粟后写了一封短信——

粟科长：

你们胜利了！你们的工作胜利了！我钦佩！我想留下来。我懂得你们的政策，但我不能决定我自己。现在你们要建设你们的国家，我想回国去建设我们的国家。如果回不去的话，我还会来找你们！我想你们会留我的。

铃木政一

铃木写完信后，又解下随身佩带的一支崭新的4寸毛瑟小手枪，把信和手枪一并交给周迪道，郑重地嘱咐说：请朱先生务必面交粟后先生。

汽笛长鸣，开船的时间到了。上船前，铃木又双手紧紧地握住周迪道的手，声音带点颤抖地说：朱先生，如果我不是天皇陛下派来的，我一定跟你们去了……边说边掉下了大颗大颗的泪珠。

铃木这么一说一哭，在旁的不少宪兵也不由得呜咽起来。他们已接到命令，警备队人员就地准备遣返回国，宪兵队人员先到南京集中等候，这使他们增加了不少压力和顾虑，更感慨于战败者可悲的命运，感慨于遣返回国后前途的渺茫和身世的飘零……

安顿好投诚人员后，周迪道等400小组成员第二天一大早来到5里路外的一个小山村，当面晋见丁公量同志。

昨天晚上丁公量几乎是一夜未眠。天亮前，他收到了区党委书记兼纵队政委谭启龙派人送来的一份急件。打开一看，是谭政委的一封亲笔信，全文如下：

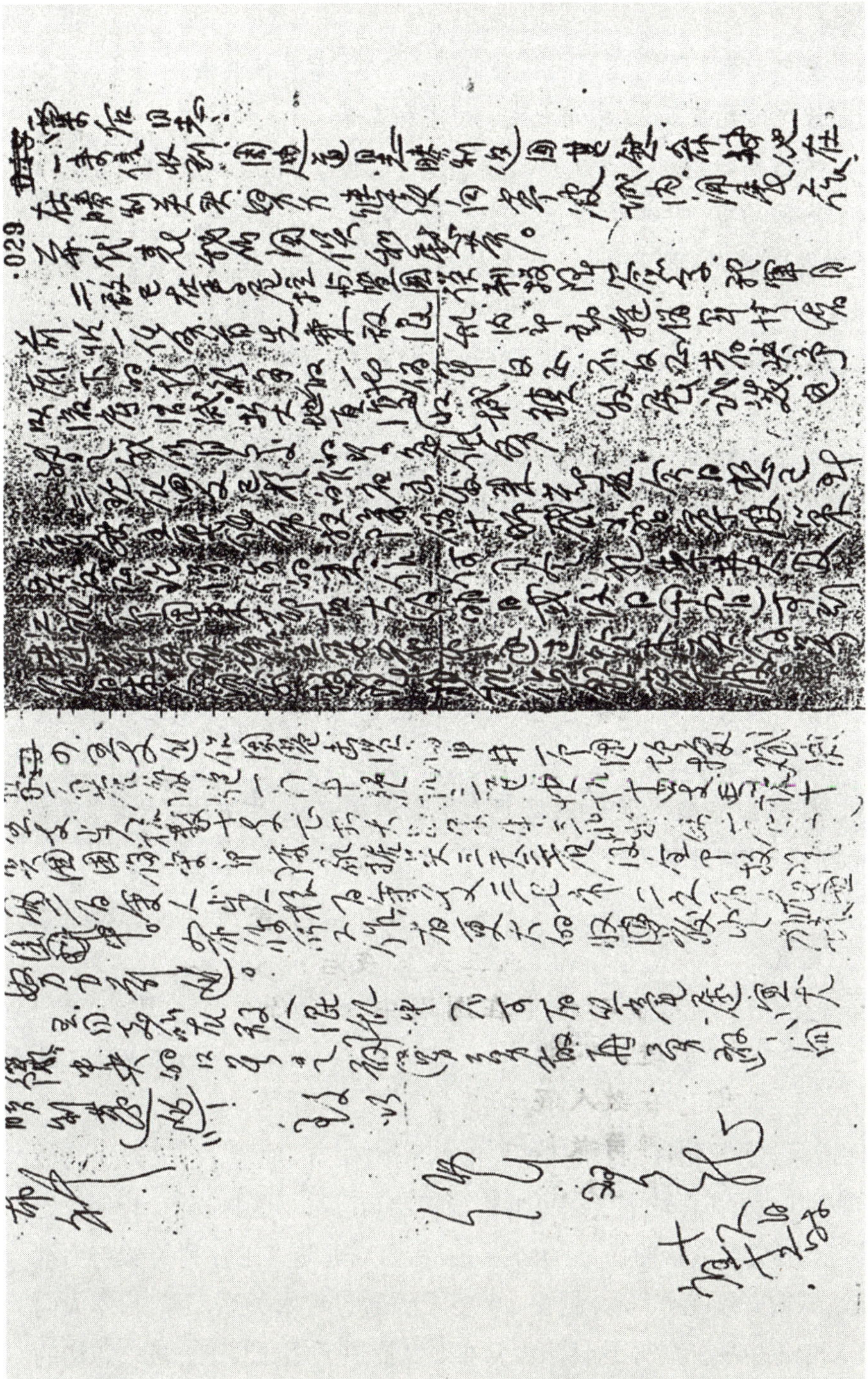

谭启龙给城工委副书记栗后（丁公量）的亲笔信（1945年8月16日）

粟后同志：

一、来信收到。周迪道同志胜利返回，甚慰！希转他在胜利关头，努力继续向宁波城内开展工作，并代表我们问候和慰劳。

二、敌已在马尼拉与盟国谈判投降签字。我军目前惟一任务，首先乘敌混乱、内部动摇、伪军情绪低下的情形，争取一切伪军反正，不反正者坚决予以彻底消灭，扩大地区，收复城镇，发展武装。这就是我们目前的紧急任务。

三、现在四支（队）已于昨夜出发前来鄞西，今日想已到章密，主要任务扫除伪十师威胁宁波策应反正。现得你的来信，何司令亲率警（卫）大（队）及二旅一个团来鄞西，大约明日或后日（十九日）可到达鄞西石塘，主要希望通过铃木关系，号召日本人向我投降，相机占领宁波。

四、五支（队）进占周巷，击溃伪中警一个团增援，歼灭其一个营，缴炮一门，手提机（枪）三挺，快机十四支，马枪十五支，步枪数十支，正扩大战果中。三北特务营及民兵围困伪宋部（指伪军宋清云部）陈家据点三天三夜后，全部投降两百余人，步枪百余支。三七市二六市在围困中。希你们工作有更大的收获，望加倍努力前进。

五、同志们，在敌人混乱中，不可有丝毫迟疑犹豫。中央的口号是“勇敢勇敢再勇敢”、“向胜利迈进”！

致以

布礼

谭启龙

十六日夜十二时

丁公量一字一句仔细看完信后，心情无比振奋。他想，谭政委戎马倥偬，日理万机，还在百忙中于深更半夜亲笔给自己写了这封长信，指明了当前形势，详细交代了新的任务，并特别强调要周迪道“在胜利关头努力继续向宁波城内开展工作”，并提出“主要希望通过铃木关系，号召日本人向我投降，相机占领宁波”，这件事太重要、太紧迫了。因此，丁公量以急切的心情等待着周迪道等人的到来。

雄鸡高啼，东方破晓，盛夏季节天亮得早。23岁的丁公量血气方刚，精力充沛，毫无倦意。他匆匆吃过早饭，就来到村口伫望。

山道弯弯，晨风凉爽，良久，终于从山坳中转出来几个人，丁公量估计一定是周迪道等人来了，遂快步迎上前去。

周迪道跟丁公量早就相识。他也认出了丁公量，遂远远地高喊着“粟科长！粟科长”，连奔带跑到了丁公量面前，双脚一并立正、敬礼。

丁公量紧紧握住周迪道的双手，激动地说：周迪道同志，你们辛苦了！我代表区党委城工委和纵队政治部敌工科向你们表示热烈的欢迎！并致以亲切的慰问！谭政委刚刚来信，要我向你们转达他与何司令的问候和慰劳！

离开党组织一年多了，周迪道像远道归来的游子回到了“亲娘”身边，一把抱住丁公量、激动得热泪盈眶……

丁公量与周斯明、冯禾青、王福林、莫奇等同志一一亲切握手，表示

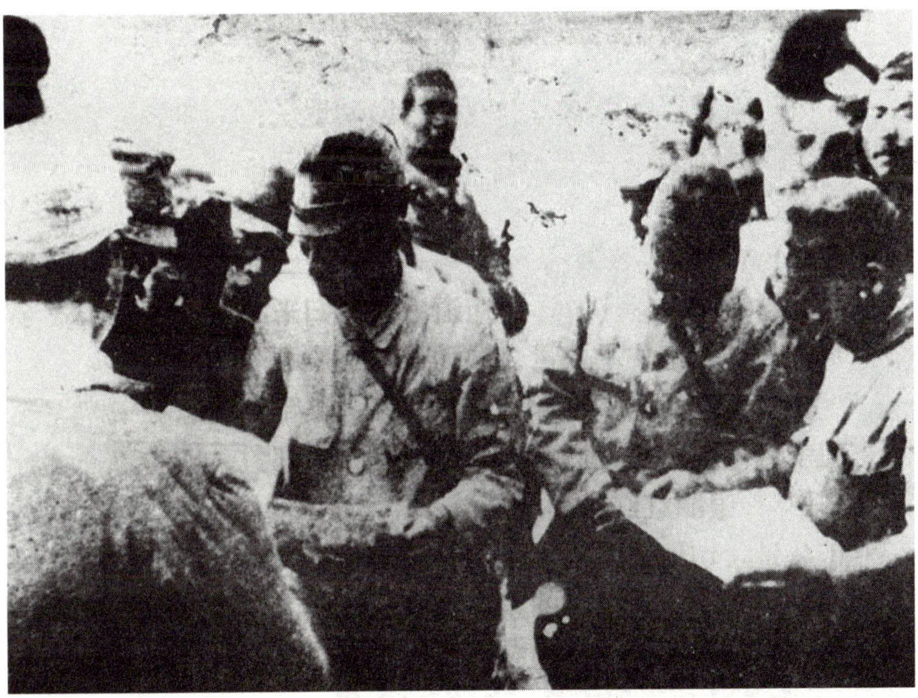

战败后的日军士兵在观看新四军的宣传品

热情慰问。他们和周迪道一样，也都像久别的游子见到了“亲娘”，眼圈红红，泪水涟涟。

丁公量亲切地勉励大家说：你们400小组是一个特殊的战斗集体。在谭政委、何司令的亲自批准和亲切关怀下，你们几个人将计就计，长期埋伏在日本宪兵队内部，冒着生命危险，克服了意想不到的种种艰难险阻，表现了共产党人的大无畏英雄气概，进行了机动灵活、艰苦卓绝的反间谍斗争，在收集情报、营救被捕同志、掩护党的地下工作、惩办叛徒、利用矛盾分化瓦解敌伪军、采购各种紧缺物资，以及广交朋友扩大抗日统一战线等许多方面，都作出了贡献，取得了显著的成效。最后你们全身而退，回归时

本书作者夏继诚参加中国人民解放军历史资料丛书《新四军》卷审稿会时，摄于由新四军第六师改编的某集团军驻地承德（1988年9月）

又策反和争取了这么多的人枪投奔解放区，你们以实际行动响应和落实了党中央和军部的号召。当然，首先应该看到这是我们共产党和新四军对敌伪斗争的方针政策的胜利，是我党我军长期以来对敌伪进行瓦解和政策攻心的丰硕成果，同时也是你们做了大量工作取得的战果。

接着，丁公量询问了尚在宁波的400小组其他三位同志乐群、张黎、陈婕的情况。他说：目前和今后宁波的斗争依然非常艰巨，组织上考虑乐群同志身份没有暴露，又是本地人，社会关系多，工作能力很强，所以决定她继续留在宁波开展地下工作。张黎、陈婕这两位女同志今后就由她领导和进行安排。

大家边走边谈，来到了丁公量临时落脚的农舍。

丁公量取出谭启龙的来信，说：谭政委现在指挥着浙东区整个抗日斗争的“最后一战”，从浙南的温州台州到北边的杭州上海，千军万马，情况复杂，局势瞬息万变，他戎马倥偬，日理万机，但他在百忙中仍十分关注你们，特地写信给我，要我转达他对你们的慰问。

说至此，丁公量将谭启龙信中说的“周迪道同志胜利返回，甚慰，希转他在胜利关头，继续向宁波城内开展工作，并代表我们问候和慰劳”等语，原原本本读给他们听。

在敌营中巧妙周旋，经历了生死搏斗的周迪道、周斯明、冯禾青、王福林、莫奇等同志，今天终于亲耳聆听到了浙东区党委和新四军浙东纵队最高领导人的深切关怀和亲切勉励，一股巨大的暖流涌上心头，他们又一次激动得热泪盈眶……

接着，丁公量说：谭政委在信中强调指出：“主要希望通过铃木关系号召日本人向我们投降，相机占领宁波。”这是区党委交代的一个重要而紧迫的任务，我们应该怎样贯彻执行？目前宁波城内日本人的动向如何？我特别感兴趣的是，你们回归时日本人为什么不阻挡？为什么还设宴送行，并给你们这么多武器装备？他们为什么还同意这么多密探、联络员向我党我军投降？并派人护送你们回解放区？不知你们对上述问题有何看法？

丁公量提出的这一连串问题，也是400小组同志反复自问并多次讨论过的问题。

周迪道回答说：现在宁波城里的日本人，与他们初占宁波时相比，完全不是一回事。当时他们像一头凶猛的野兽，气焰嚣张，如今像泄了气的皮球，惶惶然如丧家之犬，心里不但没有了“底气”，而且对前途感到非常渺茫，成天唉声叹气，常常痛哭流涕。

周斯明说：我还认为，日本人不是铁板一块，他们内部对这场侵华战争并不是完全认同，有的人是被强迫前来中国参战的，比较正直的日本下级军官和士兵，看到我们共产党新四军热忱爱国、精忠报国，他们内心对我们是敬佩的，只不过平日慑于上级长官的淫威，放在心里不敢表露罢了。还有，我党我军散发的许多宣传品和日文报纸，对他们开展的攻心战，日军反战同盟成员开展的策反工作，都对日本人产生了潜移默化的影响。现在我们胜利了，他们不得不心悦诚服地向我们表示友好和敬意，这是可以理解的。

丁公量追根刨底，问：铃木这个人到底怎么样？

周迪道连忙取出铃木给丁公量的信当面送上，并把铃木那把白朗宁小手枪呈交给丁，说：这是铃木临别时特别叮嘱要我转送给你的一件礼物。

丁公量仔细看了信，又看了小手枪，高兴地说：这支小手枪很精致嘛！他是否还有其他什么含意呀？

周迪道说：铃木临别时还表示，他如果不是日本天皇派来的，就跟我们来解放区了。

丁公量不解地问：此话怎讲？

周迪道说：日本宪兵大多是大学生，经过专门训练，并由日本天皇给他们授了勋，所以他们军阶虽然不高，但负有监军的责任，见官大一级，军官士兵都对他们服服帖帖，敬畏三分。

冯禾青和王福林与铃木也常有接触，还跟铃木到宁海执行过任务。他们补充谈了对铃木的看法，认为铃木是个比较复杂的人物，值得很好研究和剖析。特别从《新浙东报》事件的前前后后，可以看到铃木的内心世界。他从一个凶恶的魔鬼，一个不可一世的侵略者，随着整个战局的逆转而逐渐变成了失败主义者，产生了强烈的厌战情绪。平时，他也流露出对国民党的不屑于齿，认为国民党太黑暗腐败，丧失了民心。而对共产党新四军，

浙东新四军宣传画：打到宁波去

他感到我们正直、爱国、廉洁，深受人民的拥戴。所以临分别时他说愿意跟我们回归，这绝非讨好我们一般说说的客套话，而是出自他肺腑的由衷之言，也是为了给自己留后路。还听说他曾跑到聚奎巷12号，对徐章翠说：“干妈，我对不起你，是我害了你。”说毕，解下裤腰带，取下几个金戒指交给徐章翠，说：“干妈，你留着用吧！今后，说不定我还会来请你帮忙。”上述种种，局外人看来也许很难理解，但我们认为是形势发展的必然结果。路是弯的，理是直的，在真理面前，人人都不是铜墙铁壁，都有可能向真理投降。

丁公量高兴地站起来说：太好了！这样看来，我们通过铃木争取更多日伪人员向我方投降，是很有可为的。他交代周迪道等同志继续进行这方面的工作。

谈兴正浓之际，有人跑来报告说：何司令带了大队人马，很快就要到达鄞西了……

第三十六章

攻打宁波周迪道光荣负伤。铃木本报讯 送一部电台赠给新四军，并写信表示：今后能否回国尚难逆料，届时如蒙不弃当前去投奔。

新四军浙东纵队司令员何克希跃马扬鞭，亲率警卫大队及一个团的兵力，急匆匆地赶到鄞西。

天地转，光阴迫，一万年太久，只争朝夕。战争年代形势的发展，用“一天等于二十年”来形容，真是最为确切了。

从8月10日得悉日本天皇宣布无条件投降后，中共中央和新四军军部的电报一个接一个，陆续发到了浙东区党委和浙东纵队领导机关。谭启龙与何克希根据浙东面临的敌情、我情，迅速而及时地不断调动部队，作出部署。得到城工委关于长期埋伏宁波日本宪兵队的400小组胜利回归，并有60多名敌伪人员前来投奔我军的报告后，谭、何首长决定将其编为纵队司令部直属别动总队，任命周迪道为总队长，傅侠（投诚人员）为副总队长，周斯明为政治教员，王福林为秘书。任务是专做敌伪的策反工作，争取和号召更多的日伪人员向我投降。

纵队司令部在陆家埠召开了欢迎大会，并专门请400小组胜利回归人员吃了一餐饭，出席作陪的有营以上干部和当地士绅，气氛热烈，大家纷纷向周迪道等同志表示欢迎、慰问和祝贺。

别动总队随即开赴鄞西，在何克希司令员、张冀翔副司令员指挥下参加攻打宁波的战斗。

一别经年，何克希见到周迪道后，紧紧地握着周的手，拍拍周的肩膀，高兴地说：老周，你大难不死，干得不错呀！你们的情况我都知道了。谭政委已写信给粟后同志，叫他代表我们向你们转达问候，你们也都知道了。当务之急，我们要跟国民党顽固派开展一场受降与反受降的斗争。国民党顽固派算什么东西！抗日战争最艰苦的时期，他们躲到大后方优哉游哉，蒋介石一道又一道下令给顾祝同，要他“剿灭浙东奸匪”。他们暗中勾结日伪，几次派出大部队围攻我们四明山抗日根据地，现在日军投降了，他们却抢先收编大量伪军，并让伪军“维持地方治安”，蒋介石一再下令日伪只准向国民党投降，不准向我们共产党新四军投降。真是岂有此理！太欺侮人了！为此，我们纵队发布了《对敌伪军通牒》，命令浙东各城镇的日伪军向我军缴械投降，听候处理，并调动部队和各方面的力量，争取更多的日伪向我们投降。你们以实际行动贯彻落实了中央和军部的号召，光凭这一条，就应该给你们记功颁奖。

何克希向周迪道约略介绍了当前浙东的斗争形势。他说，遵照党中央和新四军军部的指示，我们纵队各支队和地方武装及广大民兵向日伪进行了坚决的进攻，迫使其向我方投降。截至目前，我们已攻克了宁波近郊鄞江桥、西城桥及杭州湾西岸的周巷、浒山、观海卫、庵东等市镇30多处，歼敌数百名，缴获了大批武器装备。淞沪支队在浦东消灭了拒绝向我投降的伪上海市保安部队，生俘敌大队长、副大队长以下500多人，攻克上海市郊重镇大团、新场、六灶及南汇县城。总之，浙东纵队各部捷报频传，形势令人鼓舞。现在，我们已兵临宁波城下。

何克希问周迪道：你们400小组在宁波埋伏了这么长时间，前些时间又搜集和调查了敌伪宁波城防情况，现在，我决定让你们别动总队参加攻打宁波城的战斗，怎么样？有胜利信心吗？

“马思边草拳毛动，雕眄青云睡眼开”。周迪道等同志早就心怀壮志，跃跃欲试。如今听何司令下达了命令，不禁兴高采烈，欣喜万分，周迪道立即双脚一并“立正”、庄严地说：我们坚决完成领导交给的作战任务。

何克希和张翼翔亲临第一线，指挥攻城战斗。何、张两位首长知道周迪道率领的别动总队不过80余人，两挺机枪，而且都是短枪便衣人员，所以只命令他们以佯攻动作，攻打位于宁波北门的永耀发电厂。

那天晚上夜色苍茫，星星在天空眨眼，四周寂静无声。周迪道走在别动总队的最前面，身后还跟着从宁波城里带出来的那条大狼狗。

当周迪道摸黑来到北门石契桥下时，突然发电厂碉堡里发出了密集的机枪扫射声。据原先调查，碉堡由装备很差的伪军守备，并没有机关枪。周迪道判定现在一定是国民党顽固军和日军共同守备了。

敌人的扫射激起了周迪道的满腔怒火，他勇敢地冲上前去。那条大狼狗也不顾一切地跟随主人向前冲。

刚冲上桥，一颗子弹突然击中了周迪道的左肩，他随即昏倒在地。密集的机枪扫射，把大狼狗的一条后腿也打断了。

由于宁波城内驻扎着大量的日军和伪军，加之国民党三十三师亦进驻了宁波，敌、伪、顽合流，众寡悬殊，我军不得不撤出攻城战斗。周迪道被送进医院救治。

大狼狗负伤后，竟奇迹般地用三条腿一拐一拐地回到鄞县西，找到了周迪道冯禾青等人住过的和尚庙。一个和尚跑了五里路找到冯禾青报告此事。冯赶到庙里把狼狗带到城工委驻地。领导同意冯禾青把狼狗带到后方医院包扎治疗。后来浙东纵队北撤，周迪道又带着这条狼狗经浦东到了苏北、山东。还一度送给了丁公量。

话分两头。驻宁波的日本宪兵队奉命到杭州集结再转到南京。铃木到达余姚县城后，利用临时驻扎的机会，派人到浙东纵队司令部驻地陆家埠送给周迪道一封信。周迪道已住院养伤，周斯明已调到新华社浙东分社编辑科任副科长，冯禾青、王福林奉命做敌伪的联络工作。城工委指示把信拆开，信上说：

我等奉命去杭州集结。现已抵达余姚，休息几天后即将西去。但此行前途渺茫，今后能否回国尚难逆料，届时如蒙不弃，当前去投奔贵部，并希转请贵上级予以收留为感！现有电台一部，请即派员前来领取。

信的末尾是铃木政一的亲笔签名。

丁公量考虑中央已来电指示浙东新四军迅速北撤，故不宜给铃木写回信，遂派认识铃木的人前去取回电台，并向其表示感谢。

400小组的外围成员林永发奉命往余姚县城去见铃木。他原先的公开身份是日本宪兵队密探“朱家”的联络员，多次跟铃木见过面。谁知他进入县城后，即被国民党收编的伪县长劳乃心手下人员发现，将他扣押，投入了监狱。

铃木见我方人员迟迟未到，心知有异，遂派一姓罗的宪佐到处查找。罗到监狱查找时被林永发看到，彼此都认识。林永发把情况告罗后，罗遂向铃木回复。

铃木知道劳乃心是个反复无常、有奶便是娘的小人，在国民党时欺压百姓，投降日本人后狐假虎威，干了许多伤天害理的勾当，就连宪兵队的许多人也对他心存鄙视。铃木实在不愿让电台落入此人手中。何况林永发是自己写信叫周迪道派来领取电台的，铃木感到有义务把他营救出狱。

劳乃心生就一副贱骨头，对被打败了的日本人仍毕恭毕敬，不敢违拗。铃木要他释放林永发，他乖乖地照办了。

铃木怕林永发一个人带电台回解放区，途中又会被国民党拦截扣押。于是他亲自驾驶一辆大卡车，要林永发跟随他一同到慈溪县城，取回了这部电台。途中，他弃掉大卡车，转驶一辆摩托车，要林永发背着电台坐在车后面，亲自驾车将林永发送到余姚县境内的丈亭渡口。

滚滚姚江浩荡东去。铃木站在渡口，亲眼看着林永发身背电台登上了驶向南岸的渡船，尔后才放心地驾驶摩托车返回。

林永发回到陆家埠后，向城工委复命并上交了电台，受到了丁公量的表扬。

电台，在战争年代是部队沟通上下联系最重要的通讯工具，是日伪和顽固派对我党我军严加封锁的战略装备。铃木送来的这部电台，不啻于雪中送炭，也是400小组从日伪手中搞来的又一个重要战利品。

1948年8月间，冯禾青从上海的一份报纸上看到，宁波日本宪兵队队长大场敬次在上海被枪决，公布的主要“罪状”是私通共产党和新四军三、五支队。

20世纪50年代初，冯禾青听说铃木以农民身份参加了日本农业代表团访华。到北京后，他提出要到宁波看看。但在当时形势下未能成行。

第三十七章

奉命北撤，转战华东大地。全国解放后继续战斗在社会主义革命和建设各条战线上，为人民再立新功。

1945年8月28日，中共中央主席毛泽东“系天下之安危”，亲赴重庆与蒋介石谈判。为照顾大局，促进国内和平，周恩来于9月19日在谈判中，代表我党主动提出将海南岛、广东、浙江、苏南、皖南、湖北、湖南、河南境内、黄河以南等八个地区的中共军队撤出，以表示我方的诚意。

9月20日，中共中央电示华中局：“浙东、苏南、皖南部队北撤越快越好。此事已在重庆谈判中当作一个让步向对方提出。”

同一天，谭启龙接到华中局电令：浙东区党委和浙东游击纵队及地方党政干部，除留少数精干武装隐蔽坚持外，在7天内全部撤离浙东，开赴苏北。

这一命令来得太突然了。但是，军令如山，浙东新四军和地方党政干部共15000余人，于9月27日分三路开赴苏北抗日根据地。别动总队人员也随军北撤去苏北，后随浙东纵队编入华野第一纵队（1949年春改编为三野第二十军），按不同情况，分别到部队，或到教导队学习，也有分配到机关和直属部队工作的。

区党委决定乐群秘密护送王文祥去上海治病，后来留在上海，担负远在山东的中共华东局与留在上海及浙东坚持斗争人员之间的联络工作，直至上海解放。后调到南京任华东军政大学女生大队教导员。1959年起任上

在上海离休的乐群到长城旅游

海市民政局办公室主任、社会处处长。1984年春离休。1996年4月10日逝世，享年78岁。

周迪道跟随大部队北撤。当时，他身上的枪伤已经痊愈，北撤途中担任浙东纵队司令部管理科长、勤杂大队大队长、司政后机关直属队行军总指挥、别动总队总队长等四个职务。在解放战争中他跟随部队转战南北。全国解放后于1950年底随九兵团参加了抗美援朝。1951年回国。1958年转业。曾任杭州锅炉厂副厂长。1999年1月在杭州逝世，享年89岁。

周斯明在北撤时任干部团中队长。后来浙东纵队改编为新四军第一纵队（司令员叶飞）。周斯明调至纵队政治部宣教部任干事、印刷厂厂长。后在华东野战军第一纵队第三旅、第三野战军第二十军第六〇师工作，先后任师政治部秘书、师供给部政治教导员、团直协理员、师炮兵营教导员、师政治部直工科副科长、后勤处副政委等职。1950年参加中国人民志愿军赴朝作战，任师后勤处副政委。1955年参加了解放一江山岛的战斗。1957年转业到地方工作，任上海化工研究院党委书记、上海市委工业生产委员会二处副处长，1983年离休前任上海市社会科学院党委宣传部副部长（无

在杭州离休后的周迪道

部长，主持工作）。1985年起任上海市新四军历史研究会创办的《大江南北》杂志社副社长、顾问。离休后在上海安度晚年。2008年9月21日逝世，享年90岁。

冯禾青北撤前因病难以行军，经组织同意北撤时去上海养病，1946年至1948年在上海做地下工作。全国解放后调回宁波工作，曾任浙江省人民法院宁波分院秘书、审判员、宁波专署税务局、市财税局秘书科长等职。离休后在上海安度晚年。2005年3月逝世，享年83岁。

在上海离休的周斯明

王福林北撤后参加了解放战争和抗美援朝战争，先后在华东野战军第一纵队（后改称第二十军）任师政治部干事、

王福林离休后在南京安度晚年

团供给处长、师后勤主任、军后勤部组织计划主任，还参加了解放一江山岛的战斗。1958年转业到地方工作，曾任江西省建工局建筑材料处副处长、江西九江玻璃纤维厂第一副厂长（无厂长，主持工作）、南京玻璃钢公司副经理。1984年离休。2001年8月31日逝世，享年79岁。

莫奇北撤后转到淮南解放区工作，改名徐笑奇，解放后进杭州在财贸战线工作，她生于1924年3月，离休后在杭州安度晚年。

她的丈夫黎立坚是老红军，写了一首《笑奇六十岁生日》的诗：

共同战斗在淮南，志同道合结良缘。
各自奋发舒壮志，花满月圆乐无限。
三十八年已流失，坎坷道路依向前。
大风大浪何所惧，遇大艰险相互勉。
抗战胜利内战起，独夫民贼心不死。
撕毁协议打内战，万里战火重新起。

千里战略大转移，两淮鲁地赴东北。
艰险方显帼国志，生死度外志不移。

在南京离休的王福林到桂林旅游

莫奇将自己的革命经历写成长文《回忆征途五十年》。王福林还特地写了一篇序言，说："在抗日战争烽火中，妙龄少女的笑奇同志冒着生命危险，在日军铁蹄下的孤岛上海，为我地下工作者传递文件和情报，直至暴露而去苏中参军。在当时日、伪、顽、我斗争极其激烈的苏中和浙东抗日游击区，她愉快地多次调动工作，从服务团、文工团到做地方民运工作，到隐蔽的交通站工作而无怨，始终是那么热情奔放，积极工作。在日军统治下的宁波从事敌人内线反间谍工作时，不避环境险恶，坚持斗争，甘当配角……从解放战争直至南下转业到地方工作，虽职务和待遇偏

丁公量离休后常作革命传统报告

在上海安度晚年的冯禾青

低，她不计较地位、名誉、得失，不以参加革命时间较长而居功”，“她是一位天真纯厚、襟怀坦白、忠诚老实的好同志，是一位柔中见刚的革命女性。她的历史是爱党、爱国、爱革命、爱同志、爱亲人的一部交响曲。”

2003年4月在杭州离休的莫奇（徐笑奇）八十大寿和女儿黎豫杭（浙江省第八、第九届政协委员，中国青春宝集团有限公司副董事长，正大青春宝药业有限公司执行副总裁）在一起

莫奇（徐笑奇）全家（1993年杭州）

2005年8月15日，是抗日战争胜利60周年纪念日，莫奇荣获中央军委颁发的纯金质军功章，同时还荣获浙江省委发的纯银质的水晶银盾，及杭州市委发的，印有“抗日战争胜利60周年纪念”的特大瓷花瓶，就此三件纪念品，足以证明莫奇投身革命的光辉业绩。2012年3月12日，莫奇在杭州逝世，享年88岁。

张黎在北撤前由乐群安排回到了浙东纵队，后随大部队到了苏北、山东，曾在华东野战军第一纵队政治部组织部工作。不久后转业到地方做教育工作。在“文革”中被打成“叛徒”，受尽折磨，后因脑血栓而瘫痪。1979年1月10日含冤逝世，终年62岁。笔者写书，多次寻找她的照片未果。

陈婕也在北撤前和张黎一起回到了浙东纵队。北撤时组织上决定她随队行动，但她突然得了黑热病，病情严重，组织上又不得不让她留下来由乐群安排。乐群奉命到上海做地下工作，也把陈婕带到上海。后来发生敌情，与乐群失去了联系。陈婕辗转回到了杭州，又去了浙南。1948年不幸

丁公量（第二排左一）1981年参加全国科技大会时受到邓小平、彭真接见

被怀疑为“日本特务”遭错杀，1982年平反昭雪。

经400小组策反后投奔新四军的敌伪人员，除第一批60余人外，后来又陆续有20余人来降。在共产党和革命部队的教育下，许多人的觉悟有了提高，有的人表现不错。例如“密探”傅侠在浙东新四军北撤时，一度跟着丁公量。当时有一批钞票需要随身带走，傅侠就捆绑在身上。丁公量担心他会携巨款潜逃，但他一路上表现很好。原先他吸毒（白粉），丁劝他戒掉，他爽快地答应了。到达苏北后，把他分配到苏中城工部，整个解放战争中一直表现不错，还入了党。上海解放后在公安系统做秘密工作。“密探”周越生北撤后在华野第

周迪道子女周勇进（左一）、周奋进（女，左三）、周也印（女，左四）与本书作者夏继诚（左二）2003年10月摄于杭州

本书作者夏继诚全家参与了书稿的采访、编写、打印、校对及图片电脑处理
(2012年4月3日摄于南京)

一纵队政治部工作，后又护送汤光恢副主任去东北养病，后因患肝病在东北去世，全国解放后还给他发了烈士证。“密探”龚涛参军后，先在教导队学习，后曾任华东野战军第一纵队侦察连副连长、军部侦察参谋，后转业到牡丹江市工作。还有不少人参加了解放战争和抗美援朝战争。人民军队真是个大熔炉，“废铁”也能炼成钢。

当年领导和指挥400小组进行反间谍斗争的浙东区党委城工委副书记、浙东游击纵队政治部敌工科长丁公量（粟后），现年91岁，在上海安度晚年，享受副市长级待遇，是上海市新四军历史研究会名誉会长。80岁时他写了一首《耄耋感怀》，诗曰：

心崇马列六六春，耄耋之年忆旧踪。
酸甜苦辣尝五味，今朝喜看夕阳红。

世人盛赞神州艳，为建小康再献功。
莫道残阳临落日，余辉企望耀大同。

晨钟暮鼓，沧海桑田。抗日战争胜利虽已长达67年，但中国共产党人和新四军广大指战员在抗战中表现出来的崇高爱国主义精神、大无畏的英雄气概、高超的斗争艺术和斗争策略，彪炳青史，永远受到人们的追忆和怀念。

2002年12月初稿
2003年4月—11月修改
2012年4月再版修订

后　　记

20世纪80年代，笔者奉命参加《新四军敌军工作史》和《华东军区、第三野战军敌军工作史》的编写工作。通过查阅大量电报、文件等档案资料和访问当事人，尘封已久的许许多多战争年代的传奇故事，被历史烟云淹没了的众多英雄人物，特别是名不见经传的无名英雄，逐渐浮出水面，使我受到了深刻的教育，并且深深感到，为革命前辈尤其是为无名英雄树碑立传，让更多的年轻人受到教育，是笔者义不容辞的责任。

浙东区党委城工委和新四军浙东游击纵队政治部敌工科领导下的400反间谍工作小组（敌工委时期称401小组），很有传奇色彩。为了搜集他们的史料，我从20世纪90年代初开始，多次访问了丁公量、周斯明、冯禾青、王福林等当事人，并深入研究了他们写的各种回忆史料。1996年9月还专程到杭州访问周迪道和莫奇同志。但周迪道同志因患中风住院，已不能接受采访，甚憾。2003年3月以来，丁公量、周斯明、冯禾青、莫奇和王福林同志的夫人金雪明，以及周迪道同志的子女周勇进、周奋进、周建国、周卫国、周也印等同志，又认真审阅了本书初稿，并提出了很多修改、补充的意见。特别是丁公量老领导对书稿进行了细致的审阅和修改、充实。在此，特向他们表示衷心的感谢！

宁波市新四军研究会会长、原宁波地委副书记、专员沈宏康同志，向笔者介绍了谭启龙和乐群的有关情况，还特地陪笔者到四明山抗日根据地的梁弄、横坎头等处，现地参观访问并收集史料。副会长兼秘书长王泰栋同志对本书的写作提出了很好的建议。本书还使用了宁波市新四军研究会编纂的大型画册《十年掠影》和《宁波革命史迹画册（1840—1949）》、《留住红色的记忆》中的许多珍贵照片。在此一并表示衷心的感谢！

本书写作过程中，还参考和引用了下列史料：《谭启龙回忆录》，浙江省新四军研究会编的《浙东敌伪军工作记事——无形的战线》，《浙东省新四军历史人物传》，上海市新四军历史研究会浙东委员会编的《战斗在沪杭甬——新四军浙东纵队回忆与研究》，宁波市新四军研究会编的《浙东抗战与敌后抗日根据地史料》（九卷本）、《共赴国难》，吕倩如同志整理的《乐群同志与400小组》，林晖同志写的回忆录《映日荷花——记乐群》、《向露云起义与何长工来电》，周迪道同志口述、先由周律之、后由潘炳河同志分别整理的两份回忆史料，宁波市政协戴士清整理的400小组大事记，周胜华写的史料《我的父亲周庆》等。谨向作者、编者和出版单位表示衷心的感谢！

本书是纪实文学著作，在真人真事的基础上作了文学加工，因此请不要作为史料引用。特此声明。

我的夫人孙景如以及夏翔、梁红、夏翎、陈红、夏雨薇、夏梦等对本书写作特别是电脑操作等方面给予了多方面的支持，谨致谢忱！

由于年代较久，加之受到各方面条件的限制，特别是搜集不到当年日伪方面的资料，因此本书疏漏、不足之处在所难免，敬请知情人和广大读者批评指正。谢谢！

作　者

2012年4月12日